U0813201

铁葫芦

推荐十种书

季羡林

一 《红楼梦》

《红楼梦》是古今中外最优秀最杰出的长篇小说。我不谈思想性，因为就公说公有理，婆说婆有理，谁也说不清楚，谁也说服不了谁。我只谈艺术性。本书刻画人物达到了出神入化的境界。人物一开口，虽不见其人，但立刻就能知道是谁。在中外文学作品中，实无其匹。

季羡林

风风雨雨一百年

唯一亲定自选集

精装珍藏版

季羡林 著

浙江人民出版社
ZHEJIANG PEOPLE'S PUBLISHING HOUSE

图书在版编目（CIP）数据

风风雨雨一百年：精装珍藏版 / 季羡林著．—杭州：浙江人民出版社，2016.1

（季羡林唯一亲定自选集）

ISBN 978-7-213-06970-3

Ⅰ．①风… Ⅱ．①季… Ⅲ．①散文集—中国—当代 Ⅳ．① I267

中国版本图书馆 CIP 数据核字（2015）第 276805 号

书　　名	风风雨雨一百年（精装珍藏版）
作　　者	季羡林
出版发行	浙江人民出版社 杭州市体育场路 347 号
责任编辑	沈　度
责任校对	张彦能　杨　帆
印　　刷	北京鹏润伟业印刷有限公司
开　　本	880mm × 1230mm　1/32
印　　张	11
字　　数	293 千字
版　　次	2016 年 1 月第 1 版 2016 年 1 月第 1 次印刷
书　　号	**ISBN 978-7-213-06970-3**
定　　价	46.00 元

目录

叁　一个老知识分子的心声

肆　我和书

伍　在病中

陆

我的学术总结

柒

我的人生感悟

做真实的自己

（代序）

在人的一生中，思想感情的变化总是难免的。连寿命比较短的人都无不如此，何况像我这样寿登耄耋的老人！

我们舞笔弄墨的所谓“文人”，这种变化必然表现在文章中。到了老年，如果想出文集的话，怎样来处理这样一些思想感情前后有矛盾，甚至有天翻地覆的矛盾的文章呢？这里就有两种办法。在过去，有一些文人，悔其少作，竭力掩盖自己幼年挂屁股帘的形象，尽量删削年轻时的文章，使自己成为一个一生一贯正确、思想感情总是前后一致的人。

我个人不赞成这种做法，认为这有点作伪的嫌疑。我主张，一个人一生是什么样子，年轻时怎样、中年怎样、老年又怎样，都应该如实地表达出来。在某一阶段上，自己的思想感情有了偏颇，甚至错误，绝不应加以掩饰，而应该堂堂正正地承认。这样的文章绝不应任意删削或者干脆抽掉，而应该完整地加以保留，以存真相。

在我的散文和杂文中，我的思想感情前后矛盾的现象，是颇能找出一些来的。比如对中国社会某一个阶段的歌颂，对某一个人的崇拜与歌颂，在写作的当时，我是真诚的；后来感到一点失望，我也是真诚的。这些文章，我都毫不加以删改，统统保留下来。不管现在看起来是多么幼稚，甚至多么荒谬，我都不加掩饰，目的仍然是存真。

像我这样性格的一个人，我是颇有点自知之明的。我离一个社会活动家，是有相当大的距离的。我本来希望像我的老师陈寅恪先生那样，淡泊以明志，宁静以致远，不求闻达，毕生从事学术研究，又绝不是不关心国家大事，绝不是不爱国，那不是中国知识分子的传统。然而阴差阳错，我成了现在这样一个人。应景文章不能不写，写序也推脱不掉，“春花秋月何时了，开会知多少”，会也不得不开。事与愿违，尘根难断，自己已垂垂老矣，改弦更张，只有俟诸来生了。

季羡林

壹 我的童年

1930年，季羡林先生毕业于山东济南高级中学，时年十九岁。

我的童年

回忆起自己的童年来，眼前没有红，没有绿，是一片灰黄。

七十多年前的中国，刚刚推翻了清代的统治，神州大地，一片混乱，一片黑暗。我最早的关于政治的回忆，就是“朝廷”二字。当时的乡下人管当皇帝叫坐朝廷，于是“朝廷”二字就成了皇帝的别名。我总以为朝廷这种东西似乎不是人，而是有极大权力的玩意儿。乡下人一提到它，好像都肃然起敬。我当然更是如此。总之，当时皇威犹在，旧习未除，是大清帝国的继续，毫无万象更新之象。

我就是在这新旧交替的时刻，于1911年8月6日，生于山东省清平县（现改临清市）的一个小村庄——官庄。当时全中国的经济形势是南方富而山东（也包括北方其他的省份）穷。专就山东论，是东部富而西部穷。我们县在山东西部又是最穷的县，我们村在穷县中是最穷的村。

我们家据说并不是一向如此。在我诞生前似乎也曾有过比较好的日子。可是我降生时祖父、祖母都已去世。我父亲的亲兄弟共有三人，最小的一个（大排行是第十一，我们把他叫一叔）送给了别人，改了姓。我父亲同另外的一个弟弟（九叔）孤苦伶仃，相依为命。房无一间，地无一垄，两个无父无母的孤儿，活下去是什么滋味，活着是多么困难，概可想见。他们的堂伯父是一个举人，是方圆几十里最有学问的人物，做官做到一个什

季羡林先生故里。

么县的教谕，也算是最大的官。他曾养育过我父亲和叔父，据说待他们很不错。可是家大，人多是非多。他们俩有几次饿得到枣林里去捡落到地上的干枣充饥，最后还是被迫弃家（其实已经没了家）出走，兄弟俩逃到济南去谋生。“文化大革命”中我自己“跳出来”反对那一位臭名昭著的“第一张马列主义大字报”的作者，惹得她大发雌威，两次派人到我老家官庄去调查，一心一意要把我“打成”地主。老家的人告诉那几个“革命”小将，说如果开诉苦大会，季羡林是官庄的第一名诉苦者，他连贫农都不够。

我父亲和叔父到了济南以后，人地生疏，拉过洋车，扛过大件，当过警察，卖过苦力。叔父最终站住了脚。于是兄弟俩一商量，让我父亲回老家，叔父一个人留在济南挣钱，寄钱回家，供我的父亲过日子。

我出生以后，家境仍然异常艰苦。一年吃白面的次数有限，平常只能吃红高粱面饼子；没有钱买盐，把盐碱地上的土扫起来，在锅里煮水，腌咸菜，什么香油，根本见不到。一年到底，就吃这种咸菜。举人的太太，我管她叫奶奶，她很喜欢我。我三四岁的时候，每天一睁眼，抬脚就往村里跑（我们家在村外），跑到奶奶跟前，只见她把手一蜷，蜷到肥大的袖子里面，手再伸出来的时候，就会有半个白面馒头拿在手中，递给我。我吃起来，仿佛是龙胆凤髓一般，我不知道天下还有比白面馒头更好吃的东西。这白面馒头是她的两个儿子(每家有几十亩地)特别孝敬她的。她喜欢我这个孙子,每天总省下半个,留给我吃。在长达几年的时间内,这是我每天最高的享受,最大的愉快。

大概到了四五岁的时候,对门住的宁大婶和宁大姑,每年夏秋收割庄稼的时候,总带我走出去老远到别人割过的地里去拾麦子或者豆子、谷子。一天辛勤之余,可以捡到一小篮麦穗或者谷穗。晚上回家,把篮子递给母亲,看样子她是非常欢喜的。有一年夏天,大概我拾的麦子比较多,她把麦粒磨成面粉,贴了一锅死面饼子。我大概是吃出味道来了,吃完了饭以后,我又偷了一块吃,让母亲看到了,赶着我要打。我当时是赤条条浑身一丝不挂,我逃到房后,往水坑里一跳。母亲没有法子下来捉我,我就站在水中把剩下的白面饼子尽情地享受了。

现在写这些事情还有什么意义呢?这些芝麻绿豆般的小事是不折不扣的身边琐事,使我终生受用不尽。它有时候能激励我前进,有时候能鼓舞我振作。我一直到今天对日常生活要求不高,对吃喝从不计较,难道同我小时候的这一些经历没有关系吗?我看到一些独生子女的父母那样溺爱子女,也颇不以为然。儿童是祖国的花朵,花朵当然要爱护,但爱护要得法,否则无异是坑害子女。

不记得是从什么时候起我开始学着认字,大概也总在四岁到六岁之间。我的老师是马景功先生。现在我无论如何也记不起有什么类似私塾之类的场所,也记不起有什么《百家姓》《千字文》之类的书籍。我那一个家徒四壁的家就没有一本书,连带字的什么纸条子也没有见过。反正我是认了几个字,否则哪里来的老师呢?马景功先生的存在是不能怀疑的。

虽然没有私塾,但是小伙伴是有的。我记得最清楚的有两个:一个叫杨狗,我前几年回家,才知道他的大名,他现在还活着,一字不识;另一个叫哑巴小(意思是哑巴的儿子),我到现在也没有弄清楚他姓甚名谁。我们三个天天在一起玩,浮水、打枣、捉知了、摸虾,不见不散,一天也不间断。后来听说哑巴小当了山大王，练就了一身蹿房越脊的惊人本领，能用手指抓住大庙的椽子，浑身悬空，围绕大殿走一周。有一次被捉住，是十冬腊月，赤身露体，浇上凉水，被捆起来，倒挂一夜，仍然能活着。据说他从来不到官庄来作案，“兔子不吃窝边草”，这是绿林英雄的义气。后来终于被捉杀掉。我每次想到这样一个光着屁股游玩的小伙伴竟成为这样一个“英雄”，就颇有骄傲之意。

我在故乡只待了六年，我能回忆起来的事情还多得很，但是我不想再写下去了。已经到了同我那一个一片灰黄的故乡告别的时候了。

我六岁那一年，是在春节前夕，公历可能已经是1917年，我离开父母，离开故乡，是叔父把我接到济南去的。叔父此时大概日子已经可以了，他兄弟俩只有我一个男孩子，想把我培养成人，将来能光大门楣，只有到济南去一条路。这可以说是我一生中最关键的一个转折点，否则我今天仍然会在故乡种地（如果我能活着的话），这当然算是一件好事。但是好事也会有成为坏事的时候。“文化大革命”中间，我曾有几次想到：如果我叔父不把我从故乡接到济南的话，我总能过一个浑浑噩噩但却舒舒服服的日子，哪能被“革命家”打倒在地，身上踏上一千只脚还要永世不得翻身呢！呜呼，世事多变，人生易老，真叫人没有法子！

到了济南以后，过了一段难过的日子。一个六七岁的孩子离开母亲，他心里会是什么滋味，非有亲身经历者，实难体会。我曾有几次梦里哭着醒来。尽管此时不但能吃上白面馒头，而且还能吃上肉，但是我宁愿再啃红高粱饼子就苦咸菜。这种愿望当然只是一个幻想。我毫无办法，久而久之，也就习以为常了。

叔父望子成龙，对我的教育十分关心。先安排我在一个私塾里学习。老师是一个白胡子老头，面色严峻，令人见而生畏。每天入学，先向孔子牌位行礼，然后才是“赵钱孙李”。大约就在同时，叔父又把我送到一师附小去念书。这个地方在旧城墙里面，街名叫升官街，看上去很堂皇，实际上“官”者“棺”也，整条街都是做棺材的。此时五四运动大概已经起来了。校长是一师校长兼任，他是山东得风气之先的人物，在一个小学生眼里，他是一个大人物，轻易见不到面。想不到在十几年以后，我大学毕业到济南高中去教书的时候，我们俩竟成了同事，他是历史教员。我执弟子礼甚恭，他则再三逊谢。我当时觉得，人生真是变幻莫测啊！

因为校长是维新人物，我们的国文教材就改用了白话。教科书里面有一段课文，叫作《阿拉伯的骆驼》。故事是大家熟知的。

但当时对我却是陌生而又新鲜，我读起来感到非常有趣味，简直是爱不释手。然而这篇文章却惹了祸。有一天，叔父翻看我的课本，我只看到他蓦地勃然变色。“骆驼怎么能说人话呢？”他愤愤然了，“这个学校不能念下去了，要转学。”

于是我转了学。转学手续比现在要简单得多，只经过一次口试就行了。而且口试也非常简单，只出了几个字叫我们认。我记得字中间有一个“骡”字，我认出来了，于是定为高一（高小一年级）。一个比我大两岁的亲戚没有认出来，于是定为初三（初小三年级）。为了一个字，我占了一年的便宜。这也算是轶事吧。

这个学校靠近南圩子墙，校园很空阔，树木很多。花草茂密，景色算是秀丽的。在用木架子支撑起来的一座柴门上面，悬着一块木匾，上面刻着四个大字：“循规蹈矩”。我当时并不懂这四个字的涵义，只觉得笔画多得好玩而已。我就天天从这个木匾下出出进进，上学，游戏。当时立匾者的用心到了后来我才了解，无非是想让小学生规规矩矩做好孩子而已。但是用了四个古怪的字，小孩子谁也不懂，结果形同虚设，多此一举。

我“循规蹈矩”了没有呢？大概是没有。我们有一个珠算教员，眼睛长得凸了出来，我们给他起了一个绰号，叫作 Shao Qian（济南话，意思是知了）。他对待学生特别蛮横。打算盘，错一个数，打一板子。打算盘错上十个八个数，甚至上百数，是很难避免的。我们都挨了不少的板子。不知是谁一嘀咕："我们架（小学生的行话，意思是赶走）他！"立刻得到大家的同意。我们这一群十岁左右的小孩也要"造反"了。大家商定：他上课时，我们把教桌弄翻，然后一起离开教室，躲在假山背后。我们自己认为这个锦囊妙计实在非常高明，如果成功了，这位教员将无颜见人，非卷铺盖回家不可。然而我们班上出了"叛徒"，虽然只有几个人，他们想拍老师的马屁，没有离开教室。这一来，大大长了老师的气焰，他知道自己还有"群众"，于是威风大振，把我们这一群不知天高地厚的"叛逆者"狠狠地用大竹板打手心打了一阵，我们每个人的手肿得像发面馒头。然而没有一个人掉泪。我以后每次想到这一件事，觉得很可以写进我的"优胜纪略"中去。"革命无罪，造反有理"，如果当时就有那一位伟大的"革命家"创造了这两句口号，那该有多么好呀！

谈到学习，我记得在三年之内，我曾考过两个甲等第三（只有三名甲等），两个乙等第一，总起来看，属于上等，但是并不拔尖。实际上，我当时并不用功，玩的时候多，念书的时候少。我们班上考甲等第一的叫李玉知，年年都是第一。他比我大五六岁，好像已经很成熟了，死记硬背，刻苦努力，天天皱着眉头，不见笑容，也不同我们打闹。我从来就是少无大志，一点也不想争那个状元。但是我对我这一位老学长并无敬意，还有点瞧不起的意思，觉得他是非我族类。

我虽然对正课不感兴趣，但是也有我非常感兴趣的东西，那就是看小说。我叔父是古板人，把小说叫作"闲书"，闲书是不许我看的。在家里的时候，我书桌下面有一个盛白面的大缸，上面盖着一个用高粱秆编成的"盖垫"（济南话）。我坐在桌旁，桌上摆着四书，我看的却是《彭公案》《济公传》《西游记》《三国演义》等旧小说。《红楼梦》大概太深，我看不懂其中的奥妙，黛玉整天价哭哭啼啼，为我所不喜，因此看不下去。其余的书都是看得津津有味。冷不防叔父走了进来，我就连忙掀起盖垫，把闲书往里一丢，嘴巴里念起"子曰""诗云"来。

到了学校里，用不着防备什么，一放学，就是我的天下。我往往躲到假山背后，或者一个盖房子的工地上，拿出闲书，狼吞虎咽似的大看起来。常常是忘记了时间，忘记了吃饭，有时候到了天黑，才摸回家去。我对小说中的绿林好汉非常熟悉，他们的姓名背得滚瓜烂熟，连他们用的兵器也如数家珍，比教科书熟悉多了，自己当然也希望成为那样的英雄。有一回，一个小朋友告诉我，把右手五个指头往大米缸里猛戳，一而再，再而三，一直到几百次，上千次。练上一段时间以后，再换上砂粒，用手猛戳，最终可以练成铁砂掌，五指一戳，能够戳断树木。我颇想有一个铁砂掌，信以为真，猛练起来，结果把指头戳破了，鲜血直流。知道自己与铁砂掌无缘，遂停止不练。

学习英文，也是从这个小学开始的。当时对我来说，外语是一种非常神奇的东西。我认为，方块字是天经地义，不用方块字，只弯弯曲曲像蚯蚓爬过的痕迹一样，居然能发出音来，还能有意思，简直是不可思议。越是神秘的东西，便越有吸引力。英文对于我就有极大的吸引力。我万没有想到望之如海市蜃楼般的可望而不可即的东西竟然唾手可得了。我现在已经记不清楚，学习的机会是怎么来的。大概是一位教员会点英文，他答应晚上教一点，可能还要收点学费。总之，一个业余英文学习班很快就组成了，参加的大概有十几个孩子。究竟学了多久，我已经记不清楚，时候好像不太长，学的东西也不太多，二十六个字母以后，学了一些单词。我当时有一个非常伤脑筋的问题：为什么“是”和“有”算是动词，它们一点也不动嘛？当时老师答不上来;到了中学，英文老师也答不上来。当年用“动词”来译英文的 verb 的人，大概不会想到他这个译名惹下的祸根吧。

每次回忆学习英文的情景时，我眼前总有一团零乱的花影，是绛紫色的芍药花。原来在校长办公室前的院子里有几个花畦，春天一到，芍药盛开，都是绛紫色的花朵。白天走过那里，紫花绿叶，极为分明。到了晚上，英文课结束后，再走过那个院子，紫花与绿叶化成一个颜色，朦朦胧胧的一堆一团，因为有白天的印象，所以还知道它们的颜色。但夜晚眼前却只能看到花影，鼻子似乎有点花香而已。这一幅情景伴随了我一生，只要是一想起学习英文，这一幅美妙无比的情景就浮现到眼前来，带给我无量的幸福与快乐。

然而时光像流水一般飞逝，转瞬三年已过，我小学该毕业了，我要告别这一个美丽的校园了。我十三岁那一年，考上了城里的正谊中学。我本来是想考鼎鼎大名的第一中学的，但是我左衡量，右衡量，总觉得自己这一块料分量不够，还是考与“烂育英”齐名的“破正谊”吧。我上面说到我幼无大志，这又是一个证明。正谊虽“破”，风景却美。背靠大明湖，万顷苇绿，十里荷香，不啻人间乐园。然而到了这里，我算是已经越过了童年，不管正谊的学习生活多么美妙，我也只好搁笔，且听下回分解了。

综观我的童年，从一片灰黄开始，到了正谊算是到达了一片浓绿的境界——我进步了。但这只是从表面上来看，从生活的内容上来看，依然是一片灰黄。即使到了济南，我的生活也难找出什么有声有色的东西。我从来没有什么玩具，自己把细铁弄成一个圈，再弄个钩一推，就能跑起来，自己就非常高兴了。贫困、单调、死板、固执，是我当时生活的写照。接受外面信息，仅凭五官。什么电视机、收录机，连影儿都没有。我小时连电影也没有看过，其余概可想见了。

今天的儿童有福了。他们有多少花样翻新的玩具呀！他们有多少儿童乐园、儿童活动中心呀！他们饿了吃面包，渴了喝这可乐那可乐，还有牛奶、冰激凌。电影看厌了，看电视；广播听厌了，听收录机。信息从天空、海外，越过高山大川，纷纷蜂拥而来，他们才真是“儿童不出门，便知天下事”。可是他们偏偏不知道旧社会。就拿我来说，如果不认真回忆，我对旧社会的情景也逐渐淡漠，有时竟淡如云烟了。

今天我把自己的童年尽可能真实地描绘出来，不管还多么不全面，不管怎样挂一漏万，也不管我的笔墨多么拙笨，就是上面写出来的那些，我们今天的儿童读了，不是也可以从中得到一点启发，从中悟出一些有用的东西来吗？

1986 年 6 月 6 日

我的中学时代

初中时期

我幼无大志，自谓不过是一只燕雀，不敢怀“鸿鹄之志”。小学毕业时是 1923 年，我十二岁。当时山东省立第一中学赫赫有名，为众人所艳羡追逐的地方，我连报名的勇气都没有，只敢报考正谊中学，这所学校绰号不佳：“破正谊”，与“烂育英”相映成双。

可这个“破”学校入学考试居然敢考英文，我“瞎猫碰上了死耗子”，居然把英文考卷答得颇好，因此，我被录取为不是一年级新生，而是一年半级，只需念两年半初中即可毕业。

破正谊确实有点“破”，首先是教员水平不高。有一个教生物的教员把“玫瑰”读为 jiu kuai，可见一斑。但也并非全破。校长鞠思敏先生是山东教育界的老前辈，人品道德，有口皆碑；民族气节，远近传扬。他生活极为俭朴，布衣粗食，不改其乐。他立下了一条规定：每周一早晨上课前，召集全校学生，集合在操场上，听他讲话。他讲的都是为人处世、爱国爱乡的大道理，从不间断。我认为，在潜移默化中对学生会有良好的影响。

教员也不全是 jiu kuai 先生，其中也间有饱学之士。有一个姓杜的国文教员，年纪相当老了。由于肚子特大，同学们送他一个绰号“杜大肚子”，名字反隐而不彰了。他很有学问，对古文，甚至“显学”都有很深的造诣。我曾胆大妄为，写过一篇类似骈体文的作文。他用端正的蝇头小楷，把作文改了一遍，给的批语是：“欲作花样文章，非多记古典不可。”可怜我当时只有十三四岁，读书不多，腹笥瘠薄，哪里记得多少古典！

另外有一位英文教员，名叫郑又桥，是江浙一带的人，英文水平极高。他改学生的英文作文，往往不是根据学生的文章修改，而是自己另写一篇。这情况只出现在英文水平高的学生作文簿中。他的用意大概是想给他们以简练揣摩的机会，以提高他们的水平，用心亦良苦矣。英文读本水平不低，大半是《天方夜谭》《莎氏乐府本事》《泰西五十轶事》《纳氏文法》等等。

我从小学到初中，不是一个勤奋用功的学生，考试从来没有得过甲等第一名，大概都是在甲等第三四名或乙等第一二名之间。我也根本没有独占鳌头的欲望。到了正谊以后，此地的环境更给我提供了最佳游乐的场所。校址在大明湖南岸，校内清溪流贯，绿杨垂荫。校后就是“四面荷花三面柳，一城山色半城湖”的“湖”。岸边荷塘星罗棋布，芦苇青翠茂密，水中多鱼虾、青蛙，正是我戏乐的天堂。我家住南城，中午不回家吃饭，家里穷，每天只给铜元数枚，做午餐费。我以一个铜板买锅饼一块，一个铜板买一碗炸丸子或豆腐脑，站在担旁，仓促食之，然后飞奔到校后湖滨去钓虾，钓青蛙。虾是齐白石笔下的那一种，有两个长夹，但虾是水族的蠢材，我只需用苇秆挑逗，虾就张开一只夹，把苇秆夹住，任升提出水面，绝不放松。钓青蛙也极容易，只需把做衣服用的针敲弯，抓一只苍蝇，穿在上面，向着蹲坐在荷叶上的青蛙，来回抖动，青蛙食性一起，跳起来猛吞针上的苍蝇，立即被我生擒活捉。我沉湎于这种游戏，其乐融融。至于考个甲等、乙等，则于我如浮云，“管他娘”了。

但是，叔父对我的要求却是很严格的。正谊有一位教高年级国文的教员，叫徐（或许）什么斋，对古文很有造诣。他在课余办了一个讲习班，专讲《左传》《战国策》《史记》一类的古籍，每月收几块钱的学费，学习时间是

原济南正谊中学教学楼，季羡林先生在此上初中。

在下午四点下课以后。叔父要我也报了名。每天正课完毕以后，再上一两个小时的课，学习上面说的那一些古代典籍，现在已经记不清楚究竟学习了多长的时间，好像时间不是太长。有多少收获，也说不清楚了。

当时，济南有一位颇有名气的冯鹏展先生，老家广东，流寓北方。英文水平很高，白天在几个中学里教英文，晚上在自己创办的尚实英文学社授课。他住在按察司街南口一座两进院的大房子里，学社就设在前院几间屋子里，另外还请了两位教员，一位是陈鹤巢先生，一位是纽威如先生，白天都有工作，晚上七至九时来学社上课。当时正流行 diagram（图解）式的英文教学法，我们学习英文也使用这种方法，觉得颇为新鲜。学社每月收学费大洋三元，学生有几十人之多。我大概在这里学习了两三年，收获相信是有的。

就这样，虽然我自己在学习上并不勤奋，然而，为环境所迫，反正是够忙的。每天从正谊回到家中，匆匆吃过晚饭，又赶回城里学英文。当时只有十三四岁，精力旺盛到超过需要。在一天奔波之余，每天晚九点下课后，还不赶紧回家，而是在灯火通明的十里长街上，看看商店的橱窗，慢腾腾地走回家。虽然囊中无钱，看了琳琅满目的商品，也能过一过“眼瘾”，饱一饱眼福。

叔父显然认为，这样对我的学习压力还不够大，必须再加点码。他亲自为我选了一些古文，讲宋明理学的居多，亲手用毛笔正楷抄成一本书，名之曰《课侄选文》，有空闲时，亲口给我讲授，他坐，我站，一站就是一两个小时。要说我真感兴趣，那是谎话。这些文章对我来说，远远比不上叔父称之为“闲书”的那一批《彭公案》《济公传》等等有趣。我往往躲在被窝里用手电筒来偷看这些书。

我在正谊中学读了两年半书就毕业了。在这一段时间内，我懵懵懂懂，模模糊糊，在明白与不明白之间；主观上并不勤奋，客观上又非勤奋不可；从来不想争上游，实际上却从未沦为下游。最后离开了我的大虾和青蛙，我毕业了。

我告别了我青少年时期的一个颇为值得怀念的阶段，更上一层楼，走上了人生的一个新阶段。当年我十五岁，时间是1926年。

高中时代

初中读了两年半，毕业正在春季。没有办法，我只能就近读正谊高中。年级变了，上课的地址没有变，仍然在山（假山也）奇水秀的大明湖畔。

这一年夏天，山东大学附设高级中学成立了。山东大学是山东省的最高学府，校长是有名的前清状元山东教育厅长王寿彰，以书法名全省。因为状元是“稀有品种”，所以他颇受到一般人的崇敬。

附设高中一建立，因为这是一块金招牌，立即名扬齐鲁。我此时似乎也有了一点雄心壮志，不再像以前那样畏畏缩缩，经过了一番考虑，立即决定舍正谊而取山大高中。

山大高中是文理科分校的，文科校址选在北园白鹤庄。此地遍布荷塘，春夏之时，风光秀丽旖旎，绿柳迎地，红荷映天，山影迷离，湖光潋滟，蛙鸣塘内，蝉噪树巅。我的叔父曾有一首诗，赞美北园：“杨花落尽菜花香，

原济南白鹤庄山东大学附设高中，季羡林先生在此学习两年。

嫩柳扶疏傍寒塘。蛙鼓声声向人语，此间即是避秦乡。”可见他对北园的感受。我在这里还验证了一件小而有趣的事。有人说，离开此处有几十里的千佛山，倒影能在湖中看到。有人说这是海外奇谈。可是我亲眼在校南的荷塘水面上清晰地看到佛山的倒影，足证此言不虚。

这所新高中在大名之下，是能副其实的。首先是教员队伍可以说是极一时之选，所有的老师几乎都是山东中学界赫赫有名的人物。国文教员王良玉先生家学渊源，学有素养，文宗桐城派，著有文集，后为青岛大学教师。英文教员是北大毕业的刘老师，英文很好，是一中的教员。教数学的是王老师，也是一中的名教员。教史地的是祁蕴璞先生，一中教员，好学不倦，经常从日本购买新书，像他那样熟悉世界学术情况的人，恐怕他是唯一的一个。教伦理学的是上面提到的正谊的校长鞠思敏先生。教逻辑的是一中校长完颜祥卿先生。此外还有两位教经学的老师，一位是前清翰林或进士，由于年迈，有孙子伴住，姓名都记不清了。另一位姓名也记不清，因为他忠于清代，开口就说：“我们大清国如何如何。”所以学生就管他叫“大清国”。两位老师教《诗经》《书经》等书，上课从来不带任何书，四书、五经，本文加注，都背得滚瓜烂熟。

中小学生都爱给老师起绰号，并没有什么恶意，此事恐怕古今皆然，南北不异。上面提到的“大清国”，只是其中之一。我们有一位“监学”，可能相当于后来的训育主任，他经常住在学校，权力似乎极大，但人缘却并不佳。因为他秃头无发，学生们背后叫他“刘秃蛋”。那位姓刘的英文教员，学生还是很喜欢他的，只因他人长得过于矮小，学生们送给他了一个非常刺耳的绰号，叫作“× 亘”，× 代表一个我无法写出的字。

建校第一年，招了五班学生，三年级一个班，二年级一个班，一年级三个班，总共不到二百人。因为学校离城太远，学生全部住校。伙食由学生自己招商操办，负责人选举产生。因为要同奸商斗争，负责人的精明能干就成了重要的条件。奸商有时候夜里偷肉，负责人必须夜里巡逻，辛苦可知。遇到这样的负责人，伙食质量立即显著提高，他就能得全体同学的拥护，从而连续当选，学习必然会受到影响。

学校风气是比较好的，学生质量是比较高的，学生学习是努力的。因为只有男生，不收女生，因此免掉很多麻烦，没有什么“绯闻”一类的流言。“刘秃蛋”人望不高，虽然不学，但却有术，统治学生，胡萝卜与大棒并举，拉拢与表扬齐发。除了我们三班“架”走了一个外省来的英文教员以外，再也没有发生什么风波。此地处万绿丛中，远挹佛山之灵气，近染荷塘之秀丽，地灵人杰，颇出了一些学习优良的学生。

至于我自己，上面已经谈到过，在心中有了一点“小志”，大概是因为入学考试分数高，所以一入学我就被学监指定为三班班长。在教室里，我的座位是第一排左数第一张桌子，标志着与众不同。论学习成绩，因为我对国文和英文都有点基础，别人无法同我比。别的课想得高分并不难，只要在考前背熟课文就行了。国文和英文，则必须学有素养，临阵磨枪，临时抱佛脚，是不行的。在国文班上，王良玉老师出的第一次作文题是“读《徐文长传》书后”，我不意竟得了全班第一名，老师的评语是“亦简练，亦畅达”。此事颇出我意外。至于英文，由于我在上面谈到的情况，我独霸全班，被尊为“英文大家”（学生戏译为 great home）。第一学期，我考了个甲等第

1934年夏，季羡林先生与高中同学徐家存先生合影。

一名。这是我生平第一次荣登这个宝座，虽然并非什么意外之事，我却有点沾沾自喜。

可事情还没有完。王状元不知从哪里得来的灵感，他规定：凡是甲等第一名平均成绩在九十五分以上者，他要额外褒奖。全校五个班当然有五个甲等第一；但是，平均分数超过九十五分者，却只有我一个人，我的平均分数是九十七分。于是状元公亲书一副对联，另外还写了一个扇面，称我为“羡林老弟”，这实在是让我受宠若惊。对联已经佚失，只有扇面还保存下来。

虚荣之心，人皆有之；我独何人，敢有例外？于是我真正立下了“大志”，绝不能从宝座上滚下来，那样面子太难看了。我买了韩、柳、欧、苏的文集，苦读不辍。又节省下来仅有的一点零用钱，远至日本丸善书店，用“代金引换”的办法，去购买英文原版书，也是攻读不辍。结果是“皇天不负有心人”，两年四次考试，我考了四个甲等第一，大大地满足了自己的虚荣心。我不愿意说谎话，我绝不是什么英雄，“怀有大志”，我从来没有过“大丈夫当如是也”一类的大话，我是一个十分平庸的人。

时间到了1928年，应该上三年级了。但是日寇在济南制造了五三惨案，杀了中国的外交官蔡公时，派兵占领了济南。学校停办，外地的教员和学生，纷纷逃离。我住在济南，只好留下，当了一年的准亡国奴。

1934 年 5 月，中学同学欢送季羡林先生（前排中）毕业时合影。

第二年，1929 年，奉系的土匪军阀早就滚蛋，来的是西北军和国民党的新式军阀。王老状元不知哪里去了。教育厅长换了新派人物，建立了全省唯一的一所高中：山东省立济南高中，表面上颇有“换了人间”之感，四书、五经都不念了，写作文也改用了白话。教员阵容仍然很强，但是原有的老教员多已不见，而是换了一批外省的，主要是从上海来的教员，国文教员尤其突出。也许是因为学校规模大了，我对全校教员不像北园时代那样如数家珍，个个都认识。现在则是迷离模糊，说不清张三李四了。

因为我已经读了两年，一入学就是三年级。任课教员当然也不会少的；但是，奇怪的是英文、数学、历史、地理等课的教员的姓名我全忘了，能记住的都是国文教员。这些人大都是当时颇有名气的作家，什么胡也频先生、董秋芳（冬芬）先生、夏莱蒂先生、董每戡先生等等。我对他们都很尊重，尽管有的先生没有教过我。

初入学时，国文教员是胡也频先生。他根本很少讲国文，几乎每一堂都在黑板上写上两句话：什么是“现代文艺”？“现代文艺”的使命是什么？“现代文艺”，当时叫“普罗文学”，现代称之为无产阶级文学。它的使命就是革命。胡先生以一个年轻革命家的身份，毫无顾忌，勇往直前。公然在学生区摆上桌子，招收现代文艺研究会的会员。我是一个积极分子，当了会员，还写过一篇《现代文艺的使命》的文章，准备在计划出版的刊物上发表，内容现在完全忘记了，无非是一些肤浅的革命口号。胡先生的过激行动，引起了国民党的注意，准备逮捕他，他逃到上海去了，两年后就在上海龙华就义。

学期中间，接过胡先生教鞭的是董秋芳先生，他同他的前任迥乎不同，他认真讲课，认真批改学生的作文。他出作文题目，非常奇特，他往往在黑板上写上四个大字：随便写来，意思就是让学生愿意写什么，就写什么。有一次，我写了一篇相当长的作文，是写我父亲死于故乡我回家奔丧的心情的，董老师显然很欣赏这一篇作文，在作文本每页上面空白处写了几个眉批：“一处节奏，又一处节奏。”这真正是正中下怀，我写文章，好坏姑且不论，我是非常重视节奏的。我这个个人心中的爱好，不意董老师一语道破，夸大一点说，我简直要感激涕零了。他还在这篇作文的后面写了一段很长的批语，说我和理科学生王联榜是全班甚至全校之冠，我的虚荣心又一次得到了满足。我之所以能毕生在研究方向迥异的情况下始终不忘舞笔弄墨，到了今天还被人称作一个作家，这是与董老师的影响和鼓励分不开的。恩师大德，我终生难忘。

我不记得高中是怎样张榜的。反正我在这最后一学年的两次考试中，又考了两个甲等第一，加上北园的四个，共是六连冠。要说是不高兴，那不是真话；但也并没有飘飘然觉得自己有什么了不起。

到了1930年的夏天，我的中学时代就结束了。当年我是十九岁。

如果青年朋友们问我有什么经验和诀窍，我回答说：没有的。如果非要我说点什么不行的话，那我只能说两句老生常谈：“书山有路勤为径，学海无涯苦作舟。”“勤”“苦”二字就是我的诀窍。说了等于白说，但白说也得说。

报考大学

我少无大志，从来没有想到做什么学者。中国古代许多英雄，根据正史的记载，都颇有一些豪言壮语，什么“大丈夫当如是也”！什么“彼可取而代也”！又是什么“燕雀焉知鸿鹄之志哉”？真正掷地作金石声，令我十分敬佩，可我自己不是那种人。

在我读中学的时候，像我这种从刚能吃饱饭的家庭出身的人，唯一的目的和希望就是——用当时流行的口头语来说——能抢到一只“饭碗”。当时社会上只有三个地方能生产“铁饭碗”：一个是邮政局，一个是铁路局，一个是盐务稽核所。这三处地方都掌握在不同国家的帝国主义分子手中。在那半殖民地社会里，“老外”是上帝。不管社会多么动荡不安，不管“城头”多么“变幻大王旗”，“老外”是谁也不敢碰的。他们生产的“饭碗”是“铁”的，砸不破，摔不碎。只要一碗在手，好好干活，不违“洋”命，则终生会有饭吃，无忧无虑，成为羲皇上人。

我的家庭也希望我在高中毕业后能抢到这样一只“铁饭碗”。我不敢有违严命，高中毕业后曾报考邮政局。若考取后，可以当一名邮务生。如果勤勤恳恳，不出娄子，干上十年二十年，也可能熬到一个邮务佐，算是邮局里的一个芝麻绿豆大的小官了，就这样混上一辈子，平平安安，无风无浪。幸乎？不幸乎？我没有考上。大概面试的“老外”看我不像那样一块料，

1931—1934 年，季羡林在清华大学学习，图为清华大学校景。

于是我名落孙山了。

在这样的情况下，我才报考了大学。北大和清华都录取了我。我同当时众多的青年一样，也想出国去学习，目的只在“镀金”，并不是想当什么学者。“镀金”之后，容易抢到一只饭碗，如此而已。在出国方面，我以为清华条件优于北大，所以舍后者而取前者。后来证明，我这一宝算是押中了。这是后事，暂且不提。

清华是当时两大名牌大学之一，前身叫留美预备学堂，是专门培养青年到美国去学习的。留美若干年镀过了金以后，回国后多为大学教授，有的还做了大官。在这些人里面究竟出了多少真正的学者，没有人做过统计，我不敢瞎说。同时并存的清华国学研究院，是一所很奇特的机构，仿佛是

1934年，季羡林先生在清华大学毕业时留影。

西装革履中一袭长袍马褂，非常不协调。然而在这个不起眼的机构里却有名闻宇内的四大导师：梁启超、王国维、陈寅恪、赵元任。另外有一名年轻的讲师李济，后来也成了大师，担任了台湾“中央研究院”的院长。这个国学研究院，与其说它是一所现代化的学堂，毋宁说它是一所旧日的书院。一切现代化学校必不可少的烦琐的规章制度，在这里似乎都没有。师生直接联系，师了解生，生了解师，真正做到了循循善诱，因材施教。虽然只办了几年，梁、王两位大师一去世，立即解体，然而所创造的业绩却是非同小可。我不确切知道究竟毕业了多少人，估计只有几十个人，但几乎全都成了教授，其中有若干位还成了学术界的著名人物。听史学界的朋友说，中国20世纪30年代后形成了一个学术派别，名叫“吾师派”，大概是由某些人写文章常说的“吾师梁任公”“吾师王静安”“吾师陈寅恪”等衍变而来的。从这一件小事也可以看到清华国学研究院在学术界影响之大。

吾生也晚，没有能亲逢国学研究院的全盛时期。我于 1930 年入清华时，留美预备学堂和国学研究院都已不再存在，清华改成了国立清华大学。清华有一个特点：新生投考时用不着填上报考的系名，录取后，再由学生自己决定入哪一个系；读上一阵，觉得不恰当，还可以转系。转系在其他一些大学中极为困难——比如说现在的北京大学，但在当时的清华，却真易如反掌。可是根据我的经验：世上万事万物都具有双重性。没有入系的选择自由，很不舒服，现在有了入系的选择自由，反而更不舒服。为了这个问题，我还真伤了点脑筋。系科盈目，左右掂量，好像都有点吸引力，究竟选择哪一个系呢？我一时好像变成了莎翁剧中的 Hamlet 碰到了 To be or not to be—That is the question。我是从文科高中毕业的，按理说，文科的系对自己更适宜。然而我却忽然一度异想天开，想入数学系，真是“可笑不自量”。经过长时间的考虑，我决定入西洋文学系（后改名外国语文系）。这一件事也证明我“少无大志”，我并没有明确的志向，想当哪一门学科的专家。

当时的清华大学的西洋文学系，在全国各大学中是响当当的名牌。原因据说是由于外国教授多，讲课当然都用英文，连中国教授讲课有时也用英文。用英文讲课，这可真不得了呀！只是这一条就能够发聋振聩，于是就名满天下了。我当时未始不在被振发之列，又同我那虚无缥缈的出国梦联系起来，我就当机立断，选了西洋文学系。

从 1930 年到现在，六十七个年头已经过去了。所有的当年的老师都已经去世了。最后去世的一位是后来转到北大来的美国的温德先生，去世时已经活过了百岁。我现在想根据我在清华学习四年的印象，对西洋文学系做一点评价，谈一谈我个人的一点看法。我想先从古希腊找一张护身符贴到自己身上：“吾爱吾师，吾尤爱真理。”有了这一张护身符，我就可以心安理得，能够畅所欲言了。

记北大 1930 年入学考试

1930 年，我高中毕业。当时山东只有一个高中，就是杆石桥山东省立高中，文理都有，毕业生大概有七八十个人。除少数外，大概都要进京赶考的。我之所谓“京”是一个形象的说法，就是指的北京，当时还叫“北平”。山东有一所大学：山东大学，但是名声不显赫，同北京的北大、清华无法并提。所以，绝大部分高中毕业生都进京赶考。

当时北平的大学很多。除了北大、清华以外，我能记得来的还有朝阳大学、中国大学、郁文大学、平民大学、辅仁大学、燕京大学等。还有一些只有校名，没有校址的大学，校名也记不清楚了。

有的同学大概觉得自己底气不足，报了五六个大学的名。报名费每校三元，有几千学生报名，对学校来说是一笔不小的收入。我本来是一个上不得台盘的人，新育小学毕业就没有勇气报考一中。但是，高中一年级时碰巧受到了王寿彭状元的奖励。于是虚荣心起了作用：既然上去，就不能下来！结果三年高中，六次考试，我考了六个第一名。心中不禁“狂”了起来。我到了北平，只报了两个学校：北大与清华。结果两校都录取了我。经过反复的思考，我弃北大而取清华。后来证明我这个判断是正确的。否则我就不会有留德十年。没有留德十年，我以后走的道路会是完全不同的。

那一年的入学考试，北大就在北沙滩，清华因为离城太远，借了北大

北京大学东语系60级毕业合影。

的三院做考场。清华的考试平平常常，没有什么特异之处。北大则极有特色，至今忆念难忘。首先是国文题就令人望而生畏，题目是“何谓科学方法？试分析评论之”。又要“分析”，又要“评论之”，这究竟是考学生什么呢？我哪里懂什么“科学方法”。幸而在高中读过一年逻辑，遂将逻辑的内容拼拼凑凑，写成了一篇答卷，洋洋洒洒，颇有一点神气。北大英文考试也有特点。每年必出一首旧诗词，令考生译成英文。那一年出的是“别来春半，触目愁肠断。砌下落梅如雪乱，拂了一身还满”。所有的科目都考完以后，又忽然临时加试一场英文 dictation。一个人在上面念，让考生整个记录下来。这玩意儿我们山东可没有搞。我因为英文单词记得多，整个故事我听得懂，大概是英文《伊索寓言》一类书籍抄来的一个罢。总起来，我都写了下来。仓皇中把 suffer 写成了 safer。

我们山东赶考的书生们经过了这几大灾难才仿佛井蛙从井中跃出，大开了眼界。了解到了山东中学教育水平是相当低的。

2003 年 9 月 28 日

1930—1932年的简略回顾

1930年夏天，我从山东省立济南高中毕业。当时这是山东全省唯一的一所高中，各县有志上进的初中毕业生，都必须到这里来上高中。俗话说“千军万马独木桥”。济南省立高中就是这样一座独木桥。

一毕业，就算是走过了独木桥。但是，还要往前走的，特别是那些具备经济条件的学生，而这种人占的比例是非常大的。即使是家庭经济条件不够好的，父母也必千方百计拼凑摒挡，送孩子上学。旧社会说：“没有场外的举人。”上大学就等于考举人，父母怎能让孩子留在场外呢？我的家庭就属于这个范畴。旧社会还有一句话，叫“进京赶考”，即指的是考进士。当时举人进士都已不再存在了，但赶考还是要进京的。那时北京已改为北平，不再是“京”了。可是济南高中文理两科毕业生大约有一百多人，除了经济实在不行的外，有八九十个人都赶到北平报考大学。根本没有听说有人到南京、上海等地去的。留在山东报考大学的也很少听说。这是当时的时代潮流，是无法抗御的。

当时的北平有十几所大学，还有若干所专科学校。学校既多，难免良莠不齐。有的大学，我只微闻其名，却没有看到过，因为，它只有几间办公室，没有教授，也没有学生，有人只要缴足了四年的学费，就发给毕业证书。等而上之，大学又有三六九等。有的有校舍，有教授，有学生，但教授和学生水平都不高，马马虎虎，凑上四年，拿一张文凭，一走了事。在乡下人眼中，他们的地位就等于举人或进士了。列在大学榜首的当然是北大和清华。燕大也不错，但那是一所贵族学校，收费高，享受丰，一般老百姓学生是不敢轻叩其门的。

当时到北平来赶考的举子，不限于山东，几乎全国各省都有，连僻远的云南和贵州也不例外。总起来大概有六七千或者八九千人。那些大学都分头招生，有意把考试日期分开，不让举子们顾此失彼。有的大学，比如朝阳大学，一个暑假就招生四五次。这主要是出于经济考虑。报名费每人大洋三元，这在当时是个不菲的数目，等于一个人半个月的生活费。每年暑假，朝阳大学总是一马当先，先天下之招而招。第一次录取极严，只有极少数人能及格。以后在众多大学考试的空隙中再招考几次。最后则在所有的大学都考完后，后天下之招而招，几乎是一网打尽了。前者是为了报名费，后者则是为了学费了。

北大和清华当然是只考一次的。我敢说，全国到北平的学子没有不报考这两个大学的。即使自知庸陋，也无不想侥幸一试。这是“一登龙门，身价十倍”的事，谁愿意放过呢？但是，两校录取的人数究竟是有限的。在大约五六千或更多的报名的学子中，清华录取了约两百人，北大不及其半，百分比之低，真堪惊人，比现在要困难多了。我曾多次谈到过，我幼无大志，当年小学毕业后，对大名鼎鼎的一中我连报名的勇气都没有，只是凑合着进了“破正谊”。现在大概是高中三年的六连冠，我的勇气大起来了，我到了北平，只报考了北大和清华。偏偏两个学校都取了我。经过了一番考虑，为了想留洋镀金，我把宝押到了清华上。于是我进了清华园。

同北大不一样，清华报考时不必填写哪一个系。录取后任你选择。觉得不妥，还可以再选。我选的是西洋文学系。到了毕业时，我的毕业证书上却写的是外国语言文学系，不知道是什么时候改的。西洋文学系有一个详尽的四年课程表，从古典文学一直到现当代文学，应有尽有。我记得，课程有“古典文学”“中世纪文学”“文艺复兴时期文学”“英国浪漫诗人”“现当代长篇小说”“英国散文”“文学批评史”“世界通史”“欧洲文学史”“中西诗之比较”“西方哲学史”等等，都是每个学生必修的。还有“莎士比亚”，也是每个学生都必修的。讲课基本上都用英文。“第一年英文”“第一年国文”“逻辑”，好像是所有的文科学生都必须选的。“文学概论”“文艺心理学”，好像是选修课，我都选修过。当时旁听之风甚盛，授课教师大多不以为忤，听之任之。选修课和旁听课带给我很大的好处，比如朱光潜先生的“文艺心理学”和陈寅恪先生的“佛经翻译文学”，就影响了我的一生。但也有碰钉子的时候。当时冰心女士蜚声文坛，名震神州。清华请她来教一门什么课。学生中追星族也大有人在，我也是其中之一。我们都到三院去旁听，屋子里面座无虚席，走廊上也站满了人。冰心先生当时不过三十二三岁，头上梳着一个信基督教的妇女王玛丽张玛丽之流常梳的髻，盘在后脑勺上，满面冰霜，不露一丝笑意，一登上讲台，便发出狮子吼：“凡不选本课的学生，统统出去！”我们相视一笑，伸伸舌头，立即弃甲曳兵而逃。后来到了50年代，我同她熟了，笑问她此事，她笑着说：“早已忘记了。”我还旁听过朱自清、俞平伯等先生的课，只是浅尝辄止，没有听完一个学期过。

西洋文学系还有一个奇怪的规定。上面列的必修课是每一个学生都必须读的；但偏又别出心裁，把全系分为三个专业方向：英文、德文、法文。每一个学生必有一个专业方向，叫 Specialized 的什么什么。我选的是德文，就叫作 Specialized in German，要求是从“第一年德文”经过第二年、第三年一直读到“第四年德文”。英法皆然。我说它奇怪，因为每一个学生英文都能达到四会或五会的水平，而德文和法文则是从字母学起，与英文水平相距悬殊。这一桩怪事，当时谁也不去追问，追问也没有用，只好你怎样规定我就怎样执行，如此而已。

清华还有一个怪现象，也许是一个好现象，为其他大学所无，这就是：每一个学生都必须选修第一年体育，不及格不能毕业。每一个体育项目，比如百米、二百米、一千米、跳高、跳远、游泳等等，都有具体标准，达不到标准，就算不及格。幸而标准都不高，达到并不困难，所以还没有听说因体育不及格而不能毕业的。

寸草心

我已至望九之年，在这漫长的生命中，亲属先我而去的，人数颇多。俗话说："死人生活在活人的记忆里。"先走的亲属当然就活在我的记忆里。越是年老，想到他们的次数越多。想得最厉害的偏偏是几位妇女。因为我是一个激烈的女权卫护者吗？不是的。那么究竟原因何在呢？我说不清。反正事实就是这样。我只能说是因缘和合了。

我在下面依次讲四位妇女。前三位属于"寸草心"的范畴，最后一位算是借了光。

大奶奶

我的上一辈，大排行，共十一位兄弟。老大、老二，我叫他们"大大爷"、"二大爷"，是同父同母所生。大大爷是个举人，做过一任教谕，官阶未必入流，却是我们庄最高的功名，最大的官，因此家中颇为富有。兄弟俩分家，每人还各得地五六十亩。后来被划为富农。老三、老四、老五、老六、老八、老十，我从未见过，他们父母生身情况不清楚，因家贫遭灾，闯了关东，黄鹤一去不复归矣。老七、老九、老十一，是同父同母所生。老七是我父亲，从小父母双亡，我从来没有见过我的祖父母。贫无立锥之地，十一叔送给了别人，改了姓。九叔也万般无奈被迫背井离乡，流落济南，好歹算是在那里立定了脚跟。我六岁离家，投奔的就是九叔。

所谓“大奶奶”，就是举人的妻子。大大爷生过一个儿子，也就是说，大奶奶有过一个儿子。可惜在娶妻生子后就夭亡了。我从来没有见过他。因此，在我上一辈十一人中，男孩子只有我这一个独根独苗。在旧社会“不孝有三，无后为大”的环境中，我成了家中的宝贝，自是意中事。可能还有一些别的原因，在我六岁离家之前，我就成了大奶奶的心头肉，一天不见也不行。

我们家住在村外，大奶奶住在村内。有很长一段时间，我每天早晨一睁眼，滚下土炕，一溜烟就跑到村内，一头扑到大奶奶怀里。只见她把手缩进非常宽大的袖筒里，不知从什么地方拿出半块或一整个白面馒头，递给我。当时吃白面馒头叫作吃“白的”，全村能每天吃“白的”的人，屈指可数，大奶奶是其中一个，季家全家是唯一的一个。对我这个连“黄的”（指小米面和玉米面）都吃不到，只能凑合着吃“红的”（红高粱面）的小孩子，“白的”简直就像是龙肝凤髓，是我一天望眼欲穿地最希望享受到的。

按年龄推算起来，从能跑路到离开家，大约是从三岁到六岁，是我每天必见大奶奶的时期，也是我一生最难忘怀的一段生活。我的记忆中往往闪出一株大柳树的影子。大奶奶弥勒佛似的端坐在一把奇大的椅子上。她身躯胖大，据说食量很大。有一次，家人给她炖了一锅肉。她问家里的人：“肉炖好了没有？给我盛一碗拿两个馒头来，我尝尝！”食量可见一斑。可惜我现在怎么样也挖不出吃肉的回忆。我不会没吃过的。大概我的最高愿望也不过是吃点“白的”，超过这个标准，对我就如云天渺茫，连回忆都没有了。

可是我终于离开了大奶奶，以古稀或耄耋的高龄，失掉我这块心头肉，大奶奶内心的悲伤，完全可以想象。“遥怜小儿女，未解忆长安。”我只有六岁，稍有点不安，转眼就忘了。等我第一次从济南回家的时候，是送大奶奶入土的。从此我就永远失掉了大奶奶。

大奶奶会永远活在我的记忆中。

我的母亲

我是一个最爱母亲的人，却又是一个享受母爱最少的人。我六岁离开母亲，以后有两次短暂的会面，都是由于回家奔丧。最后一次是分离八年以后，又回家奔丧。这次奔的却是母亲的丧。回到老家，母亲已经躺在棺材里，连遗容都没能见上。从此，人天永隔，连回忆里母亲的面影都变得迷离模糊，连在梦中都见不到母亲的真面目了。这样的梦，我生平不知已有多少次。直到耄耋之年，我仍然频频梦到面目不清的母亲，总是老泪纵横，哭着醒来。对享受母亲的爱来说，我注定是一个永恒的悲剧人物了。奈之何哉！奈之何哉！

关于母亲，我已经写了很多，这里不想再重复。我只想写一件我绝不相信其为真而又热切希望其为真的小事。

在清华大学念书时，母亲突然去世。我从北平赶回济南，又赶回清平，送母亲入土。我回到家里，看到的只是一个黑棺材，母亲的面容再也看不到了。有一天夜里，我正睡在里间的土炕上，一叔陪着我。中间隔一片枣树林的对门的宁大叔，径直走进屋内，绕过母亲的棺材，走到里屋炕前，把我叫醒，说他的老婆宁大婶“撞客”了——我们那里把鬼附人体叫作“撞客”——撞的“客”就是我母亲。我大吃一惊，一骨碌爬起来，跌跌撞撞，跟着宁大叔，穿过枣林，来到他家。宁大婶坐在炕上，闭着眼睛，嘴里却不停地说着话，不是她说话，而是我母亲。一见我（毋宁说是一“听到我”，因为她没有睁眼），就抓住我的手，说：“儿啊！你让娘想得好苦呀！离家八年，也不回来看看我。你知道，娘心里是什么滋味呀！”如此刺刺不休，说个不停。我仿佛当头挨了一棒，懵懵懂懂，不知所措。按理说，听到母

20 世纪 90 年代初，季羡林先生回山东临清，在其父母亲墓前敬献花圈。

亲的声音，我应当嚎啕大哭。然而，我没有，我似乎又清醒过来。我在潜意识中，连声问着自己：这是可能的吗？这是真事吗？我心里酸甜苦辣，搅成了一锅酱。我对“母亲”说：“娘啊！你不该来找宁大婶呀！你不该麻烦宁大婶呀！”我自己的声音传到我自己的耳朵里，一片空虚，一片淡漠。然而，我又不能不这样，我的那一点“科学”起了支配的作用。“母亲”连声说：“是啊！是啊！我要走了。”于是宁大婶睁开了眼睛，木然、愕然坐在土炕上。我回到自己家里，看到母亲的棺材，伏在土炕上，一直哭到天明。

我不能相信这是真的，但是希望它是真的。倚闾望子，望了八年，终于“看”到了自己心爱的独子，对母亲来说不也是一种安慰吗？但这是多么渺茫、多么神奇的一种安慰呀！

母亲永远活在我的记忆里。

我的婶母

这里指的是我九叔续弦的夫人。第一位夫人，虽然是把我抚养大的，我应当感谢她；但是，留给我的却不都是愉快的回忆。我写不出什么文章。

这一位续弦的婶母，是在 1935 年夏天我离开济南以后才同叔父结婚

季羡林先生夫妇与婶母、儿女、孙女等合影。

的，我并没见过她。到了德国写家信，虽然“敬禀者”的对象中也有“婶母”这个称呼，却对我来说是一个空洞的概念。一直到1947年，也就是说十二年以后，我从北平乘飞机回济南，才把概念同真人对上了号。

婶母（后来我们家里称她为“老祖”）是绝顶聪明的人，也是一个有个性有脾气的人。我初回到家，她是斜着眼睛看我的。这也难怪。结婚十几年了，忽然凭空冒出来了一个侄子。“他是什么人呢？好人？坏人？好不好对付？”她似乎有这样多问号。这是人之常情，不能怪她。

我却对她非常尊敬，她不是个一般的人。我离家十二年，我在欧洲经历了第二次世界大战，她在国内经历了日军占领和抗日战争。我是亲老、家贫、子幼。可是鞭长莫及。有五六年，音信不通。上有老，下有小，叔父脾气又极暴烈，甚至有点乖戾，极难侍奉。有时候，经济没有来源，全靠她一个人支持。她摆过烟摊；到小市上去卖衣服家具；在日军刺刀下去领混合面；骑着马到济南南乡里去勘查田地，充当地牙子，赚点钱供家用；靠自己幼时所学的中医知识，给人看病。她以“少妻”的身份，对付难以对付的“老夫”。她的苦心至今还催我下泪。在这万分艰苦的情况下，她没让孙女和孙子失学，把他们抚养成人。总之，一句话，如果没有老祖，我们的家早就完了。我回到家里来也恐怕只能看到一座空房，妻离子散，叔父归天。

我自认还不是一个混人。我极重感情，绝不忘恩。老祖的所作所为，我看到眼里，记在心中。回北平以后，给她写了一封长信，称她为“老季家的功臣”。听说，她很高兴。见了自己的娘家人，详细通报。从此，她再也不斜着眼睛看我了，我们两人之间的关系十分融洽，互相尊重。我们全家都尊敬她，热爱她，“老祖”这一个朴素简明的称号，就能代表我们全家人的心。

叔父去世以后，老祖同我的妻子彭德华从济南迁来北京。我们一起生活了将近三十年，从没有半点龃龉，总是你尊我敬。自从我六岁到济南以后，六七十年来，我们家从来没有吵过架，这是极为难得的。我看进入吉尼斯世界纪录，也不为过。老祖到我们家以后，我们能这样和睦，主要归功于她和德华两人，我在其中起的作用，微乎其微。以八十多岁的高龄，老祖身体健康，精神愉快，操持家务，全都靠她。我们只请了做小时工的保姆。老祖天天背着一个大黑布包，出去采买食品菜蔬，成为朗润园的美谈。老祖是非常满意的，告诉自己的娘家人说：“这一家子都是很孝顺的。”可见她晚年心情之一斑。我个人也是非常满意的，我安享了二三十年的清福。老祖以九十岁的高龄离开人世。我想她是含笑离开的。

老祖永远活在我的记忆里。

我的妻子

我在上面说过：德华不应该属于“寸草心”的范畴。她借了光。人世间借光的事情也是常有的。

我因为是季家的独根独苗，身上负有传宗接代的重大任务，所以十八岁就结了婚。父母之命，媒妁之言，自不在话下。德华长我四岁。对我们家来说，她真正做到了“毫不利己，专门利人”，一辈子勤勤恳恳，有时候还要含辛茹苦。上有公婆，下有稚子幼女，丈夫十几年不在家。公公又极难侍候，家里又穷，经济朝不保夕。在这些年，她究竟受了多少苦，她只

1980年，季羡林先生与夫人彭德华在寓所前和孙女（左一）、婶母（左二）合影。

1991年，季羡林先生与夫人彭德华在庆贺季羡林先生八十寿辰和结婚六十周年宴会上。

1992年，季羡林先生与夫人彭德华合影。

是偶尔对我流露一点，我实在说不清楚。

德华天资不是太高，只念过小学，大概能认千八百字。当我念小学的时候，我曾偷偷地看过许多旧小说，什么《西游记》《封神演义》《彭公案》《施公案》《济公传》《七侠五义》《小五义》等等都看过。当时这些书对我来说是“禁书”，叔叔称之为“闲书”。看“闲书”是大罪状，是绝对不允许的。但是，不但我，连叔父的女儿秋妹都偷偷地看过不少。她把小说中常见的词儿“飞檐走壁”念成“飞腾走壁”，一时传为笑柄。可是，德华一辈子也没有看过任何一部小说，别的书更谈不上了。她没有给我写过一封信，她根本拿不起笔来。到了晚年，连早年能认的千八百字也都大半还给了老师，剩下的不太多了。因此，她对我一辈子搞的这一套玩意儿根本不知道是什么东西，有什么意义。她似乎从来也没有想知道过。在这方面，我们俩毫无共同的语言。

在文化方面，她就是这个样子。然而，在道德方面，她却是超一流的。上对公婆，她真正尽上了孝道；下对子女，她真正做到了慈母应做的一切；中对丈夫，她绝对忠诚、绝对服从、绝对爱护。她是一个极为难得的孝顺媳妇、贤妻良母。她对待任何人都是忠厚诚恳，从来没有说过半句闲话。她不会撒谎，我敢保证，她一辈子没有说过半句谎话。如果中国将来要修“二十几史”，而其中又有什么“妇女列传”或“闺秀列传”的话，她应该榜上有名。

1962 年，老祖同德华从济南搬到北京来。我过单身汉生活数十年，现在总算是有了一个家。这也是德华一生的黄金时期，也是我一生最幸福的时候。我们家里和睦相处，你尊我让，从来没有吵过嘴。有时候家人朋友团聚，食前方丈，杯盘满桌，烹饪往往由她们二人主厨。饭菜上桌，众人狼吞虎咽，她们俩却往往是坐在一旁，笑眯眯地看着我们吃，脸上流露出极为怡悦的表情。对这样的家庭，一切赞誉之词都是无用的，都会黯然失色的。

我活到了八十多，参透了人生真谛。人生无常，无法抗御。我在极端的快乐中，往往心头闪过一丝暗影：天下无不散的筵席。我们家这一出十分美满的戏，早晚会有煞戏的时候。果然，老祖先走了，去年德华又走了。她也已活到超过米寿，她可以瞑目了。德华永远活在我的记忆里。

1995 年 7 月

我的家

我曾经有过一个温馨的家。那时候，老祖和德华都还活着，她们从济南迁来北京，我们住在一起。

老祖是我的婶母，全家都尊敬她，尊称之为老祖。她出身中医世家，人极聪明，很有心计。从小学会了一套治病的手段，有家传治白喉的秘方，治疗这种十分危险的病，十拿十稳，手到病除。因自幼丧母，没人替她操心，耽误了出嫁的黄金时刻，成了一位山东话称之为“老姑娘”的人。年近四十，才嫁给了我叔父，做续弦的妻子。她心灵中经受的痛苦之剧烈，概可想见。然而她是一个十分坚强的人，从来没有对人流露过，实际上，作为一个丧母的孤儿，又能对谁流露呢？

德华是我的老伴，是奉父母之命，通过媒妁之言同我结婚的。她只有小学水平，认了一些字，也早已还给老师了。她是一个真正善良的人，一生没有跟任何人闹过对立，发过脾气。她也是自幼丧母的，在她那堂姊妹兄弟众多的、生计十分困难的大家庭里，终日愁米愁面，当然也受过不少的苦，没有母亲这一把保护伞，有苦无处诉，她的青年时代是在愁苦中度过的。

至于我自己，我虽然不是自幼丧母，但是，六岁就离开母亲，没有母爱的滋味，我尝得透而又透。我大学还没有毕业，母亲就永远离开了我，

1935 年，季羡林先生在德国。　　季羡林先生的夫人彭德华。

这使我抱恨终天，成为我的“永久的悔”。我的脾气，不能说是暴躁，而是急躁。想到干什么，必须立即干成，否则就坐卧不安。我还不能说自己是个坏人，因为，除了为自己考虑外，我还能为别人考虑。我坚决反对曹操的“宁教我负天下人，休教天下人负我”。

就是这样三个人组成了一个家庭。

为什么说是一个温馨的家呢？首先是因为我们家六十年来没有吵过一次架，甚至没有红过一次脸。我想，这即使不能算是绝无仅有，也是极为难能可贵的。把这样一个家庭称之为温馨不正是恰如其分吗？其中也不是没有原因的。

我们全家都尊敬老祖，她是我们家的功臣。正当我们家经济濒于破产的时候，从天上掉下一个馅儿饼来：我获得一个到德国去留学的机会。我并没有什么凌云的壮志，只不过是想苦熬两年，镀上一层金，回国来好抢得一只好饭碗，如此而已。焉知两年一变而成了十一年。如果不是老祖苦苦挣扎，摆过小摊，卖过破烂，勉强让一老，我的叔父；二中，老祖和德华；二小，我的女儿和儿子，能够有一口饭吃，才得度过灾难。否则，我们家早已家破人亡了。这样一位大大的功臣，我们焉能不尊敬呢？

季羡林先生与爱猫。

如果真有“毫不利己，专门利人”的人的话，那就是老祖和德华。她们忙忙叨叨买菜、做饭，等到饭一做好，她俩却坐在旁边看着我们狼吞虎咽，自己只吃残羹剩饭。这逼得我不由不从内心深处尊敬她们。

我们曾经雇过一个从安徽来的年轻女孩子当小时工，她姓杨，我们都管她叫小杨，是一个十分温顺、诚实、少言寡语的女孩子。每天在我们家干两小时的活，天天忙得没有空闲时间。我们家的两个女主人经常在午饭的时候送给小杨一个热馒头，夹上肉菜，让她吃了当午饭，立即到别的家去干活。有一次，小杨背上长了一个疮，老祖是医生，懂得其中的道理。据她说，疮长在背上，如凸了出来，这是良性的，无大妨碍。如果凹了进去，则是民间所谓的大背疮，古书上称之为疽，是能要人命的。当年范增“疽发背死”，就是这种疮。小杨患的也恰恰是这种疮。于是，小杨每天到我们家来，不是干活，而是治病，主治大夫就是老祖，德华成了助手。天天挤脓、上药，忙完整整两小时，小杨再到别的家去干活。最后，奇迹出现了，过了几个月，小杨的疽完全好了。老祖始终没有告诉她这种疮的危险性。小杨离开北京回到安徽老家以后，还经常给我们来信，可见我们家这两位女主人之恩，使她毕生难忘了。

我们的家庭成员，除了“万物之灵”的人以外，还有几个并非万物之灵的猫。我们养的第一只猫，名叫虎子，脾气真像是老虎，极为暴烈。但是，对我们三个人却十分温顺，晚上经常睡在我的被子上。晚上，我一上床躺下，虎子就和另外一只名叫猫咪的猫，连忙跳上床来，争夺我脚头上那一块地盘，沉沉地压在那里。如果我半夜里醒来，觉得脚头上轻轻的，我知道，两只猫都没有来，这时我往往难再入睡。在白天，我出去散步，两只猫就跟在我后面，我上山，它们也上山；我下来，它们也跟着下来。这成为燕园中一条著名的风景线，名传遐迩。

这难道不是一个温馨的家庭吗？

然而，光阴如电光石火，转瞬即逝。到了今天，人猫俱亡，我们的家庭只剩下了我一个人，形单影只，过了一段寂寞凄苦的生活。

然而，天无绝人之路。隔了不久，我的同事，我的朋友，我的学生，了解到我的情况之后，立刻伸出了爱援之手，使我又萌生了活下去的勇气。其中有一位天天到我家来“打工”，为我操吃操穿，读信念报，招待来宾，处理杂务，不是亲属，胜似亲属。让我深深感觉到，人间毕竟是温暖的，生活毕竟是“美丽的”（我讨厌这个词儿，姑一用之）。如果没有这些友爱和帮助，我恐怕早已登上了八宝山，与人世“拜拜”了。

那些非万物之灵的家庭成员如今数目也增多了。我现在有四只纯种的，从家乡带来的波斯猫，活泼、顽皮，经常挤入我的怀中，爬上我的脖子。其中一只，尊号毛毛四世的小猫，正在爬上我的脖子，被一位摄影家在不到半秒钟的时间内抢拍了一个镜头，赫然登在《人民日报》上，受到了许多人的赞扬，成为蜚声猫坛的一只世界名猫。

眼前，虽然我们家只剩下我一个孤家寡人，你难道能说这不是一个温馨的家吗？

2000 年 11 月 15 日

高中国文教员一年

1934年夏季，我毕业于清华大学西洋文学系（后改名外国语文系）。当时社会上流行着一句话："毕业即失业。"可见毕业后找工作——当时叫抢一只饭碗——之难。对我来说，这个问题尤其严重。家庭经济已濒临破产，盼望我挣钱，如大旱之望云霓。而我却一无奥援，二不会拍马。我好像是孤身一人在荒原上苦斗，后顾无人，前路茫茫。心中郁闷，概可想见。这种心情，从前一年就有了。一句常用的话"未雨绸缪"或可形容这种心情万一。

但是，这种"未雨绸缪"毫无结果。时间越接近毕业，我的心情越沉重，简直到了食不甘味的程度。如果真正应了"毕业即失业"那一句话，我恐怕连回山东的勇气都没有，我有何面目见山东父老！我上有老人，下有子女，一家五口，嗷嗷待哺。如果找不到工作，我自己吃饭都成问题，遑论他人！我真正陷入走投无路的绝境。

然而，正如常言所说的那样："天无绝人之路"，在这危急存亡的时刻，好机遇似乎是从天而降。北大历史系毕业生梁竹航先生，有一天忽然来到清华，告诉我，我的母校山东济南高中校长宋还吾先生托他来问我，是否愿意回母校任国文教员。这真是我做梦也想不到的喜讯，我大喜若狂。但立刻又省悟到，自己学的是西洋文学，教高中国文能行吗？当时确有一种颇为流行的看法和做法，认为只要是作家就能教国文。这个看法本身就是不科学的，能写的人不一定能教。何况我只不过是出于个人爱好，在高中时又受到了董秋芳先生的影响，在大报上和高级刊物上发表过一些散文，那些都是“只堪自怡悦”的东西，离一个真正的作家还有一段颇长的距离。像我这样的人怎么能到高中去担任国文教员呢？而且我还听说，我的前任是让学生“架”走的，足见这些学生极难对付，我贸然去了，一无信心，二无本钱，岂非自己去到太岁头上动土吗？想来想去，忐忑不安。虽然狂喜，未敢遽应。梁君大我几岁，稳健持重，有行政才能。看到了我的情况，让我再考虑一下。这个考虑实际上是一场思想斗争。最后下定决心，接受济南高中之聘，我心里想:“你敢请我，我就敢去！”实际上，除了这条路以外，我已无路可走。于是我就于 1934 年秋天，到了济南高中。

校长

校长宋还吾先生是北大毕业生，为人豁达大度，好交朋友，因为姓宋，大家送上绰号曰“宋江”。既然有了宋江，必有阎婆惜，逢巧宋夫人就姓阎，于是大家就称她为“阎婆惜”。宋先生在山东，甚至全国教育界广有名声。因为他在孔子故乡曲阜当校长时演出了林语堂写的剧本《子见南子》，剧本对孔子颇有失敬之处，因此受到孔子族人的攻击。此事引起了鲁迅先生的注意与愤慨，在《鲁迅全集》中对此事有详细的叙述。请有兴趣者自行参阅。我一进学校就受到了宋校长的热烈欢迎。他特在济南著名的铁路宾馆设西餐宴为我接风，热情可感。

教员

我离开高中四年了。四年的时间，应该说并不算太长。但是，在我的

1934年，季羡林先生清华大学毕业后，返中学母校济南高中任教时留影。

感觉上却仿佛是换了人间。虽然校舍依旧巍峨雄伟，树木花丛、一草、一木依旧蓊郁葳蕤；但在人事方面却看不到几张旧面孔了。校长换了人，一套行政领导班子统统换掉。在教员中，我当学生时期的老教员没有留下几个。当年的国文教员董秋芳、董每戡、夏莱蒂诸先生都已杳如黄鹤，不知所往。此时，我的心情十分复杂，在兴奋欣慰之中又杂有凄凉寂寞之感。

在国文教员方面，全校共有三个年级，每个年级四个班，共有十二个班，每一位国文教员教三个班，共有国文教员四名。除我以外应该还有三名。但是，我现在能回忆起来的却只有两名。一位是冉性伯先生，是山东人，是一位资深的国文教员。另一位是童经立先生，是江西人，什么时候到高中来的，我完全不知道。他们两位都不是作家，都是地地道道大学国文系的毕业生，教国文是内行里手。这同四年前完全不一样了。

英文教员我只能记起两位，都不是山东人。一位是张友松，一位是顾绶昌。前者后来到北京来，好像是在人民文学出版社当编审。后者则在广东中山大学做了教授。有一年，我到广州中大时，到他家去拜望过他，相见极欢，留下吃了一顿非常丰富的晚餐。从这两位先生身上可以看到，当时济南高中的英文教员的水平是相当高的。

至于其他课程的教员，我回忆不起来多少。和我同时进校的梁竹航先生是历史教员，他大概是宋校长的嫡系，关系异常密切。一位姓周的，名字忘记了，是物理教员，我们之间的关系颇好。1934 年秋天，我曾同周和另外一位教员共同游览泰山，一口气登上了南天门，在一个鸡毛小店里住了一夜，第二天凌晨登上玉皇顶，可惜没能看到日出。我离开高中以后，不知道周的情况如何，从此杳如黄鹤了。最让我觉得有趣的是，我八九岁入济南一师附小，当时的校长是一师校长王祝晨（士栋，绰号“王大牛”）先生兼任，我一个乳臭未干的顽童与校长之间宛如天地悬隔，我从来没有见过他的面，曾几何时，我们今天竟成了同事。他是山东教育界的元老之一，热情地支持五四运动，脾气倔强耿直，不讲假话，后来在 1957 年反右时，被划为右派。他对我怎么看，我不知道。我对他则是执弟子礼甚恭，我尊敬他的为人，至于他的学问怎么样，我就不敢妄加评论了。

同我往来最密切的是张叙青先生，他是训育主任，主管学生的思想工作，讲党义一课。他大概是何思源（山东教育厅长）、宋还吾的嫡系部队的成员。我 1946 年在去国十一年之后回到北平的时候，何思源是北平市长，张叙青是秘书长。在高中时，他虽然主管国民党的工作；但是脸上没有党气，为人极为洒脱随和，因此，同教员和学生关系都很好。他常到我屋里来闲聊。我们同另外几个教员经常出去下馆子。济南一些只有本地人才知道的小馆子，由于我是本地人，我们都去过。那时高中教员工资相当高，我的工资是每月一百六十元，是大学助教的一倍。每人请客一次不过二三元，谁也不在乎。我虽然同张叙青先生等志趣不同、背景不同；但是，作为朋友，我们是能谈得来的。有一次，我们几个人骑自行车到济南南面众山丛中去游玩，骑了四五十里路，一路爬高，极为吃力，经过八里洼、土屋，最终到了终军镇（在济南人口中读若仲宫）。终军是汉代人，这是他降生的地方，可见此镇之古老。镇上中学里的一位教员热情地接待了我们，设盛宴表示欢迎之意。晚饭之后，早已过了黄昏时分。我们走出校门，走到唯一的一条横贯全镇的由南向北的大路上，想领略一下古镇傍晚的韵味。此时，全镇一片黢黑，不见一个人影，没有一丝光亮。黑暗仿佛凝结成了固体，伸手可摸。仰望天空，没有月亮，群星似更光明。身旁大树的枝影撑入天空，巍然，森然。万籁俱寂，耳中只能听到远处泉声潺湲。我想套用一句唐诗："泉响山愈静。"在这样的情况下，我真仿佛远离尘境，遗世而独立了。我们在学校的一座小楼上住了一夜。这是我一生最难忘的一夜。第二天早晨，我们又骑上自行车向南行去，走了二三十里路，到了柳堡，已经是泰山背后了。抬头仰望，泰山就在眼前。"岱宗夫如何？齐鲁青未了。"泰山的青仿佛就扑在我们背上。我们都不敢再前进了。拨转车头，向北骑去，骑了将近百里，回到了学校。这次出游，终生难忘。过了不久，我们又联袂游览了济南与泰山之间的灵岩古寺，也是我多年向往而未能到过的地方。从上面的叙述可以看到，我同高中的教员之间的关系是十分融洽的。

上课

我在上面已经提到过，高中共有三个年级，十二个班；包括我在内，有国文教员四人，每人教三个班。原有的三个教员每人包一个年级的三个班，换句话说，就是每一个年级剩下一个班，三个年级共三个班，划归我的名下。有点教书经验的人都知道，这给我造成了颇大的困难，他们三位每位都只有一个头，而我则须起三个头。这算不算"欺生"的一种表现呢？我不敢说，但这个感觉我是有的。可也只能哑子吃黄连了。

好在我选教材有我自己的标准。我在清华时，已经读了不少中国古典文学作品。我最欣赏我称之为唯美派的诗歌，以唐代李义山为代表，西方则以英国的 Swinlum、法国的象征派为代表。此外，我还非常喜欢明末的小品文。我选教材，除了普遍地各方面都要照顾到以外，重点就是选这些文章。我相信，在这一点上，我同其他几位国文教员是不会相同的。

我没有教国文的经验，但是学国文的经验却是颇为丰富的。正谊中学杜老师选了些什么教材，我已经完全记不清了。北园高中王崑玉老师教材皆选自《古文观止》。济南高中胡也频老师没有教材，堂上只讲普罗文学。董秋芳老师以《苦闷的象征》为教材。清华大学刘文典老师一学年只讲了江淹的《恨赋》和《别赋》以及陶渊明的《闲情赋》。课堂上常常骂蒋介石。我这些学国文的经验对我有点借鉴的作用，但是用处不大。按道理，教育当局和学校当局都应该为国文这一门课提出具体的要求，但是都没有。教员成了独裁者，愿意怎么教就怎么教，天马行空，一无阻碍。我当然也想不到这些问题。我根据自己的兴趣，选了一些中国古典诗文。我的任务就是解释文中的典故和难解的词句。我虽读过不少古典诗文，但腹笥并不充盈。我备课时主要靠《辞源》和其他几部类书。有些典故自己是理解的，但是颇为"数典忘祖"，说不出来源。于是《辞源》和几部类书就成了我不可须臾离开的宝贝。我查《辞源》速度之快达到了出神入化的境界。为了应付学生毕业后考大学的需要，我还自作主张，在课堂上讲了一点西方文学的概况。

我在清华大学最后两年写了十几篇散文，都是惨淡经营的结果，都发表在全国一流的报纸和文学杂志上，因此，即使是名不见经传，也被认为是一个"作家"。到了济南，就有报纸的主编来找我，约我编一个文学副刊。我愉快地答应了，就在当时一个最著名的报纸上办了一个文学副刊，取名《留夷》，这是楚辞上一个香花的名字，意在表明，我们的副刊将会香气四溢。作者主要是我的学生。文章刊出后有稿酬，每千字一元。当时的一元可以买到很多东西，穷学生拿到后，不无小补。我的文章也发表在上面，有一篇《游灵岩》，是精心之作，可惜今天遍寻不得了。

我同学生的关系

总起来说，我同学生的关系是相当融洽的。我那年是二十三岁，也还是一个大孩子。同学生的年龄相差不了几岁。有的从农村来的学生比我年龄还大。所以我在潜意识中觉得同学生们是同伴，不懂怎样去摆教员的谱儿。我常同他们闲聊，上天下地，无所不侃。也常同他们打乒乓球。有一位年龄不大而聪明可爱的叫吴传文的学生经常来找我去打乒乓球。有时候我正忙着备课或写文章，只要他一来，我必然立即放下手中的活，陪他一同到游艺室去打球，一打就是半天。

我在上面已经提到过，我的前任一位姓王的国文教员是被学生“架”走的。我知道这几班的学生是极难对付的，因此，我一上任，就有戒心，战战兢兢，如履薄冰，避免蹈我的前任的覆辙。但我清醒地意识到，处理好同学生的关系，首先必须把书教好，这是重中之重。有一次，我把一个典故解释错了，第二天上课堂，我立即加以改正。这也许能给学生留下一点印象：季教师不是一个骗子。我对学生绝不阿谀奉承，讲解课文，批改作业，我总是实事求是，绝不讲溢美之词。

我同校长的关系

宋还吾校长是我的师辈，他聘我到高中来，又可以说是有恩于我，所以我对他非常尊敬。他为人宽宏豁达，颇有豪气，真有与宋江相似之处，接近他并不难。他是山东教育厅长何思源的亲信，曾在山东许多地方，比如青岛、曲阜、济南等地做过中学校长。他当然有一个自己的班底，走到哪里，带到哪里。其中除庶务人员外，也有几个教员。我大概也被看作是宋家军的，但只是一个初出茅庐的杂牌。到了学校以后，我隐隐约约地听人说，宋校长的想法是想让我出面组织一个济南高中校友会，以壮大宋家军的军威。但是，可惜的是，我是一个上不得台盘的人，不善活动，高中校友会终于没有组织成。实在辜负了宋校长的期望。

听说，宋夫人“阎婆惜”酷爱打麻将，大概是每一个星期日都必须打的。当时济南中学教员打麻将之风颇烈。原因大概是，当过几年中学教员之后，业务比较纯熟了，瞻望前途，不过是一辈子中学教员。常言道：“水往低处流，人往高处走。”他们的“高处”在什么地方呢？渺茫到几乎没有。“不为无益之事，何以遣有涯之生！”于是打麻将之风尚矣。据说，有一位中学教员打了一夜麻将，第二天上午有课。他懵懵懂懂地走上讲台。学生问了一个问题：“× 是什么？”他脱口而出回答说：“二饼。”他的灵魂还没有离开牌桌哩。在高中，特别是在发工资的那一个星期，必须进行“原包大战”，“包”者，工资包也。意思就是，带着原工资包，里面至少有一百六十元，走上牌桌。这个钱数在当时是颇高的，每个人的生活费每月也不过五六元。鏖战必定通宵，这不成问题。幸而还没有出现“二饼”的笑话。我们国文教员中有一位我的师辈的老教员也是牌桌上的嫡系部队。我不是不会打麻将，但是让我去参加这一支麻将大军，陪校长夫人戏耍，我却是做不到的。

根据上述种种情况，宋校长对我的评价是：“羡林很安静。”“安静”二字实在是绝妙好词，含义很深远。这一点请读者去琢磨吧。

我的苦闷

我在清华毕业后，不但没有毕业即失业，而且抢到了一只比大学助教的饭碗还要大一倍的饭碗。我应该满意了。在家庭里，我现在成了经济方面的顶梁柱，看不见婶母脸上多少年来那种难以形容的脸色。按理说，我应该十分满意了。

然而，事实却不是这样。我有我的苦闷。

首先，我认为，一个人不管闯荡江湖有多少危险和困难，只要他有一个类似避风港样的安身立命之地，他就不会失掉前进的勇气，他就会得到安慰。按一般的情况来说，家庭应该起这个作用。然而我的家庭却不行。虽然同在一个城内，我却搬到学校里来住，只在星期日回家一次。我并不觉得，家庭是我的安身立命之地。

其次是前途问题。我虽然抢到了一只十分优越的饭碗，但是，我能当一辈子国文教员吗？当时，我只有二十三岁，并没有什么远大的理想，也没有梦想当什么学者；可是看到我的国文老师那样，一辈子庸庸碌碌，有的除了陪校长夫人打麻将之外，一事无成，我确实不甘心过那样的生活。那么，我究竟想干什么呢？说渺茫，确实很渺茫；但是，说具体，其实也很具体。我希望出国留学。

留学的梦想，我早就有的。当年我舍北大而取清华，动机也就在入清华留学的梦容易圆一些。现在回想起来，我之所以痴心妄想想留学，与其说是为了自己，还不如说是为了别人。原因是，我看到那些主要是到美国留学的人，拿了博士学位，或者连博士学位也没有拿到的，回国以后，立即当上了教授，月薪三四百元大洋，手挎美妇，在清华园内昂首阔步，旁若无人，实在会让人羡煞。至于学问怎样呢？据过去的老学生说，也并不怎么样。我觉得不平，想写文章刺他们一下。但是，如果自己不是留学生，别人会认为你说葡萄是酸的，贻笑大方。所以我就梦寐以求想去留学。然而留学岂易言哉！我的处境是，留学之路渺茫，而现实之境难忍，我焉得而不苦闷呢？

我亲眼看到的一幕滑稽剧

在苦闷中，我亲眼看到了一幕滑稽剧。

当时的做法是，中学教员一年发一次聘书（后来我到了北大，也是一年一聘）。到了暑假，如果你还没有接到聘书，那就表示，下学期不再聘你了，自己卷铺盖走路。那时候的人大概都很识相，从来没有听说，有什么人赖着不走，或者到处告状的。被解聘而又不撕破脸皮，实在是个好办法。

有一位同事，名叫刘一山，河南人，教物理。家不在济南，住在校内，与我是邻居，平时常相过从。人很憨厚，不善钻营。大概同宋校长没有什么关系。1935 年秋季开始，校长已决定把他解聘。因此，当年春天，我们都已经接到聘书，独刘一山没有。他向我探询过几次，我告诉他，我已经接到了。他是个老行家，听了静默不语；但他知道，自己被解聘了。他精于此道，于是主动向宋校长提出辞职。宋校长是一个高明的演员。听了刘的话以后，大为惊诧，立即“诚恳”挽留，又亲率教务主任和训育主任，三驾马车到刘住的房间里去挽留，义形于色，正气凛然。我是个新手，如果我不了解内幕，我必信以为真。但刘一山深知其中奥妙，当然不为所动。我真担心，如果刘当时竟答应留下，我们的宋校长下一步棋会怎么下呢？

我从这一幕闹剧中学到了很多处世做人的道理。

天赐良机

常言道：“天无绝人之路。”在我无法忍耐的苦闷中，前途忽然闪出了一线光明。在 1935 年暑假还没有到的时候，我忽然接到我的母校北京清华大学的通知，我已经被录取为赴德国的交换研究生。我可以到德国去念两年书。能够留学，吾愿已定，何况又是德国，还能有比这更令我兴奋的事情吗？我生为山东一个穷乡僻壤的贫苦农民的孩子，能够获得一点成功，全靠偶然的机会。倘若叔父有儿子，我绝不会到了济南。如果清华不同德国签订交换留学生协定，我绝不会到了德国。这些都是极其偶然的事件。“世间多少偶然事？不料偶然又偶然。”

我在山东济南省立高中一年国文教员的生活，就这样结束了。

2002 年 5 月 14 日写完

贰 十年回顾

1938 年，季羡林先生在德国留影。

进入哥廷根大学

在清华大学毕业以后，我万般无奈回到济南省立高中，当了一年国文教员。当时有一个奇怪的逻辑：写上几篇散文什么的，就算是作家；只要是作家，就能教国文。我就是在这样逻辑的支配下走上了国文讲台的。我能吃几碗干饭，我自己心里有底儿。留学镀金之梦未成，眼前手中的饭碗难捏，因此终岁郁郁寡欢。谁料正在这个关键时刻，命运之神——如果有这样一位神灵的话——又一次来叩我的门：我考上了清华大学同德国协议互派的交换研究生。这第二次机遇的意义绝不下于第一次。如果没有这一次机遇的话，我终生大概只能当一个手中饭碗随时都摇摇欲坠的中学教员。至于什么学术研究，即使真如我在上面所说的那样有一个“轫”，这个“轫”即使“发”了，科研之车走不了几步，也会自动停下来的。

我于1935年夏取道西伯利亚铁路到了德国柏林，同年深秋到了哥廷根，入哥廷根大学读书。哥廷根是一座只有十万多人口的小城，但是大学却已有五六百年的历史，历代名人辈出，是一座在世界上有名的大学。这一所大学并没有一个固定而集中的校址，全城各个角落都有大学的学院或研究所。全城人口中约有五分之一是流转不停的大学生。

德国大学有很多特点，总的精神是绝对自由。根本没有入学考试，学生愿意入哪个大学就入哪个。学习期限也没有规定，也无所谓毕业，只要

1935 年季羡林先生离开济南赴德留学前，与中学同学合影。

博士学位拿到手，就算是毕了业。常见或者常听说，中国某大学的某教授是德国某大学毕业的，我觉得非常好笑，不知道他的“毕业”指的是什么。这只能蒙蔽外行人而已。一个学生要想拿到博士学位，必须读三个系：一个主系，两个副系。这些系全由学生自己选定，学校不加干涉。任何与主系不相干的系都可以作为副系。据说当年有一个规定：想拿哲学博士学位，三个系中必须有一个是哲学。我去的时候，这个规定已经取消了。听说汉堡有一位学数学的中国留学生，主系当然是数学，两个副系确实有点麻烦。为省力计，他选汉学当副系之一。他自以为中国话说得比德国教授要好，于是就掉以轻心，不把德国教授看在眼中。论文写成后，主系教授批准他口试。口试现场，三系教授都参加。汉学教授跟他开了一个小小的玩笑，开口问他：“杜甫与莎士比亚，谁早谁晚？”大概我们这一位青年数学家对中国文学史和英国文学史都不太通，只朦朦胧胧地觉得杜甫在中国属于中世纪，而莎士比亚在英国则似乎属于茫昧的远古。他回答说：“莎士比亚早，杜甫晚。”汉学教授没有再提第二个问题，斩钉截铁地说：“先生！你落第了！”可怜一个小玩笑，断送功名到白头。

学生上课，也是绝对自由的，可以任意迟到，任意早退。教授不以为忤，学生坦然自若。除了最后的博士论文口试答辩以外，平常没有任何考试。在大课堂上，有的课程只需在开始时请教授在“学习簿”（Studienbuch）

1935 年季羡林先生离开济南赴德留学前，与中学同学合影。

上签一个名，算是“报到”（Anmeldung），以后你愿听课，就听；不愿意听，就不必来。听说，有的学生在“报到”之后，就杳如黄鹤，永远拜拜了。有的课程则需要“报到”和课程结束时再请教授签字，叫作 Abmeldung（注销），表示这个课程你自始至终地学习完了。这样的课程比较少，语言课都属于此类。学生中只“报到”而不“注销”者大有人在。好在大学并不规定结业年限。因此，德国大学中有一类特殊人物，叫作 Ewiger Student（永恒的学生），有的都有了十年、二十年学习的历史，仍然照常“报到”不误。

当一个学生经过在几所大学游学之后最后选定了某一所大学、某一个教授，他便定居下来，决定跟这位教授作博士论文。但是，到了此时，教授并不是任何一个学生都接受的，他要选择、考验。越是出名的教授，考验越严格，学生必须参加他的讨论班（Seminar）。教授认为孺子可教，然后才给他出博士论文的题目。如果认为他没有培养前途，则坦言拒绝。博士论文当然也有高低之分，但是起码必须有新东西、新思想、新发现；不管多大多小，必须有点新东西，则是坚定不可移的。在世界上许多国家，都有买博士论文的现象，但我在德国十年，还没有听说过，这是颇为难得的。博士论文完成时间没有规定，这是符合客观规律的。据我看，无论是文科，还是理科，要有新发现，事前是无法制订计划的。中国大学规定博士论文必须按期完成，这是不懂科研规律的一种表现，亟须加以改正，以免贻笑方家。

学习吐火罗文

我在上面曾讲到偶然性，我也经常想到偶然性。一个人一生中不能没有偶然性，偶然性能给人招灾，也能给人造福。

我学习吐火罗文，就与偶然性有关。

说句老实话，我到哥廷根以前，没有听说过什么吐火罗文。到了哥廷根以后，读通了吐火罗文的大师西克就在眼前，我也还没有想到学习吐火罗文。原因其实是很简单的。我要学三个系，已经选了那么多课程，学了那么多语言，已经是超负荷了。我是有自知之明的（有时候我觉得过了头），我学外语的才能不能说一点都没有，但是绝非语言天才。我不敢在超负荷上再超负荷。而且我还想到，我是中国人，到了外国，我就代表中国。我学习砸了锅，丢个人的脸是小事，丢国家的脸却是大事，绝不能掉以轻心。因此，我随时警告自己：自己的摊子已经铺得够大了，绝不能再扩大了。这就是我当时的想法。

但是，正如我在上面已经讲到的，第二次世界大战一爆发，瓦尔德施米特被征从军，西克出来代替他。老人家一定要把自己的拿手好戏统统传给我。他早已越过古稀之年。难道他不知道教书的辛苦吗？难道他不知道在家里颐养天年会更舒服吗？但又为什么这样自找苦吃呢？我猜想，除了个人感情因素之外，他是以学术为天下之公器，想把自己的绝学传授给我

1936 年冬，季羡林先生（右一）与在德国的同学合影。

这个异域的青年，让印度学和吐火罗学在中国生根开花。难道这里面还有某一些极“左”的先生们所说的什么侵略的险恶用心吗？中国佛教史上有不少传法、传授衣钵的佳话，什么半夜里秘密传授，什么有其他弟子嫉妒，等等，我当时都没有碰到，大概是因为时移事迁今非昔比了吧。倒是最近我碰到了一件类似这样的事情。说来话长，不讲也罢。

总之，西克教授提出了要教我吐火罗文，丝毫没有征询意见的意味，他也不留给我任何考虑的余地。他提出了意见，立刻安排时间，马上就要上课。我真是深深地被感动了，除了感激之外，还能有什么话说呢？我下定决心，扩大自己的摊子，“舍命陪君子”了。

能够到哥廷根来跟这一位世界权威学习吐火罗文，是世界上许多学者的共同愿望。多少人因为得不到这样的机会而自怨自艾。我现在是近水楼台，是为许多人所艳羡的。这一点我是非常清楚的。我要是不学，实在是难以理解的。正在西克给我开课的时候，比利时的一位治赫梯文的专家沃尔特·古勿勒（Walter Couvreur）来到哥廷根，想从西克教授治吐火罗文。时机正好，于是一个吐火罗文特别班就开办起来了。大学的课程表上并没有这样一门课，而且只有两个学生，还都是外国人，真是一个特别班。可是西克并不马虎。以他那耄耋之年，每周有几次从城东的家中穿过全城，走到高斯 - 韦伯楼来上课，精神矍铄，腰板挺直，不拿手杖，不戴眼镜，他本身简直就是一个奇迹。走这样远的路，却从来没有人陪他。他无儿无女，家里没有人陪，学校里当然更不管这些事。尊老的概念，在西方国家，几乎没有。西方社会是实用主义的社会。一个人对社会有用，他就有价值；一旦没用，价值立消。没有人认为其中有什么不妥之处。因此西克教授对自己的处境也就安之若素、处之泰然了。

吐火罗文残卷只有中国新疆才有。原来世界上没有人懂这种语言，是西克和西克灵在比较语言学家 W. 舒尔茨（W.Schulze）帮助下，读通了的。他们三人合著的吐火罗语语法，蜚声全球士林，是这门新学问的经典著作。但是，这一部长达五百一十八页的皇皇巨著，却绝非一般的入门之书，而是异常难读的。它就像是一片原始森林，艰险复杂，歧路极多，没有人引导，自己想钻进去，是极为困难的。读通这一种语言的大师，当然就是最理想的引路人。西克教吐火罗文，用的也是德国的传统方法，这一点我在上面已经谈到过。他根本不讲解语法，而是从直接读原文开始。我们一起头就读他同他的伙伴西克灵共同转写成拉丁字母、连同原卷影印本一起出版的吐火罗文残卷——西克经常称之为“精制品”（Prachtstück）的《福力太子因缘经》。我们自己在下面翻读文法，查索引，译生词；到了课堂上，我同古勿勒轮流译成德文，西克加以纠正。这工作是异常艰苦的。原文残卷残缺不全，没有一页是完整的，连一行完整的都没有，虽然是“精制品”，也只是相对而言，这里缺几个字，那里缺几个音节。不补足就抠不出意思，而补足也只能是以意为之，不一定有很大的把握。结果是西克先生讲的多，我们讲的少。读贝叶残卷，补足所缺的单词儿或者音节，一整套做法，我就是在吐火罗文课堂上学到的。我学习的兴趣日益浓烈，每周两次上课，我不但不以为苦，有时候甚至有望穿秋水之感了。

不知道什么原因，我回忆当时的情景，总是同积雪载途的漫长的冬天联系起来。有一天，下课以后，黄昏已经提前降临到人间，因为天阴，又由于灯火管制，大街上已经完全陷入一团黑暗中。我扶着老人走下楼梯，走出大门。十里长街积雪已深，阒无一人。周围静得令人发怵，脚下响起了我们踏雪的声音，眼中闪耀着积雪的银光。好像宇宙间就只剩下我们师徒二人。我怕老师摔倒，紧紧地扶住了他，就这样一直把他送到家。我生平可以回忆值得回忆的事情，多如牛毛。但是这一件小事却牢牢地印在我的记忆里。每一回忆就感到一阵凄清中的温暖，成为我回忆的“保留节目”。然而至今已时移境迁，当时认为是细微小事，今生今世却绝无可能重演了。

同这一件小事相连的，还有一件小事。哥廷根大学的教授们有一个颇为古老的传统：星期六下午，约上二三同好，到山上林中去散步，边走边谈，谈的也多半是学术问题；有时候也有争论，甚至争得面红耳赤。此时大自然的旖旎风光，在这些教授心目中早已不复存在了，他们关心的还是自己的学问。不管怎样，这些教授在林中漫游倦了，也许找一个咖啡馆，坐下喝点什么，吃点什么。然后兴尽回城。有一个星期六的下午，我在山下散步，逢巧遇到西克先生和其他几位教授正要上山。我连忙向他们致敬。西克先生立刻把我叫到眼前，向其他几位介绍说：“他刚通过博士论文答辩，是最优等。”言下颇有点得意之色。我真是既感且愧。我自己那一点学习成绩，实在是微不足道，然而老人竟这样赞誉，真使我不安了。中国唐诗中杨敬之诗：“平生不解藏人善，到处逢人说项斯。”“说项”传为美谈，不意于万里之外的异域见之。除了砥砺之外，我还有什么好说呢？

有一次，我发下宏愿大誓，要给老人增加点营养，给老人一点欢悦。要想做到这一点，只有从自己的少得可怜的食品分配中硬挤。我大概有一两个月没有吃奶油，忘记了是从哪里弄到的面粉和贵似金蛋的鸡蛋，以及一斤白糖，到一个最有名的糕点店里，请他们烤一个蛋糕。这无疑是一件极其贵重的礼物，我像捧着一个宝盒一样把蛋糕捧到老教授家里。这显然有点出他意料，他的双手有点颤抖，叫来了老伴，共同接了过去，连“谢谢”二字都说不出来了。这当然会在我腹中饥饿之火上又加上了一把火。然而我心里是愉快的，这成为我一生最愉快的回忆之一。

等到美国兵攻入哥廷根以后，炮声一停，我就到西克先生家去看他。他的住房附近落了一颗炮弹，是美军从城西向城东放的。他的夫人告诉我，炮弹爆炸时，他正伏案读有关吐火罗文的书籍，窗子上的玻璃全被炸碎，玻璃片落满了一桌子，他奇迹般地竟然没有受任何一点伤。我听了以后，真不禁后怕起来了。然而对这一位把研读吐火罗文置于性命之上的老人，我的崇敬之情在内心里像大海波涛一样汹涌澎湃起来。西克先生的个人成就，德国学者的辉煌成就，难道是没有原因的吗？从这一件小事中我们可以学习多少东西呢？同其他一些有关西克先生的小事一样，这一件也使我毕生难忘。

我拉拉杂杂地回忆了一些我学习吐火罗文的情况。我把这归之于偶然性。这是对的，但还有点不够全面。偶然性往往与必然性相结合。在这里有没有必然性呢？不管怎样，我总是学了这一种语言，而且把学到的知识带回到中国。尽管我始终没有把吐火罗文当作主业，它只是我的副业，中间还由于种种原因我几乎有三十年没有搞，只是由于另外一个偶然性我才又重理旧业；但是，这一种语言的研究在中国毕竟算生了根，开花结果是必然的结果。一想到这一点，我对我这一位像祖父般的老师的怀念之情和感激之情，便油然而生。

现在西克教授早已离开人世，我自己也年届耄耋，能工作的日子有限了。但是，一想我的老师西克先生，我的干劲就无限腾涌。中国的吐火罗学，再扩大一点说，中国的印度学，现在可以说是已经奠了基。我们有一批朝气蓬勃的中青年梵文学者，是金克木先生和我的学生和学生的学生，当然也可以说是西克教授和瓦尔德施米特教授学生的学生的学生。他们将肩负起繁荣这一门学问的重任，我深信不疑。一想到这一点，我虽老迈昏庸，又不禁有一股清新的朝气涌上心头。

德国学习生活回忆

我于 1934 年在清华大学西洋文学系毕业，到母校济南省立高中去教了一年国文。1935 年秋天，考取清华大学与德国交换研究生，到德国著名的大学城哥廷根去继续学习。

首先碰到的一个问题就是学习科目。我曾经想学习古希腊文和拉丁文。但是当时德国中学生要学习八年拉丁文、六年希腊文。我补习这两种古代语言至少也要费上几年的时间，那是无论如何也做不到的。为这个问题，我着实烦恼了一阵。有一天，我走到大学的教务处去看教授开课的布告。偶然看到 Waldschmidt 教授要开梵文课。这一下子就勾引起我旧有的兴趣：学习梵文和巴利文。从此以后，我在这个只有十万人口的小城住了整整十年，绝大部分精力就用在学习梵文和巴利文上。

我到哥廷根时，法西斯头子才上台两年。又过了两年，1937 年，日本法西斯就发动了侵华战争。再过两年，1939 年，德国法西斯就发动了第二次世界大战。在漫长的十年当中，我没有过上几天平静舒适的日子。到了德国不久，就赶上黄油和肉定量供应，而且是越来越少。二次大战一爆发，面包立即定量，也是同样的规律：越来越少，而且越来越坏。到了后来，黄油基本上不见，做菜用的油是什么化学合成的。每月分配到的量很少，倒入锅中，转瞬一阵烟，便一切俱逝。做面包的面粉大部分都不是面粉。德国人自

1937年5月，季羡林先生（左二）与留德的中国学生合影于哥廷根。

在德国留学期间与乔冠华同志合影，右为季羡林。

己也不知道是什么东西，有的说是海鱼粉做成，有的又说是木头炮制的。刚拿到手，还可以入口。放上一夜，就腥臭难闻。过了几年这样的日子，天天挨饿，做梦也梦到祖国吃的东西。要说真正挨饿的话，那才算是挨饿。有一次我同一位德国小姐骑自行车下乡去帮助农民摘苹果，因为成丁的男子几乎都被征从军，劳动力异常缺少。劳动了一天，农民送给我一些苹果和五磅土豆。我回家以后，把五磅土豆一煮，一顿饭吃个精光，但仍毫无饱意。挨饿的程度，可以想见。我当时正读俄国作家果戈理的《钦差大臣》，其中有一个人没有东西吃，脱口说了一句："我饿得简直想把地球一口气吞下去。"我读了，大为高兴，因为这位俄国作家在多少年以前就说出了我心里的话。

然而，我的学习并没有放松。我仍然是争分夺秒，把全部的时间都用于学习。我那几位德国老师使我毕生难忘。西克教授（Prof. Emil Sieg）当时已到耄耋高龄，早已退休，但由于 Waldschmidt 被征从军，他又出来代替。这位和蔼可亲诲人不倦的老人治学谨严，以读通吐火罗语，名扬国际学术界。他教我读波颠阇利的《大疏》，教我读《梨俱吠陀》，教我读《十王子传》，这都是他的拿手好戏。此外，他还殷切地劝我学习吐火罗语。我原来并没有这个打算，因为，从我的能力来说，我学习的东西已经够多的了。但是他的盛意难却。我就跟他念起吐火罗语来。同我同时学习的还有一个比利时的学者 W. Couvreur，Waldschmidt 教授每次回家休假，还关心指导我的论文。就这样，在战火纷飞下，饥肠辘辘中，我完成了我的学习，Waldschmidt 教授和其他两个系——斯拉夫语言系和英国语言系——的有关教授对我进行了口试。学习算是告一段落。有一些人常说：学术无国界。我以前对于这句话曾有过怀疑：学术怎么能无国界呢？一直到今天，就某些学科来说，仍然是有国界的。但是，也许因为我学的是社会科学，从我的那些德国老师身上，确实可以看出，学术是没有国界的。他们对我从来没有想保留一手。循循善诱，谆谆教导，连想法和资料，对我都是公开的。他们为什么这样做呢？难道他们不是想使他们从事的那种学科能够传入迢迢万里的中国来生根发芽结果吗？

此时战争已经形势大变。德国法西斯由胜转败，只有招架之功，没有还手之力。最初英美的飞机来德国轰炸时，炸弹威力不大，七八层的高楼仅仅只能炸坏最上面的几层。法西斯头子尾巴大翘，狂妄地加以嘲讽。但是过了不久，炸弹威力猛增，往往是把高楼一炸到底，有时甚至在穿透之后从地下往上爆炸。这时轰炸的规模也日益扩大，英国白天来炸，美国晚上来炸，都用的是“铺地毯”的方式，意思就是炸弹像铺地毯一样，一点空隙也不留。有时候，我到郊外林中去躲避空袭，躺在草地上仰望英美飞机编队飞过，机声震地，黑影蔽天，一躺就是个把小时。

我就是在这样饥寒交迫、机声隆隆中学习的。我当然会想到祖国，此时祖国在我心头的分量比什么时候都大。然而它却在千山万水之外，云天渺茫之中。我有时候简直失掉希望，觉得今生再也不会见到最亲爱的祖国了。同家庭也失掉联系。我想改杜甫的诗："烽火连三岁，家书抵亿金。"我曾在当时写成的一篇短文里写道："乡思使我想到：我是一个有故乡和祖国的人。"也许现在的人们无法理解这样一句平凡简单然而又包含着许多深意的话。我当时是了解的，现在当然更能了解了。

在这里，我想着重提一下德国人民的友好情谊。大家都知道，在30年代末40年代初，中国，除了解放区以外，是在国民党统治下的，外交无能，内政腐败，黄钟毁弃，瓦釜雷鸣，是一个被人家瞧不起的国家，何况德国法西斯更是瞧不起所谓"有色人种"的。法西斯头子希特勒时有所表露，而他的话又是被某一些德国人奉为金科玉律的。然而，在广大人民群众中，情况却完全两样。我在德国住了那样长的时间，从来没有碰到种族歧视的粗野对待。我的女房东待我像自己的孩子一样。离别时她痛哭失声。我的老师，我上面已经讲到过，对我在学术上要求极严，但始终亲切和蔼，令我如在春风化雨中。对一个远离祖国有时又有些多愁善感的年轻人来说，这是极大的安慰，它使我有勇气在饥寒交迫、精神极度愁苦中坚持下去，一直看到法西斯的垮台。

法西斯垮台以后，德国已经是一片废墟。我曾到哈诺弗去过一趟。这个百万人口的大城，城里面光留下一个空架子。几乎没有什么居民。大街两旁全是被轰炸过的高楼大厦，只剩下几堵墙。沿墙的地下室窗口旁，摆满上坟用的花圈。据说被埋在地下室里的人成千上万。当时轰炸后，还能听到里面的求救声，但没法挖开地下室救他们。声音日渐微弱，终于无声地死在里边。现在停战了，还是无法挖开地下室，抬出尸体。家人上坟就只好把花圈摆在窗外。这种景象实在让人毛骨悚然。

这时已是1945年深秋，我到德国已经整整十年了。我同几个中国同乡，乘美军的汽车，到了瑞士，在那里住了将近半年。1946年夏天回国。从此结束了我那漫长的流浪生活。

十年回顾

自己觉得德国十年的学术回忆好像是写完了。但是，仔细一想，又好像是没有写完，还缺少一个总结回顾，所以又加上了这一段。把它当作回忆的一部分，或者让它独立于回忆之外，都是可以的。

在我一生六十多年的学术研究的过程中，德国十年是至关重要的关键性的十年。我在上面已经提到过，如果我的学术研究有一个发轫期的话，真正的发轫不是在清华大学，而是在德国哥廷根大学。

但是，这个十年并不是一个简单的十年，有它辉煌成功的一面，也有它阴暗悲惨的一面。所有这一切都比较详细地写在我的《留德十年》一书中，读者如有兴趣，可参阅。我在上面写的我在哥廷根十年的学术活动，主要以学术论文为经，写出了我的经验与教训。我现在想以读书为纲，写我读书的情况。我辈知识分子一辈子与书为伍，不是写书，就是读书，二者是并行的，是非并行不可的。

我已经活过了八个多十年，已经到了望九之年。但是，在读书条件和读书环境方面，哪一个十年也不能同哥廷根的十年相比。在生活方面，我是一个最枯燥乏味的人，所有的玩的东西，我几乎全不会，也几乎全无兴趣。我平生最羡慕两种人：一个是画家，一个是音乐家。而这两种艺术是最需天才的，没有天赋而勉强对付，决无成就。可是造化小儿偏偏跟我开玩笑，只赋予我这方面的兴趣，而不赋予我那方面的天才。《汉书·董仲舒传》说："古人有言曰：'临渊羡鱼，不如退而结网。'"我极想"退而结网"，可惜找不到结网用的绳子，一生只能做一个羡鱼者。我自己对我这种个性也并不满意。我常常把自己比做一盆花，只有枝干而没有绿叶，更谈不到有什么花。

在哥廷根的十年，我这种怪脾气发挥得淋漓尽致。哥廷根是一个小城，除了一个剧院和几个电影院以外，任何消遣的地方都没有。我又是一介穷书生，没有钱，其实也是没有时间冬夏两季到高山和海滨去旅游。我所有的仅仅是时间和书籍。学校从来不开什么会，有一些学生会偶尔举行晚会跳舞。我去了以后，也只能枯坐一旁，呆若木鸡。这里中国学生也极少，有一段时间，全城只有我一个中国人。这种孤独寂静的环境，正好给了我空前绝后的读书的机会。我在国内不是没有读过书，但是，从广度和深度两个方面来看，什么时候也比不上在哥廷根。

我读书有两个地方，分两大种类，一个是有关梵文、巴利文和吐火罗文等等的书籍，一个是汉文的书籍。我很少在家里读书，因为我没有钱买专业图书，家里这方面的书非常少。在家里，我只在晚上临睡前读一些德文的小说，Thomas Mann 的名著 *Buddenbrooks* 就是这样读完的。我早晨起床后在家里吃早点，早点极简单，只有两片面包和一点黄油和香肠。到了后来，第二次世界大战爆发后，首先在餐桌上消逝的是香肠，后来是黄油，最后只剩一片有鱼腥味的面包了。最初还有茶可喝，后来只能喝白开水了。早点后，我一般是到梵文研究所去，在那里一待就是一天，午饭在学生食堂或者饭馆里吃，吃完就回研究所。整整十年，不懂什么叫午睡，德国人也没有午睡的习惯。

我读梵文、巴利文、吐火罗文的书籍，一般都是在梵文研究所里。因此，我想先把梵文研究所图书收藏的情况介绍一下。哥廷根大学的各个研究所都有自己的图书室。梵文图书室起源于何时、何人，我当时就没有细问。可能是源于 Franz Kielhorn，他是哥廷根大学的第一个梵文教授。他在印度

季羡林先生在德国与中国同学合影留念。

长年累月搜集到的一些极其珍贵的碑铭的拓片，都收藏在研究所对面的大学图书馆里。他的继任人Hermann Oldenberg在他逝世后把大部分藏书都卖给了或者赠给了梵文研究所。其中最珍贵的还不是已经出版的书籍，而是零篇的论文。当时Oldenberg是国际上赫赫有名的梵学大师，同全世界各国的同行们互通声气，对全世界梵文研究的情况了如指掌。广通声气的做法不外一是互相邀请讲学，二是互赠专著和单篇论文。专著易得，而单篇论文，由于国别太多、杂志太多，搜集颇为困难。只有像Oldenberg这样的大学者才有可能搜集比较完备。Oldenberg把这些单篇论文都装订成册，看样子是按收到时间的先后顺序装订起来的，并没有分类。皇皇几十巨册，整整齐齐地排列书架上。我认为，这些零篇论文是梵文研究所的镇所之宝。除了这些宝贝以外，其他梵文、巴利文一般常用的书都应有尽有。其中也不乏名贵的版本，比如Max Müller校订出版的印度最古的典籍《梨俱吠陀》原刊本，Whitney校订的《阿闼婆吠陀》原刊本。Boehtlingk和Roth的被视为词典典范的《圣彼德堡梵文大词典》原本和缩短本，也都是难得的书籍。至于其他字典和工具书，无不应有尽有。

我每天几乎是一个人坐拥书城，“躲进小楼成一统”，我就是这些宝典的伙伴和主人，它们任我支配，其威风虽南面王不易也。整个 Gauss-Weber-Haus 平常总是非常寂静，里面的人不多，而德国人又不习惯于大声说话，干什么事都只静悄悄的。门外介于研究所与大学图书馆之间的马路，是通往车站的交通要道；但是哥廷根城还不见汽车，于是本应该喧阗的马路，也如“结庐在人境，而无车马喧”。这真是一个读书的最理想的地方。

除了礼拜天和假日外，我每天都到这里来。主要工作是同三大厚册的 Mahāvastu 拼命。一旦感到疲倦，就站起来，走到摆满了书的书架旁，信手抽出一本书来，或浏览，或仔细阅读。积时既久，我对当时世界上梵文、巴利文和佛教研究的情况，心中大体上有一个轮廓。世界各国的有关著作，这里基本上都有。而且德国还有一种特殊的购书制度，除了大学图书馆有充足的购书经费之外，每一个研究所都有自己独立的购书经费，教授可以任意购买他认为有用的书，不管大学图书馆是否有复本。当 Waldschmidt 被征从军时，这个买书的权利就转到了我的手中。我愿意买什么书，就买什么书。书买回来以后，编目也不一定很科学，把性质相同或相类的书编排在一起就行了。借书是绝对自由的，有一个借书簿，自己写上借出书的书名、借出日期；归还时，写上一个归还日期就行了。从来没有人来管，可是也从来没有丢过书，不管是多么珍贵的版本。除了书籍以外，世界各国有关印度学和东方学的杂志，这里也应有尽有。总之，这是一个很不错的专业图书室。

我就是在这样的情况下畅游于书海之中。我读书粗略地可以分为两类：一类是细读的，一类是浏览的。细读的数目不可能太多。学梵文必须熟练地掌握语法。我上面提到的 Stenzler 的《梵文基础读本》，虽有许多优点，但是毕竟还太简略；入门足够，深入却难。在这时候必须熟读 Kielhorn 的《梵文文法》，我在这一本书上下过苦功夫，读了不知多少遍。其次，我对 Oldenberg 的几本书，比如《佛陀》等等都从头到尾细读过。他的一些论文，比如分析 Mahāvastu 的文体的那一篇，为了写论文，我也都细读过。Whitney 和 Wackernagel 的梵文文法，Debruner 续 Wackernagel 的那一本书，以及 W. Geiger 的关于巴利文的著作，我都下过功夫。但是，我最服膺的还是我的太老师 Heinrich Lüders，他的书，我只要能得到，就一定仔细阅读。他的论文集 *Philologica Indica* 是一部很大的书，我从头到尾仔细读过一遍，有的文章读过多遍。像这样研究印度古代语言、宗教、文学、碑铭等的对一般人来说都是极为枯燥、深奥的文章，应该说是最乏味的东西。喜欢读这样文章的人恐怕极少极少，然而我却情有独钟；我最爱读中外两位大学者的文章，中国是陈寅恪先生，西方就是 Lüders 先生。这两位大师实有异曲同工之妙。他们为文，如剥春笋，一层层剥下去，愈剥愈细；面面俱到，巨细无遗；叙述不讲空话，论证必有根据；从来不引僻书以自炫，所引者多为常见书籍；别人视而不见的，他们偏能注意；表面上并不艰深玄奥，于平淡中却能见神奇；有时真如“山重水复疑无路”，转眼间“柳暗花明又一村”；迂回曲折，最后得出结论，让你顿时觉得豁然开朗，口服心服。人们一般读文学作品能得到美感享受，身轻神怡。然而我读两位大师的论文时得到的美感享受，与读文学作品时所得到的迥乎不同，却似乎更深更高。也许有人会认为这是我个人的怪癖；我自己觉得，这确实是“癖”，然而毫无“怪”可言。“此中有真意，欲辨已忘言”，实不足为外人道也。

上面谈的是我读梵文著作方面的一些感受。但是，当时我读的书绝不限于梵文典籍。我在上面已经说到，哥廷根大学有一个汉学研究所。所内有一个比梵文研究所图书室大到许多倍的汉文图书室。为什么比梵文图书室大这样多呢？原因是大学图书馆中没有收藏汉籍，所有的汉籍以及中国少数民族的语言，如藏文、蒙文、西夏文、女真文之类的典籍都收藏在汉学研究所中。这个所的图书室，由于 Gustav Haloun 教授的惨淡经营，大量从中国和日本购进汉文典籍，在欧洲颇有点名气。我曾在那里会见过许多世界知名的汉学家，比如英国的 Athur Waley 等等。汉学研究所所在的大楼比 Gauss-Weber-Haus 要大得多，也宏伟得多；房子极高极大。汉学研究所在二楼上，上面还有多少层，我不清楚。我始终也没有弄清楚，偌大一座大楼是做什么用的。十年之久，我不记得，除了打扫卫生的一位老太婆，还在这里见到过什么人。院子极大，有极高极粗的几棵古树，样子都有五六百年的树龄，地上绿草如茵。楼内楼外，干干净净，比梵文研究所更寂静，也更幽雅，真是读书的好地方。

我每个礼拜总来这里几次，有时是来上课，更多的是来看书。我看得最多的是日本出版的《大正新修大藏经》。有一段时间，我帮助 Waldschmidt 查阅佛典。他正写他那一部有名的关于释迦牟尼涅槃前游行的叙述的大著。他校刊新疆发现的佛经梵文残卷，也需要汉译佛典中的材料，特别是唐义净译的那几部数量极大的“根本说一切有部的律”。至于我自己读的书，则范围广泛。十几万册汉籍，本本我都有兴趣。到了这里，就仿佛回到了祖国一般。我记得这里藏有几部明版的小说。是否是宇内孤本，因为我不通此道，我说不清楚。即使是的话，也都埋在深深的“矿井”中，永世难见天日了。自从 1937 年 Gustav Haloun 教授离开哥廷根大学到英国剑桥大学去任汉学讲座教授以后，有很长一段时间，汉学研究所就由我一个人来管理。我每次来到这里，空荡荡的六七间大屋子就只有我一个人，万籁俱寂，静到能听到自己心跳的声音。在绝对的寂静中，我盘桓于成排的大书架之间，架上摆的是中国人民智慧的结晶，我心中充满了自豪感。我翻阅的书很多；但是我读得最多的还是一大套上百册的中国笔记丛刊，具体的书名已经忘记了。笔记是中国特有的一种著述体裁，内容包罗万象，上至宇宙，下至鸟兽虫鱼，以及身边琐事、零星感想，还有一些历史和科技的记述，利用得好，都是十分有用的资料。我读完了全套书，可惜我当时还没有研究“糖史”的念头，很多有用的资料白白地失掉了。及今思之，悔之晚矣。

我在哥廷根读梵、汉典籍，情况大体如此。

黎明之前

我于 1946 年深秋，在离开了祖国和北京十一年之后，又回到了北京，在北京大学工作。深夜，阴法鲁同志等到车站上去接我们。坐在汽车上，看到落叶满街，秋风萧瑟，身上凉了起来，心里却是热的。

我被安排住在红楼上。这是五四运动的发祥地，驰名全国，驰名全世界。但在日寇占领时期，却成了日寇宪兵队的驻地。地下室就是刑讯杀人的地方。有人告诉我，地下室里有鬼叫声。我是唯物主义者，根本不信有什么鬼神。因此，虽然整个红楼空空荡荡，夜里真有点鬼气森森，但是我并不怕鬼，我怕的是人。

怕什么人呢？就是国民党反动派。在我住在红楼期间，解放战争已接近尾声，国民党反动派腐朽透顶，病入膏肓，众叛亲离，天怒人怨。犹如燕巢危幕，鱼陷涸池，岌岌不可终日。但是世上一切反动派的规律是垂死挣扎，国民党也不例外。他们对北大尤其恨之入骨。北大的民主广场号称小解放区，是他们的眼中钉、肉中刺，必须拔之而后快。

在那段时间，学生正进行反饥饿、反迫害斗争，经常在民主广场集合，然后到外面去游行示威。国民党的北平市党部，军统特务，中统特务，宪兵第九团，恨得牙咬得直响，但是却束手无策。于是就从天桥雇用一批批的地痞流氓，手持棍棒，到红楼附近来捣乱，有时候抓住单身的学生，打

1948 年，举办泰戈尔绘画展时留影。前排：季羡林（前左一）、胡适（前右六）、徐悲鸿（前右五）、朱光潜（前左三）、冯友兰（二排右三）及黎锦熙、叶浅予、邓广铭、周一良、王森、廖静文等。

他们一顿。有时候成群结队，到民主广场外面去堵截示威学生，我从我住的三楼上向下看，看到成群的打手，横七竖八地躺在那一条臭水沟边上，等待头子的命令。我看他们歪戴着帽子，敞胸露体，闹闹嚷嚷，列队集合，像一群乌合之众，成队地撤走。有人说，这是到什么地方去，国民党要发给每个人多少万金圆券或银圆券，再加上几个馒头。

国民党指挥的流氓有时候夜里也来捣乱。我们住在红楼的人就用椅子把楼道堵上，楼上算是我们的堡垒，红楼他们没有冲进来过，旁边的东斋宿舍，他们都冲进去了。乱砸了一通，然后撤走，大概又到国民党市党部领馒头去了。

1948 年冬，解放军已经包围了北京。我们在孑民堂纪念北大建校五十一周年。城外炮声隆隆。我们几个人小声交谈，说：国民党给我们鸣礼炮哩！绝大多数教授的心情是愉快的，充满了期待的情绪。对共产党，我们几乎都不甚了解，但是对国民党，我们是非常了解的。谁心里都有底，我们嘴里念着："长夜漫漫何时旦？"心里都知道，这一群反动家伙的末日快来临了。

在自然界，黎明前有一段黑暗。在人类社会中，反动力量要完蛋的时候，由于他们拼命捣乱，造成一段短暂的黑暗，但是黑暗一过，迎来的是霞光满东天，耀眼的朝阳就要照临大地了。

我们终于迎来了朝阳。

1987 年 10 月 27 日

遥远的怀念

华东师范大学出版社编辑部出了一个绝妙的题目，实在是先得我心。我十分愉快地接受了写这篇文章的任务。

唐代的韩愈说："古之学者必有师。师者，所以传道、受业、解惑也。"今之学者亦然。各行各业都必须有老师。"师傅领进门，修行在个人。"虽然修行要靠自己，没有领进门的师傅，也是不行的。

我这一生，在过去的六十多年中，曾有过很多领我进门的师傅。现在虽已年逾古稀，自己也早已成为"人之患"("人之患，在患为人师")，但是我却越来越多地回忆起过去的老师来。感激之情，在内心深处油然而生。我今天的这一点点知识，有哪一样不归功于我的老师呢？从我上小学起，经过了初中、高中、大学，一直到出国留学，我那些老师的面影依次浮现到我眼前来，我仿佛又受了一次他们的教诲。

关于国内的一些老师，我曾断断续续地写过一些怀念的文章。我现在想选一位外国老师，这就是德国的瓦尔德施密特教授。

我于1934年从清华大学西洋文学系毕业，在故乡济南省立高中当了一年国文教员。1935年深秋，我到了德国，在哥廷根大学学习。从1936年春天起，我从瓦尔德施密特教授学习梵文和巴利文。我在清华大学读书时曾旁听过陈寅恪先生"佛经翻译文学"，我当时就对梵文发生了兴趣。但那时在国内

20 世纪 80 年代初的季羡林先生。

没有人开梵文课，只好画饼充饥，徒唤奈何。到了哥廷根以后，终于有了学习的机会，我简直如鱼得水，乐不可支。教授也似乎非常高兴。他当时年纪还很轻，看上去比他的实际年龄更年轻，他刚在哥廷根大学得到一个正教授的讲座。他是研究印度佛教史的专家，专门研究新疆出土的梵文贝叶经残卷。除了梵文和巴利文外，还懂汉文和藏文，对他的研究工作来说，这都是不可缺少的。我一个中国人为什么学习梵文和巴利文，他完全理解。因此，他从来也没有问过我学习的动机和理由。第一学期上梵文课时，班上只有三个学生：一个乡村牧师，一个历史系的学生，第三个就是我。梵文在德国也是冷门，三人成众，有三个学生，教授就似乎很满意了。

教授的教学方法是典型的德国式的。关于德国教外语的方法我曾在几篇文章里都谈到过，我口头对人“宣传”的次数就更多。我为什么对它如此地偏爱呢？理由很简单：它行之有效。我先讲一讲具体的情况。同其他外语课一样，第一年梵文（正式名称是：为初学者开设的梵文）每周两次，每次两小时。德国大学假期特长特多。每学期上课时间大约只有二十周，梵文上课时间共约八十小时，应该说是很少的。但是，我们第一学期就学完了全部梵文语法，还念了几百句练习。在世界上已知的语言中，梵文恐怕是语法变化最复杂、最烦琐、词汇量最大的语言。语法规律之细致、之

留德期间，季羡林先生的叔父、妻（右一）、子（右三）、女（左三）等合影。

别扭，哪一种语言也比不上。能在短短的八十个小时内学完全部语法，是很难想象的。这同德国的外语教学法是分不开的。

第一次上课时，教授领我们念了念字母。我顺便说一句，梵文字母也是非常啰唆的，绝对不像英文字母这样简明。无论如何，第一堂我觉得颇为舒服，没感到有多大的压力。我心里满以为就会这样舒服下去的。第二次上课就给了我当头一棒。教授对梵文非常复杂的连声规律根本不加讲解。教科书上的阳性名词变化规律他也不讲。一下子就读起书后面附上的练习来。这些练习都是一句句的话，是从印度梵文典籍中选出来的。梵文基本上是一种死文字，不像学习现代语言那样一开始先学习一些同生活有关的简单的句子：什么“我吃饭”“我睡觉”等等。梵文练习题里面的句子多少都脱离现代实际，理解起来颇不容易。教授要我读练习句子，字母有些还面生可疑，语法概念更是一点也没有。读得结结巴巴，译得莫名其妙，急得头上冒汗，心中发火。下了课以后，就拼命预习。一句只有五六个字的练习，要查连声，查语法，往往要做一两个小时。准备两小时的课，往往要用上一两天的时间。我自己觉得，个人的主观能动性真正是充分调动起来了。过了一段时间，自己也逐渐适应了这种学习方法。头上的汗越出越少了，心里的火越发越小了。我尝到了甜头。

除了梵文和巴利文以外，我在德国还开始学习了几种别的外语。教学方法都是这个样子。相传 19 世纪德国一位语言学家说过这样的话："拿学游泳来打个比方，我教外语就是把学生带到游泳池旁，一下子把他们推下水去。如果他们淹不死，游泳就学会了。"这只是一个比方，但是也可以看出其中的道理。虽然有点夸大，但道理不能说是没有的。在"文化大革命"中，我自己跳出来，成了某一派"革命"群众的眼中钉、肉中刺，被"打翻在地，踏上了一千只脚"，批判得淋漓尽致。我宣传过德国的外语教学法，成为大罪状之首，说是宣传德国法西斯思想。当时一些"革命小将"的批判发言，百分之九十九点九是胡说八道，他们根本不知道，这种教学法兴起时，连希特勒的爸爸都还没有出世哩！我是"死不改悔"的顽固分子，今天我仍然觉得这种教学法能充分调动学生的积极性，尽早独立自主地"亲口尝一尝梨子"，是行之有效的。

这就是瓦尔德施密特教授留给我的第一个也是最深刻的一个印象。从那以后，一直到 1939 年第二次世界大战爆发，他被征从军为止，我每一学期都必选教授的课。我在课堂上（高年级的课叫作习弥那尔）读过印度古代的史诗、剧本，读过巴利文，解读过中国新疆出土的梵文贝叶经残卷。他要求学生极为严格，梵文语法中那些古里古怪的规律都必须认真掌握，绝不允许有半点马虎和粗心大意，连一个字母他也绝不放过。学习近代语言，语法没有那样繁复，有时候用不着死记，只要多读一些书，慢慢地也就学通了。但是梵文却绝对不行。梵文语法规律有时候近似数学，必须细心地认真对付。教授在这一方面是十分认真的。后来我自己教学生了，我完全以教授为榜样，对学生要求严格。等到我的学生当上了老师的时候，他们也没有丢掉这一套谨严细致的教学方法。教授的教泽真可谓无远弗届，流到中国来，还流了几代。我也总算对得起我的老师了。

瓦尔德施密特教授的专门研究范围是新疆出土的梵文贝叶经。在这一方面，他是蜚声世界的权威。他的老师是德国的梵文大家吕德斯教授，也是以学风谨严著称的。教授的博士论文以及取得在大学授课资格的论文，都是关于新疆贝叶经的。这两本厚厚的大书，里面的材料异常丰富，处理材料的方式极端细致谨严。一张张的图表，一行行的统计数字，看上去令人眼花缭乱，令人头脑昏眩。我一向虽然不能算是一个马大哈，但是也从没有想到写科学研究论文竟然必须这样琐细。两部大书好几百页，竟然没有一个错字，连标点符号，还有那些稀奇古怪的特写字母或符号，也都是个个确实无误，这实在不能不令人感到吃惊。德国人一向以彻底性自诩，我的教授忠诚地保留了德国的优良传统。留给我的印象让我终生难忘，终生受用不尽。

但是给我教育最大的还是我写博士论文的过程。按德国规定，一个想获得博士学位的学生必须念三个系：一个主系和两个副系。我的主系是梵文和巴利文，两个副系是斯拉夫语文系和英国语文系。指导博士论文的教授，德国学生戏称之为“博士父亲”。怎样才能找到博士父亲呢？这要由教授和学生两个方面来决定。学生往往经过在几个大学中获得的实践经验，最后决定留在某一个大学跟某一个教授做博士论文。德国教授在大学里至高无上，他说了算，往往有很大的架子，不大肯收博士生，害怕学生将来出息不大，辱没了自己的名声。越是名教授，收徒弟的条件越高。往往经过几个学期的习弥那尔，教授真正觉得孺子可教，他才点头收徒，并给他博士论文题目。

对我来讲，我好像是没有经过那样漫长而复杂的过程。第四学期念完，教授就主动问我要不要一个论文题目。我听了当然是受宠若惊，立刻表示愿意。他说，他早就有了一个题目《〈大事〉伽陀中限定动词的变化》，问我接受不接受。我那时候对梵文所知极少，根本没有选择题目的能力，便满口答应。题目就这样定了下来。佛典《大事》是用所谓“混合梵文”写成的，既非梵文，也非巴利文，更非一般的俗语，是一种乱七八糟杂凑起来的语言。这种语言对研究印度佛教史、印度语言发展史等都是很重要的。我一生对这种语言感兴趣，其基础就是当时打下的。

题目定下来以后，我一方面继续参加教授的习弥那尔，听英文系和斯拉夫语文系的课，另一方面就开始读法国学者塞那校订的《大事》，一共厚厚的三大本，我真是争分夺秒，“开电灯以继晷，恒兀兀以穷年”。我把每一个动词形式都做成卡片，还要查阅大量的图书杂志，忙得不可开交。此时国际环境和生活环境越来越恶劣。吃的东西越来越少，不但黄油和肉几乎绝迹，面包和土豆也仅够每天需要量的三分之一至四分之一。黄油和面包都掺了假，吃下肚去，咕咕直叫。德国人是非常讲究礼貌的。但在当时，在电影院里，屁声相应，习以为常。天上还有英美的飞机，天天飞越哥廷根上空。谁也不知道，什么时候会有炸弹落下，心里终日危惧不安。在自己的祖国，日本军国主义者奸淫掳掠，杀人如麻。“烽火连三年，家书抵万金。”我是根本收不到家书的。家里的妻子老小，生死不知。我在这种内外交迫下，天天晚上失眠。偶尔睡上一点，也是噩梦迷离。有时候梦到在祖国吃花生米，可见我当时对吃的要求已经低到什么程度。几粒花生米，连龙肝凤髓也无法比得上了。

我的论文就是在这种情况下慢慢地写下去的。我想，应当在分析限定动词变化之前写上一篇有分量的长的绪论，说明“混合梵语”的来龙去脉以及《大事》的一些情况。我觉得，只有这样，论文才显得有气派。我翻看了大量用各种语言写成的论文，做笔记，写提纲。这个工作同做卡片同时并举，经过了大约一年多的时间，终于写成了一篇绪论，相当长。自己确实是费了一番心血的。“文章是自己的好”，我自我感觉良好，觉得文章分析源流，标列条目，洋洋洒洒，颇有神来之笔，值得满意的。我相信，这一举一定会给教授留下深刻印象，说不定还要把自己夸上一番。当时欧战方殷，教授从军回来短期休假。我就怀着这样的美梦，把绪论送给了他。美梦照旧做了下去。隔了大约一个星期，教授在研究所内把文章退还给我，脸上含有笑意，最初并没有说话。我心里咯噔一下，直觉感到情势有点不妙了。我打开稿子一看，没有任何改动。只在第一行第一个字前面画上了一个前括号，在最后一行最后一个字后面画上了一个后括号。整篇文章就让一个括号括了起来，意思就是说，全不存在了。这真是"坚决、彻底、干净、全部"消灭掉了。我仿佛当头挨了一棒，茫然、懵然，不知所措。这时候教授才慢慢地开了口："你的文章费劲很大，引书不少。但是都是别人的意见，根本没有你自己的创见。看上去面面俱到，实际上毫无价值。你重复别人的话，又不完整准确。如果有人对你的文章进行挑剔，从任何地方都能对你加以抨击，而且我相信你根本无力还手。因此，我建议，把绪论统统删掉。在对限定动词进行分析以前，只写上几句说明就行了。"一席话说得我哑口无言，我无法反驳。这引起了我激烈的思想斗争，心潮滚滚，冲得我头晕眼花。过了好一阵子，我的脑筋才清醒过来，仿佛做了黄粱一梦。我由衷地承认，教授的话是完全合情合理的。我由此体会到：写论文就应该是这个样子。

这是我一生第一次写规模比较大的学术论文，也是我第一次受到剧烈的打击。然而我感激这一次打击，它使我终生头脑能够比较清醒。没有创见，不要写文章，否则就是浪费纸张。有了创见写论文，也不要下笔千言，离题万里。空洞的废话少说不说为宜。我现在也早就有了学生了。我也把我从瓦尔德施密特教授那里接来的衣钵传给了他们。

我的回忆就写到这里为止。这样一个好题目，我本来希望能写出一篇像样的东西。但是却是事与愿违，文章不怎么样。差幸我没有虚构，全是大实话，这对青年们也许还不无意义吧。

1987 年 3 月 18 日晨

叁

一个老知识分子的心声

1938年，季羡林先生在德国留影。

我和北大

北大创建于 1898 年，到明年整整一百年了，称之为“与世纪同龄”，是当之无愧的。我生于 1911 年，小北大十三岁，到明年也达到八十七岁高龄，称我为“世纪老人”，虽不中亦不远矣。说到我和北大的关系，在我活在世界上的八十七年中，竟有五十一年是在北大度过的，称我为“老北大”是再恰当不过的。由于自然规律的作用，在现在的北大中，像我这样的“老北大”，已寥若晨星了。

在北大五十余年中，我走过的并不是一条阳关大道。有光风霁月，也有阴霾蔽天；有“山重水复疑无路”，也有“柳暗花明又一村”，而后者远远超过前者。这多一半是人为地造成的，并不能怨天尤人。在这里，我同普天下的老百姓，特别是其中的知识分子，是同呼吸、共命运的，大家彼此彼此，我并没有多少怨气，也不应该有怨气。不管怎样，不知道有什么无形的力量，把我同北大紧紧缚在一起，不管我在北大经历过多少艰难困苦，甚至一度曾走到死亡的边缘上，我仍然认为我这一生是幸福的。一个人只有一次生命，我不相信什么轮回转生。在我这仅有的可贵的一生中，从“春风得意马蹄疾”的少不更事的青年，一直到“高堂明镜悲白发”的耄耋之年，我从未离开过北大。追忆我的一生，怡悦之感，油然而生，“虽九死其犹未悔”。

有人会问：“你为什么会有这样的感觉呢？”这个问题是我必须答复的。

记得前几年，北大曾召开过几次座谈会，探讨的问题是：北大的传统究竟是什么？参加者很踊跃，发言也颇热烈。大家的意见不尽一致，这是很自然的现象。我个人始终认为，北大的优良传统是根深蒂固的爱国主义。有人主张，北大的优良传统是革命。其实真正的革命还不是为了爱国？不爱国，革命干吗呢？历史上那种“你方唱罢我登场”的“以暴易暴”的改朝换代，应该排除在“革命”之外。

讲到爱国主义，我想多说上几句。现在有人一看到“爱国主义”，就认为是好事，一律予以肯定。其实，倘若仔细分析起来，世上有两类性质截然不同的爱国主义。被压迫、被迫害、被屠杀的国家或人民的爱国主义是正义的爱国主义，而压迫人、迫害人、屠杀人的国家或人民的“爱国主义”则是邪恶的“爱国主义”，其实质是“害国主义”。远的例子不用举了，只举现代的德国的法西斯和日本的军国主义侵略者，就足够了。当年他们把“爱国主义”喊得震天响，这不是“害国主义”又是什么呢？

而中国从历史一直到现在的爱国主义则无疑是正义的爱国主义。我们是泱泱大国，那些皇帝们也曾以“天子”自命而沾沾自喜。实际上从先秦时代起，中国的“边患”就连绵未断。一直到今天，我们也不能说，我们毫无“边患”了，可以高枕无忧了。我们绝不能说，中国在历史上没有侵略过别的国家或民族。但是历史事实是，绝大多数时间，我们是处在被侵略的状态中。我们有多少“真龙天子”被围困，甚至被俘虏！我们有多少人民被屠杀，都有史迹可考。在这样的情况下，我们中国在历史上出的伟大的爱国者之多，为世界上任何国家所不及。汉代的苏武，宋代的岳飞和文天祥，明代的戚继光，清代的林则徐，等等，至今仍为全国人民所崇拜。至于戴有“爱国诗人”桂冠的则更不计其数。难道说中国人的诞生基因中就含有爱国基因吗？那样说是形而上学，是绝对荒唐的。唯物主义者主张存在决定意识。我们祖国几千年的历史这个存在，决定了我们的爱国主义。

现在在少数学者中有一种议论说，在中国历史上只有内战，没有外敌

1995年，北大校领导及部分系主任、教师与先进班代表合影。

侵入，日本、英国等八国联军是例外。而当年的匈奴、突厥、辽、金、蒙、满等族的行动，只是内战，因为这些民族今天都已纳入中华民族大家庭中了。这种说法，我实在不敢苟同。这是把古代史现代化，没有正视当时的历史事实。而且事实上那些民族也并没有都纳入中华民族的大家庭中，一个显著的例子就摆在眼前：蒙古人民共和国赫然存在，你怎么解释呢？如果这种论调被认为是正确的话，中国历史上就根本没有爱国者，只有内战牺牲者。西湖的岳庙，遍布全国许多城市的文丞相祠，为了"民族团结"都应当立即拆掉。这岂不是天下最荒唐的事情！连汉族以外的一些人也不会同意的。我认为，我们今天全国五十六个民族确实团结成了一个中华民族的大家庭，这是空前未有的，这应该归功于中国共产党，归功于我们全体人民。为了建设我们的伟大祖国，我们全国各族人民，都应当像爱护自己的眼球一样，维护我们的安定，维护我们的团结，任何分裂的行动都将冒天下之大不韪。我们都应该向前看，不应当向后看，不应当再抓住历史上的老账不放。

这话说得有点远了，但是，既要讲爱国主义，这些问题都必须弄清楚的。

现在回头来再谈北大与爱国主义。在古代，几乎在所有的国家中，传

1947 年，季羡林先生（右）与北大东语系马坚教授。

20 世纪 50 年代，季羡林先生（右）与北大西语系田德望教授。

承文化的责任都落在知识分子肩上。不管工农的贡献多么大，但是传承文化却不是他们所能为。如果硬要这样说，那不是实事求是的态度。传承文化的人的身份和称呼，因国而异。在欧洲中世纪，传承者多半是身着黑色长袍的神父，传承的地方是在教堂中。后来大学兴起，才接过了一些传承的责任。在印度古代，文化传承者是婆罗门，他们高居四姓之首。东方一些佛教国家，古代文化的传承者是穿披黄色袈裟的佛教僧侣，传承地点是在寺庙里。中国古代文化的传承者是“士”。士、农、工、商是社会上主要阶层，而士则同印度的婆罗门一样高居首位。传承的地方是太学、国子监和官办以及私人创办的书院，婆罗门和士的地位，都是他们自定的。这是不是有点过于狂妄自大呢？可能有的；但是，我认为，并不全是这样，而是由客观形势所决定的，不这样也是不行的。

婆罗门、神父、士等等都是知识分子，他们的本钱就是知识，而文化与知识又是分不开的。在世界各国文化传承者中，中国的士有其鲜明的特点。早在先秦，《论语》中就说过：“士不可以不弘毅，任重而道远。”士们俨然以天下为己任，天下安危系于一身。在几千年的历史上，中国知识分子的这个传统一直没变，后来发展成“天下兴亡，匹夫有责”。后来又继续发展，一直到了现代，始终未变。

不管历代注疏家怎样解释“弘毅”，怎样解释“任重道远”，我个人认为，中国知识分子所传承的文化中，其精髓有两个鲜明的特点，一个是我在上面详细论证的爱国主义，一个就是讲骨气、讲气节，换句话说也就是在帝王将相的非正义的行为面前不低头；另一方面，在外敌的斧钺面前不低头，“威武不能屈”。苏武和文天祥等等一大批优秀人物就是例证。这样一来，这两个特点又有非常密切的联系了，其关键还是爱国主义。

如果我们改一个计算办法的话，那么，北大的历史就不是一百年，而是几千年。因为，北大最初的名称是京师大学堂，而京师大学堂的前身则是国子监。国子监是旧时代中国的最高学府，已有一千多年的历史，其前身又是太学，则历史更长了。从最古的太学起，中经国子监，一直到近代的大学，学生都有以天下为己任的抱负，这也是存在决定意识这个规律造成的。与其他国家的大学不太一样，在中国这样的大学中，首当其冲的是北京大学。在近代史上，历次反抗邪恶势力的运动，几乎都是从北大开始。这是历史事实，谁也否认不掉的。五四运动是其中最著名的一次。虽然名义上是提倡科学与民主，骨子里仍然是一场爱国运动。提倡科学与民主只能是手段，其目的仍然是振兴中华，这不是爱国运动又是什么呢？我在北大这样一所肩负着传承中华民族的优秀文化的、背后有悠久的爱国主义传统的学府，真正是如鱼得水，认为这才真正是我安身立命之地。我曾在一篇文章写过，我身上的优点不多，唯爱国不敢后人。即使我将来变成了灰，我的每一灰粒也都会是爱国的。这是我的肺腑之言。以我这样一个怀有深沉的爱国思想的人，竟能在有悠久爱国主义传统的北大几乎度过了我的一生，我除了有幸福之感外，还有什么呢？还能何所求呢？

1997年12月13日

怀念西府海棠

暮春三月，风和日丽。我偶尔走过办公楼前面。在盘龙石阶的两旁，一边站着一棵翠柏，浑身碧绿，扑人眉宇，仿佛是从地心深处涌出来的两股青色的力量，喷薄腾越，顶端直刺蔚蓝色的晴空，其气势虽然比不上杜甫当年在孔明祠堂前看到的那一些古柏："苍皮溜雨四十围，黛色参天二千尺"，然而看到它，自己也似乎受到了感染，内心里溢满了力量。我顾而乐之，流连不忍离去。

然而，我的眼前蓦地一闪，就在这两棵翠柏站立的地方出现了两棵西府海棠，正开着满树繁花，已经绽开的花朵呈粉红色，没有绽开的骨朵呈鲜红色，粉红与鲜红，纷纭交错，宛如天边的粉红色彩云。成群的蜜蜂飞舞在花朵丛中，嗡嗡的叫声有如春天的催眠曲。我立刻被这色彩和声音吸引住，沉醉于其中了。眼前再一闪，翠柏与海棠同时站立在同一个地方，两者的影子重叠起来，翠绿与鲜红纷纭交错起来了。

这是怎么一回事呢？

我一时有点茫然、懵然；然而不需要半秒钟，我立刻就意识到，眼前的翠柏与海棠都是现实，翠柏是眼前的现实，海棠则是过去的现实，它确曾在这个地方站立过，而今这两个现实又重叠起来，可是过去的现实早已化为灰烬，随风飘零了。

季羡林先生在燕园中的书房工作。

事情就发生在“十年浩劫”期间。一时忽然传说：养花是修正主义，最低的罪名也是玩物丧志。于是“四人帮”一伙就在海内名园——燕园大肆“斗私、批修”，先批人，后批花木，几十年上百年的老丁香花树砍伐殆尽，屡见于清代笔记中的几架古藤萝也被斩草除根，几座楼房外面墙上爬满了的“爬山虎”统统拔掉，办公楼前的两棵枝干繁茂绿叶葳蕤的西府海棠也在劫难逃。总之，一切美好的花木，也像某一些人一样，被打翻在地，身上踏上了一千只脚，永世不得翻身了。

这两棵西府海棠在老北京是颇有一点名气的。据说某一个文人的笔记中还专门讲到过它。熟悉北京掌故的人，比如邓拓同志等，生前每到春天都要来园中探望一番。我自己不敢说对北京掌故多么熟悉，但是，每当西府海棠开花时，也常常自命风雅，到树下流连徘徊，欣赏花色之美，听一听蜜蜂的鸣声，顿时觉得人间毕竟是非常可爱的，生活毕竟是非常美好的，胸中的干劲陡然腾涌起来，我的身体好像成了一个蓄电瓶，看到了西府海棠，便仿佛蓄满了电，能够在自己所从事的工作中精神抖擞地驰骋一气了。

中国古代的诗人中，喜爱海棠者颇不乏人。大家欣赏海棠之美，但颇以海棠无香为憾。在古代文人的笔记和诗话中，有很多地方谈到这个问题，可见文人墨客对海棠的关心。宋代著名的爱国大诗人陆游有几首《花时遍游诸家园》的诗，其中之一是讲海棠的：

为爱名花抵死狂，
只愁风日损红芳。
绿章夜奏通明殿，
乞借春阴护海棠。

陆游喜爱海棠达到了何等疯狂的地步啊！稍有理智的人都应当知道，海棠与人无争，与世无忤，绝不会伤害任何人的；它只能给人间增添美丽，给人们带来喜悦，能让人们热爱自然、热爱祖国。然而，就连这样天真无邪的海棠也难逃“四人帮”的毒手。燕园内的两棵西府海棠现在已经不知道消逝到什么地方去了，这也算是一种“含冤逝世”吧。代替它站在这里的是两棵翠柏。翠柏也是我所喜爱的，它也能给人们带来美感享受，我毫无贬低翠柏的意思。但是以燕园之大，竟不能给海棠留一点立足之地，一定要铲除海棠，栽上翠柏，一定要争这方尺之地，翠柏若有知，自己挤占了海棠的地方，也会感到对不起海棠吧！

“四人帮”要篡党夺权，有一些事情容易理解；但是砍伐花木，铲除海棠，仿佛这些花木真能抓住他们那罪恶的黑手，令人百思不得其解。宋代苏洵在《辨奸论》中说：“凡事之不近人情者，鲜不为大奸慝。”砍伐西府海棠之不近人情，一望而知。爱好美好的东西是人类的天性，任何人都有权利爱好美好的东西，花木当然也包括在里面。然而“四人帮”却偏要违反人性，必欲把一切美好的东西铲除净尽而后快。他们这一伙人是大奸慝，已经丝毫无可怀疑了。

事情已经过去了将近二十年，为什么西府海棠的影子今天又忽然展现在我的眼前呢？难道说是名花有灵，今天向我“显圣”来了吗？难道说它是向我告状来了吗？可惜我一非包文正，二非海青天，更没有如来佛起死回生的神通，我所有的能耐至多也只能一洒同情之泪，我还有什么话可说呢？

我从来不相信什么神话。但是现在我真想相信起来，我真希望有一个天国。可是我知道，须弥山已经为印度人所独占，他们把自己的天国乐园安放在那里。昆仑山又为中国人所垄断，王母娘娘就被安顿在那里。我现在只能希望在辽阔无垠的宇宙中间还能有那么一块干净的地方，能容得下一个阆苑乐土。那里有四时不谢之花、八节长春之草，大地上一切花草的魂魄都永恒地住在那里，随时、随地都是花团锦簇，五彩缤纷。我们燕园中被无端砍伐了的西府海棠的魂灵也遨游其间。我相信，它绝不会忘记了自己待了多年的美丽的燕园，每当三春繁花盛开之际，它一定会来到人间，驾临燕园，风前月下，凭吊一番。“环佩空归月下魂”，明妃之魂归来，还有环佩之声。西府海棠之魂归来时，能有什么迹象呢？我说不出，我只能时时来到办公楼前，在翠柏影中，等候倩魂。我是多么想为海棠招魂啊！结果恐怕只能是“上穷碧落下黄泉，两地茫茫皆不见”了。奈何，奈何！

在这风和日丽的三月，我站在这里，浮想联翩，怅望晴空，眼睛里流满了泪水。

1987 年 4 月 26 日

梦萦水木清华

离开清华园已经五十多年了，但是我经常想到她。我无论如何也忘不掉清华的四年学习生活。如果没有清华母亲的哺育，我大概会是一事无成的。

在30年代初期，清华和北大的门槛是异常高的。往往有几千学生报名投考，而被录取的还不到十分甚至二十分之一。因此，清华学生的素质是相当高的，而考上清华，多少都有点自豪感。

我当时是极少数的幸运儿之一，北大和清华我都考取了。经过了一番艰苦的思考，我决定入清华。原因也并不复杂，据说清华出国留学方便些。我以后没有后悔。清华和北大各有其优点，清华强调计划培养，严格训练；北大强调兼容并包，自由发展，各极其妙，不可偏执。

在校风方面，两校也各有其特点。清华校风我想以八个字来概括：清新、活泼、民主、向上。我只举几个小例子。新生入学，第一关就是“拖尸”，这是英文字toss的音译。意思是，新生在报到前必须先到体育馆，旧生好事者列队在那里对新生进行“拖尸”。办法是，几个彪形大汉把新生的两手、两脚抓住，举了起来，在空中摇晃几次，然后抛到垫子上，这就算是完成了手续，颇有点像《水浒传》上提到的杀威棍。墙上贴着大字标语：“反抗者入水！”游泳池的门确实在敞开着。我因为有同乡大学篮球队长许振德保驾，没有被“拖尸”。至今回想起来，颇以为憾：这个终生难遇的机会轻轻放过，以后想补课也不行了。

这个从美国输入的“舶来品”，是不是表示旧生“虐待”新生呢？我不认为是这样。我觉得，这里面并无一点敌意，只不过是对新伙伴开一点玩笑，其实是充满了友情的。这种表示友情的美国方式，也许有人看不惯，觉得洋里洋气的。我的看法正相反。我上面说到清华校风清新和活泼，就是指的这种“拖尸”还有其他一些行动。

我为什么说清华校风民主呢？我也举一个小例子。当时教授与学生之间有一条鸿沟，不可逾越。教授每月薪金高达三四百元大洋，可以购买面粉二百多袋，鸡蛋三四万个。他们的社会地位极高，往往目空一切，自视高人一等。学生接近他们比较困难。但这并不妨碍学生开教授的玩笑。开玩笑几乎都在《清华周刊》上。这是一份由学生主编的刊物，文章生动活泼，而且图文并茂。现在著名的戏剧家孙浩然同志，就常用“古巴”的笔名在《周刊》上发表漫画。有一天，俞平伯先生忽然大发豪兴，把脑袋剃了个精光，大摇大摆，走上讲台，全堂为之愕然。几天以后，《周刊》上就登出了文章，讽刺俞先生要出家当和尚。

第二件事情是针对吴雨僧（宓）先生的。他正教我们“中西诗之比较”这一门课。在课堂上，他把自己的新作十二首《空轩》诗印发给学生。这十二首诗当然意有所指，究竟指的是什么？我们说不清楚。反正当时他正在多方面地谈恋爱，这些诗可能与此有关。他热爱毛彦文是众所周知的。他的诗句：“吴宓苦爱（毛彦文），三洲人士共惊闻”，是夫子自道。《空轩》诗发下来不久，校刊上就刊出了一首七律今译，我只记得前一半：

一见亚北貌似花，
顺着秫秸往上爬。
单独进攻忽失利，
跟踪盯梢也挨刷。

最后一句是："椎心泣血叫妈妈。"诗中的人物呼之欲出，熟悉清华今典的人都知道是谁。

学生同俞先生和吴先生开这样的玩笑，学生觉得好玩，威严方正的教授也不以为忤。这种气氛我觉得很和谐有趣。你能说这不民主吗？这样的琐事我还能回忆起一些来，现在不再啰唆了。

清华学生一般都非常用功，但同时又勤于锻炼身体。每天下午四点以后，图书馆中几乎空无一人，而体育馆内则是人山人海，著名的"斗牛"正在热烈进行。操场上也挤满了跑步、踢球、打球的人。到了晚饭以后，图书馆里又是灯火通明，人人伏案苦读了。

根据上面谈到的各方面的情况，我把清华校风归纳为八个字：清新、活泼、民主、向上。

我在这样的环境中生活、学习了整整四个年头，其影响当然是非同小可的。至于清华园的景色，更是有口皆碑，而且四时不同：春则繁花烂漫，夏则藤影荷声，秋则枫叶似火，冬则白雪苍松。其他如西山紫气、荷塘月色，也令人忆念难忘。

现在母校八十周年了。我可以说是与校同寿。我为母校祝寿，也为自己祝寿。我对清华母亲依恋之情，弥老弥浓。我祝她长命千岁，千岁以上。我祝自己长命百岁，百岁以上。我希望在清华母亲百岁华诞之日，我自己能参加庆祝。

1988 年 7 月 22 日

纪念一位德国学者西克灵教授

昨天晚上接到我的老师西克先生（Prof. Dr. Emil Sieg）从德国来的信，说西克灵教授（W. Siegling）已经于去年春天死去，看了我心里非常难过。生死本来是一种自然现象，不值得大惊小怪。但死也并不是没有差别。有的人死去了，对国家、对世界一点影响都没有。他们只是在他们亲族的回忆里还生存一个时期，终于也就渐渐被遗忘了。有的人的死却是对国家、对世界都是一个损失。连不认识他们的人都会觉得悲哀，何况认识他们的朋友们呢？

西克灵这名字，对许多中国读者大概还不太生疏，虽然他一生所从事研究的学科可以说是很偏僻的。他是西克先生的学生。同他老师一样，他也是先研究梵文，然后才转到吐火罗语去的。转变点就正在四十年前。当时德国的探险队在Grünwedel和Ven Le Coq领导之下从中国的新疆发掘出来了无量珍贵的用各种文字写的残卷运到柏林去。德国学者虽然还不能读通这些文字，但他们却意识到这些残卷的重要。当时柏林大学的教授Pischel就召集了许多年轻的语言学者，尤其是梵文学者，来从事研究。西克和西克灵决心合作研究的就是后来定名为吐火罗语的一种语言。当时他们有的是幻想和精力，这种稍稍带有点冒险意味，有的时候简直近于猜谜式的研究工作，更提高了他们的兴趣。他们日夜地工作，前途充满了光明。在

西克灵教授。

三十多年以后，西克先生每次谈起来还不禁眉飞色舞，仿佛他自己又走回青春里去，当时热烈的情景就可以想见了。

他们这合作一直继续了几十年。他们终于把吐火罗语读通。在这期间，他们发表的震惊学术界的许多文章和书，除了在第一次世界大战西克灵被征从军的一个期间外，都是用两个人的名字。西克灵小心谨慎，但没有什么创造的能力，同时又因为住在柏林，在普鲁士学士院（Preussische Akademie der Wissenschaften）里做事情，所以他的工作就偏重在只是研究抄写 Brāhmi 字母。他把这些原来是用 Brāhmi 字母写成的残卷用拉丁字母写出来寄给西克，西克就根据这些拉丁字母写成的稿子来研究文法、确定字义。但我并不是说西克灵只懂字母而西克只懂文法。他们两方面都懂的，不过西克灵偏重字母而西克偏重文法而已。

两个人的个性也非常不一样。我已经说到西克灵小心谨慎，其实这两个形容词是不够的。他有时候小心到我们不能想象的地步。根据许多别的文字，一个吐火罗字的字义明明是毫无疑问地可以确定了，但他偏怀疑、偏反对，无论如何也不承认。在这种情形下，西克先生看到写信已经没有效用，便只好自己坐上火车到柏林用三寸不烂之舌来说服他。我常说，西克先生就像是火车头的蒸汽机，没有它火车当然不能走。但有时候走得太猛太快也会出毛病，这就用得着一个停车的闸。西克灵就是这样的一个让车停的闸。

他们俩合作第一次出版的大著是 *Tocharische Sprachreste*（1921）。两本大书充分表现了这合作的成绩。在这书里他们还很少谈到文法，只不过把原来的 Brāhmi 字母改成拉丁字母，把每个应该分开来的字都分了而已。在 1931 年出版的 *Tocharische Grammatik* 里面他们才把吐火罗语的文法系统地整理出来。这里除了他们两个人以外，他们还约上了大比较语言学家柏林大学教授舒尔慈（Wilhelm Schulz）来合作。结果这一本五百多页的大著就成了欧洲学术界划时代的著作。一直到现在研究中亚古代语言和比较语言的学者还不能离开它。

写到这里，读者或者以为西克灵在这些工作上都没有什么不得了的贡献，因为我上面曾说到他的工作主要是在研究抄写 Brāhmi 字母。这种想法是错的。Brāhmi 字母并不像我们知道的这些字母一样。它是非常复杂的。有时候两个字母的区别非常细微，譬如说 t 同 n，稍一不小心，立刻就发生错误。法国的梵文学家莱维（Sylvain Lévi）在别的方面的成绩不能不算大，但看他出版的吐火罗语 B（龟兹语）的残卷里有多少读错的地方，就可以知道只是读这字母也并不容易了。在这方面西克灵的造诣是非常惊人的，可以说是举世无双。

也是为了读 Brāhmi 字母的问题，我在 1942 年的春天到柏林去看西克灵。我在普鲁士学士院他的研究室里找到他。他正在那里埋首工作，桌子上摆的墙上挂的全是些 Brāhmi 字母的残卷，他就用他特有的蝇头般的小字一行一行地抄下来。在那以前，我就听说，只要有三个学生以上，他就一句话也说不出来了。所以他一生就只在学士院里工作，只有很短的一个时间在柏林大学里教过吐火罗语，终于还是辞了职。见了面他给我的印象同传闻的一样。人很沉静，不大说话。问他问题，他却解释无遗。我从他那里学到了不少读 Brāhmi 字母的秘诀。我发现他外表虽冷静，但骨子里他却是个很热情的人，正像一切良好的德国人一样。

以后，我离开柏林，回到哥廷根，战争愈来愈激烈，我也就再也没能到柏林去看他。战争结束后，自己居然还活着，听说他也没被炸死。心里觉得非常高兴。我也就带了这高兴在去年夏天里回了国来。一转眼就过了半年。在这期间，因为又接触了一个新环境，终天稀里糊涂的，连回忆的余裕都没有了。最近，心情方面渐渐安静下来，于是又回忆到以前的许多事情，在德国遇到的这许多师友的面影又不时在眼前晃动，想到以前过的那个幸福的时期，恨不能立刻再回到德国去。然而正在这时候，我接到西克先生的信，说西克灵已经去世了。即便我能立刻回到德国，师友里面已经少了一个了。对学术界，尤其是对我自己，这个损失是再也不能弥补的了。

我现在唯一的安慰就是在西克先生身上了。他今年已经八十多岁，但他的信上说，他的身体还很好。德国目前是既没有吃的穿的，也没有烧的。六七个人挤在一个小屋里，又以他这样的高龄，但他居然还照常工作。他四十年来一个合作者西克灵，比他小二十多岁的一个朋友，竟然先他而死了，我只希望上苍还加佑他，让他再壮壮实实多活几年，把他们未完成的大作完成了，为学术，为他死去的朋友，我替他祝福。

1947 年 1 月 29 日于北平

回忆陈寅恪先生

别人奇怪，我自己也奇怪：我写了这样多的回忆师友的文章，独独遗漏了陈寅恪先生。这究竟是为什么呢？对我来说，这是事出有因，查亦有据的。我一直到今天还经常读陈先生的文章，而且协助出版社出先生的全集。我当然会时时想到寅恪先生的。我是一个颇为喜欢舞笔弄墨的人，想写一篇回忆文章，自是意中事。但是，我对先生的回忆，我认为是异常珍贵的，超乎寻常的神圣的。我希望自己的文章不要玷污了这一点神圣性，故而迟迟不敢下笔。到了今天，北大出版社要出版我的《怀旧集》，已经到了非写不行的时候了。

要论我同寅恪先生的关系，应该从六十五年前的清华大学算起。我于1930年考入国立清华大学，入西洋文学系（不知道从什么时候起改名为外国语文系）。西洋文学系有一套完整的教学计划，必修课规定得有条有理，完完整整。但是给选修课留下的时间却是很富裕的。除了选修课以外，还可以旁听或者偷听。教师不以为忤，学生各得其乐。我曾旁听过朱自清、俞平伯、郑振铎等先生的课，都安然无恙，而且因此同郑振铎先生建立了终生的友谊。但也并不是一切都一帆风顺。我同一群学生去旁听冰心先生的课。她当时极年轻，而名满天下。我们是慕名而去的。冰心先生满脸庄严，不苟言笑，看到课堂上挤满了这样多学生，知道其中有“诈”，于是威仪俨

陈寅恪先生。

然地下了“逐客令”:“凡非选修此课者，下一堂不许再来！”我们悚然而听，憬然而退，从此不敢再进她讲课的教室。四十多年以后，我同冰心重逢，她已经变成了一个慈祥和蔼的老人，由怒目金刚一变而为慈眉菩萨。我向她谈起她当年“逐客”的事情，她已经完全忘记，我们相视而笑，有会于心。

就在这个时候，我旁听了寅恪先生的“佛经翻译文学”。参考书用的是《六祖坛经》，我曾到城里一个大庙里去买过此书。寅恪师讲课，同他写文章一样，先把必要的材料写在黑板上，然后再根据材料进行解释、考证、分析、综合，对地名和人名更是特别注意。他的分析细入毫发，如剥蕉叶，愈剥愈细，愈剥愈深，然而一本实事求是的精神，不武断，不夸大，不歪曲，不断章取义，他仿佛引导我们走在山阴道上，盘旋曲折，山重水复，柳暗花明，最终豁然开朗，把我们引上阳关大道。读他的文章，听他的课，简直是一种享受，无法比拟的享受。在中外众多学者中，能给我这种享受的，国外只有亨利希·吕德斯（Heinrich Lüders），在国内只有陈师一人。他被海内外学人公推为考证大师，是完全应该的。这种学风，同后来滋害流毒的“以论代史”的学风，相差不可以道里计。然而，茫茫士林，难得解人，一些鼓其如簧之舌惑学人的所谓“学者”，骄纵跋扈，不禁令人浩叹矣。寅恪师这种学风，影响了我的一生。后来到德国，读了吕德斯教授的书，并且受到了他的嫡传弟子瓦尔德施密特（Waldschmidt）教授的教导和熏陶，可谓三生有幸，可惜自己的学殖瘠茫，又限于天赋，虽还不能说无所收获，然而犹如细流比沧海，空怀仰止之心，徒增效颦之恨。这只怪我自己，怪不得别人。

总之，我在清华四年，读完了西洋文学系所有的必修课程，得到了一个学士头衔，现在回想起来，说一句不客气的话：我从这些课程中收获不大。欧洲著名的作家，什么莎士比亚、歌德、塞万提斯、莫里哀、但丁等等的著作都读过。连现在忽然时髦起来的《尤利西斯》和《追忆似水年华》等等也都读过。然而大多是浮光掠影，并不深入。给我留下深远影响的课反而是一门旁听课和一门选修课。前者就是在上面谈到寅恪师的“佛经翻译文学”；后者是朱光潜先生的“文艺心理学”，也就是美学。关于后者，我在别的地方已经谈过，这里就不再赘述了。

在清华时，除了上课以外，同陈师的接触并不太多。我没到他家去过一次。在校内林荫道上，在熙往攘来的学生人流中，有时会见到陈师去上课。身着长袍，朴素无华，肘下夹着一个布包，里面装满了讲课时用的书籍和资料。不认识他的人，恐怕大都把他看成是琉璃厂某一个书店的到清华来送书的老板，绝不会知道，他就是名扬海内外的大学者。他同当时清华留洋归来的大多数西装革履、发光鉴人的教授，迥乎不同。在这一方面，他也给我留下了毕生难忘的印象，令我受益无穷。

离开了水木清华，我同寅恪先生有一个长期的别离。我在济南教了一年国文，就到了德国哥廷根大学。到了这里，我才开始学习梵文、巴利文和吐火罗文。在我一生治学的道路上，这是一个至关重要的转折点。我从此告别了歌德和莎士比亚，同释迦牟尼和弥勒佛打起交道来。不用说，这个转变来自寅恪先生的影响。真是无巧不成书，我的德国老师瓦尔德施密特教授同寅恪先生在柏林大学是同学，同为吕德斯教授的学生。这样一来，我的中德两位老师同出一个老师的门下。有人说：“名师出高徒。”我的老师和太老师们不可谓不“名”矣，可我这个徒却太不“高”了。忝列门墙，言之汗颜。但不管怎样说，这总算是一个中德学坛上的佳话吧。

我在哥廷根十年，正值“二战”，是我一生精神上最痛苦然而在学术上收获却是最丰富的十年。国家为外寇侵入，家人数年无消息，上有飞机轰炸，下无食品果腹。然而读书却无任何干扰。教授和学生多被征从军。偌大的两个研究所：印度学研究所和汉学研究所，都归我一个人掌管。插架数万册珍贵图书，任我翻阅。在汉学研究所深深的院落里，高大阴沉的书库中；在梵学研究所古老的研究室中，阒无一人。天上飞机的嗡嗡声与我腹中的饥肠辘辘声相应和。闭目则浮想联翩，神驰万里，看到我的国，看到我的家。张目则梵典在前，有许多疑难问题，需要我来发覆。我此时恍如遗世独立，苦欤？乐欤？我自己也回答不上来了。

经过了轰炸的炼狱，又经过了饥饿，到了1945年，在我来到哥廷根十年之后，我终于盼来了光明，东西法西斯垮台了。美国兵先攻占哥廷根，后为英国人来接管。此时，我得知寅恪先生在英国医目疾。我连忙写了一封长信，向他汇报我十年来学习的情况，并将自己在哥廷根科学院院刊及其他刊物上发表的一些论文寄呈。出乎我意料地迅速，我得了先生的复信，也是一封长信，告诉我他的近况，并说不久将回国。信中最重要的事情是说，他想向北大校长胡适、代校长傅斯年、文学院长汤用彤几位先生介绍我到北大任教。我真是喜出望外，谁听到能到最高学府去任教而会不引以为荣呢？我于是立即回信，表示同意和感谢。

这一年深秋，我终于告别了住了整整十年的哥廷根，怀着“客树回看成故乡”的心情，一步三回首地到了瑞士。在这个山明水秀的世界公园里住了几个月，1946年春天，经过法国和越南的西贡，又经过香港，回到了上海。在克家的榻榻米上住了一段时间。从上海到了南京，又睡到了长之的办公桌上。这时候，寅恪先生也已从英国回到了南京。我曾谒见先生于俞大维官邸中。谈了谈阔别十多年以来的详细情况。先生十分高兴，叮嘱

1999 年 11 月，季羡林先生出席纪念陈寅恪教授国际学术讨论会。

我到鸡鸣寺下中央研究院去拜见北大代校长傅斯年先生，特别嘱咐我带上我用德文写的论文，可见先生对我爱护之深以及用心之细。

这一年的深秋，我从南京回到上海，乘轮船到了秦皇岛，又从秦皇岛乘火车回到了阔别十二年的北京（当时叫北平）。由于战争关系，津浦路早已不通，回北京只能走海路，从那里到北京的铁路由美国少爷兵把守，所以还能通车。到了北京以后，一片“落叶满长安”的悲凉气象。我先在沙滩红楼暂住，随即拜见汤用彤先生。按北大当时的规定，从海外得到了博士学位回国的人，只能任副教授，在清华叫作专任讲师，经过几年的时间，才能转向正教授。我当然不能例外，而且心悦诚服，没有半点非分之想。然而过了大约一周的光景，汤先生告诉我，我已被聘为正教授，兼东方语言文学系的系主任。这真是石破天惊，大大地出我意料。我这个当一周副教授的纪录，大概也可以进入吉尼斯世界纪录了吧。说自己不高兴，那是谎言，那是矫情。由此也可以看出老一辈学者对后辈的提携和爱护。

不记得是在什么时候，寅恪师也来到北京，仍然住在清华园。我立即到清华去拜见。当时从北京城到清华是要费一些周折的，宛如一次短途旅行。沿途几十里路全是农田。秋天青纱帐起，还真有绿林人士拦路抢劫的。现在的年轻人很难想象了。但是，有寅恪先生在，我绝不会惮于这样的旅行。在三年之内，我颇到清华园去过多次。我知道先生年老体弱，最喜欢当年住北京的天主教外国神甫亲手酿造的栅栏红葡萄酒。我曾到今天市委党校所在地当年神甫们的静修院的地下室中去买过几次栅栏红葡萄酒，又长途跋涉送到清华园，送到先生手中，心里颇觉安慰。几瓶酒在现在不算什么。但是在当时通货膨胀已经达到了钞票上每天加一个“0”还跟不上物价飞速提高的速度的情况下，几瓶酒已非同小可了。

有一年的春天，中山公园的藤萝开满了紫色的花朵，累累垂垂，紫气弥漫，招来了众多的游人和蜜蜂。我们一群弟子们，记得有周一良、王永兴、汪篯等，知道先生爱花。现在虽患目疾，几近失明；但据先生自己说，有些东西还能影影绰绰看到一团影子。大片藤萝花的紫光，先生或还能看到，而且在那种兵荒马乱、物价飞涨、人命危浅、朝不虑夕的情况下，我们想请先生散一散心，征询先生的意见，他怡然应允。我们真是大喜过望，在来今雨轩藤萝深处，找到一个茶桌，侍先生观赏紫藤。先生显然兴致极高。我们谈笑风生，尽欢而散。我想，这也许是先生在那样的年头里最愉快的时刻。

还有一件事，也给我留下了毕生难忘的回忆。在解放前夕，政府经济实已完全崩溃。从法币改为银圆券，又从银圆券改为金圆券，越改越乱，到了后来，到粮店买几斤粮食，携带的这币那券的重量有时要超过粮食本身。学术界的泰斗、德高望重、被著名的史学家郑天挺先生称为“教授的教授”的陈寅恪先生也不能例外。到了冬天，他连买煤取暖的钱都没有，我把这情况告诉了已经回国的北大校长胡适之先生。胡先生最尊重、最爱护确有成就的知识分子。当年他介绍王静庵先生到清华国学研究院去任教，一时传为佳话。寅恪先生在《王观堂先生挽词》中有几句诗：“鲁连黄鹞绩溪胡，独为神州惜大儒。学院遂闻传绝业，园林差喜适幽居”，讲的就是这一件事。

现在却轮到适之先生再一次“独为神州惜大儒”了，而这个“大儒”不是别人，竟是寅恪先生本人。适之先生想赠寅恪先生一笔数目颇大的美元，但是，寅恪先生却拒不接受。最后寅恪先生决定用卖掉藏书的办法来取得适之先生的美元，于是适之先生就派他自己的汽车——顺便说一句，当时北京汽车极为罕见，北大只有校长的一辆——让我到清华陈先生家装了一车西文关于佛教和中亚古代语言的极为珍贵的书。陈先生只收二千美元。这个数目在当时虽不算少，然而同书比起来，还是微不足道的。在这一批书中，仅一部《圣彼得堡梵德大词典》市价就远远超过这个数目了。这一批书实际上带有捐赠的性质。而寅恪师对于金钱的一介不取的狷介性格，由此也可见一斑了。

在这三年内，我同寅恪师往来颇频繁。我写了一篇论文《浮屠与佛》，首先读给他听，想听听他的批评意见。不意竟得到他的赞赏。他把此文介绍给《中央研究院历史语言研究所集刊》发表。这个刊物在当时是最具权威性的刊物，简直有点“一登龙门，身价十倍”的威风。我自然感到受宠若惊。差幸我的结论并没有瞎说八道，几十年以后，我又写了一篇《再谈浮屠与佛》，用大量的新材料，重申前说，颇得到学界同行们的赞许。

在我同先生来往的几年中，我们当然会谈到很多话题。谈治学时最多，政治也并非不谈，但极少。寅恪先生绝不是一个“闭门只读圣贤书”的书呆子。他继承了中国“士”的优良传统：天下兴亡，匹夫有责。从他的著作中也可以看出，他非常关心政治。他研究隋唐史，表面上似乎是满篇考证，骨子里谈的都是成败兴衰的政治问题，可惜难得解人。我们谈到当代学术，他当然会对每一个学者都有自己的看法。但是，除了对一位明史专家外，他没有对任何人说过贬低的话。对青年学人，只谈优点，一片爱护青年学者的热忱。真令人肃然起敬。就连那一位由于误会而对他专门攻击，甚至说些难听的话的学者，陈师也从来没有说过半句褒贬的话。先生的盛德由此可见。鲁迅先生从来不攻击年轻人，差堪媲美。

时光如电，人事沧桑，转眼就到了1948年底。解放军把北京城团团包围住，胡适校长从南京派来了专机，想接几个教授到南京去，有一个名单。名单上有名的人，大多数都没有走，陈寅恪先生走了，这又成了某一些人探讨研究的题目：陈先生是否对共产党有看法？他是否对国民党留恋？根据后来出版的浦江清先生的日记，寅恪先生并不反对共产主义，他反对的仅是苏联牌的共产主义。在当时，这也许是一个怪想法，甚至是一个大逆不道的想法。然而到了今天，真相已大白于天下，难道不应该对先生的睿智表示敬佩吗？至于他对国民党的态度，最明显地表现在他对蒋介石的态度上。1940年，他在《庚辰暮春重庆夜宴归作》这一首诗中写道："食蛤那知天下事，看花愁近最高楼。"吴宓先生对此诗作注说："寅恪赴渝，出席中央研究院会议，寓俞大维妹丈宅。已而蒋公宴请中央研究院到会诸先生。寅恪于座中初次见蒋公，深觉其人不足为，有负厥职，故有此诗第六句。"按即"看花愁近最高楼"这一句。寅恪师对蒋介石，也可以说是对国民党的态度表达得不能再清楚明白了。然而，几年前，一位台湾学者偏偏寻章摘句，说寅恪先生早有意到台湾去。这真是天下的一大怪事。

到了南京以后，寅恪先生又辗转到了广州，从此就留在那里没有动。他在台湾有很多亲友，动员他去台湾者，恐怕大有人在，然而他却岿然不为所动。其中详细情况，我不得而知。我们国家许多领导人，包括周恩来、陈毅、陶铸、郭沫若等等，对陈师礼敬备至。他同陶铸和老革命家兼学者的杜国庠，成了私交极深的朋友。在他晚年的诗中，不能说没有欢快之情，然而更多的却是抑郁之感。现在回想起来，他这种抑郁之感能说没有根据吗？能说不是查实有据吗？我们这一批老知识分子，到了今天，都已成了过来人。如果不昧良心说句真话，同陈师比较起来，只能说我们愚钝，我们麻木，此外还有什么话好说呢？

1951年，我奉命随中国文化代表团，访问印度和缅甸。在广州停留了相当长的时间，准备将所有的重要发言稿都译为英文。我当然不会放过这个机会的，我到岭南大学寅恪先生家中去拜谒。相见极欢，陈师母也殷勤招待。陈师此时目疾虽日益严重，仍能看到眼前的白色的东西。有关领导，据说就是陈毅和陶铸，命人在先生楼前草地上铺成了一条白色的路，路旁全是绿草，碧绿与雪白相映照，供先生散步之用。从这一件小事中，也可以看到我们国家对陈师尊敬之真诚了。陈师是极富于感情的人，他对此能无所感吗？

然而，世事如白云苍狗，变幻莫测。解放后不久，正当众多的老知识分子兴高采烈、激情未熄的时候，华盖运便临到头上。运动一个接着一个，针对的全是知识分子。批完了《武训传》，批俞平伯，批完了俞平伯，批胡适，一路批，批，批，斗，斗，斗，最后批到了陈寅恪头上。此时，极大规模的、遍及全国的反右斗争还没有开始。老年反思，我在政治上是个蠢材，对这一系列的批和斗，我是心悦诚服的，一点没有感到其中有什么问题。我虽然没有明确地意识到，在我灵魂深处，我真认为中国老知识分子就是“原罪”的化身，批是天经地义的。但是，一旦批到了陈寅恪先生头上，我心里却感到不是味。虽然经人再三动员，我却始终没有参加到这一场闹剧式的大合唱中去。我不愿意厚着面皮，充当事后的诸葛亮，我当时的认识也是十分模糊的；但是，我毕竟没有行动。现在时过境迁，在四十年之后，想到我没有出卖我的良心，差堪自慰，能够对得起老师的在天之灵了。

可是，从那以后，直到老师于 1969 年在空前浩劫中被折磨得离开了人世，将近二十年中，我没能再见到他。现在我的年龄已经超过了他在世的年龄五年，算是寿登耄耋了。现在我时常翻读先生的诗文。每读一次，都觉得有新的收获。我明确意识到，我还未能登他的堂奥。哲人其萎，空余著述。我却是进取有心，请益无人，因此更增加了对他的怀念。我们虽非亲属，我却时有风木之悲。这恐怕也是非常自然的吧。

我已经到了望九之年，虽然看样子离开为自己的生命画句号的时候还会有一段距离，现在还不能就作总结，但是，自己毕竟已经到了日薄西山、人命危浅之际，不想到这一点也是不可能的。我身历几个朝代，忍受过千辛万苦。现在只觉得身后的路漫长无边，眼前的路却是越来越短，已经是很有限了。我并没有倚老卖老，苟且偷安，然而我却明确地意识到，我成了一个“悲剧”人物。我的悲剧不在于我不想“不用扬鞭自奋蹄”，不想“老骥伏枥，志在千里”，而是在“老骥伏枥，志在万里”。自己现在承担的或者被迫承担的工作，头绪繁多，五花八门，纷纭复杂，有时还矛盾重重，早已远远超过了自己的负荷量，超过了自己的年龄。这里面，有外在原因，但主要是内在原因。清夜扪心自问：自己患了老来疯了吗？你眼前还有一百年的寿命吗？可是，一到了白天，一接触实际，件件事情都想推掉，但是件件事情都推不掉，真仿佛京剧中的一句话：“马行在夹道内，难以回马。”此中滋味，只有自己一人能了解，实不足为外人道也。

在这样的情况下，我有时会情不自禁地回想自己的一生。自己究竟应该怎样来评价自己的一生呢？我虽遭逢过大大小小的灾难，像“十年浩劫”那样中国人民空前的愚蠢到野蛮到令人无法理解的灾难，我也不幸——也可以说是有“幸”身逢其盛，几乎把一条老命搭上，然而我仍然觉得自己是幸运的，自己赶上了许多意外的机遇。我只举一个小例子。自从盘古开天地，不知从哪里吹来了一股神风，吹出了知识分子这个特殊的族类。知识分子有很多特点。在经济和物质方面是一个“穷”字，自古已然，于今为烈。在精神方面，是考试多如牛毛。在这里也是自古已然，于今为烈。例子俯拾即是，不必多论。我自己考了一辈子，自小学、中学、大学，一直到留学，月有月考，季有季考，还有什么全国通考，考得一塌糊涂。可是我自己在上百场国内外的考试中，从来没有名落孙山，你能说这不是机遇好吗？

但是，俗话说：“一个篱笆三个桩，一个好汉三个帮。”如果没有人帮助，一个人会是一事无成的。我也遇到了极幸运的机遇。生平帮过我的人无虑数百。要我举出人名的话，我首先要举出的，在国外有两个人，一个是我的博士论文导师瓦尔德施密特教授，另一个是教吐火罗语的老师西克教授。在国内的有四个人：一个是冯友兰先生，如果没有他同德国签订德国清华交换研究生的话，我根本到不了德国。一个是胡适之先生，一个是汤用彤先生，如果没有他们提携的话，我根本来不到北大。最后但不是最少，是陈寅恪先生，如果没有他的影响的话，我不会走上现在走的这一条治学的道路，也同样是来不了北大。至于他为什么不把我介绍给我的母校清华，而介绍给北大，我从来没有问过他，至今恐怕永远也是一个谜，我们不去谈它了。

我不是一个忘恩负义的人。我一向认为，感恩图报是做人的根本准则之一。但是，我对他们四位，以及许许多多帮助过我的师友怎样“报”呢？专就寅恪师而论，我只有努力学习他的著作，努力宣扬他的学术成就，努力帮助出版社把他的全集出全、出好。我深深地感激广州中山大学的校领导和历史系的领导，他们再三举办寅恪先生学术研讨会，包括国外学者在内，群贤毕至。中大还特别创办了陈寅恪纪念馆。所有这一切，我这个寅恪先生的弟子都看在眼中，感在心中，感到很大的慰藉。国内外研究陈寅恪先生的学者日益增多，先生的道德文章必将日益发扬光大，这是毫无问题的。这是我在垂暮之年所能得到的最大的愉快。

然而，我仍然有我个人的思想问题和感情问题。我现在是“后已见来者”，然而却是“前不见古人”，再也不会见到寅恪先生了。我心中感到无限的空漠，这个空漠是无论如何也填充不起来了。掷笔长叹，不禁老泪纵横矣。

1995 年 12 月 1 日

忆恩师董秋芳先生

恩师董秋芳（冬芬）先生离开我们已经颇有些年头了。我自己到了今天已届耄耋之年，然而年岁越老，对先生的怀念也就越浓烈。这情景，对别人来说，也许有点难解。但对我自己来说，用不着苦心参悟，就是一目了然的。

在我初入世的时候，我们俩走的道路几乎完全一样。他是北大英文系毕业的，因为写了文章，翻译了书，于是成了作家，而当时的逻辑是，是作家就能教国文，于是他就来到了我的母校济南省立高中当国文教员，我就是他当时的学生。在这之前的一年，日寇占领济南，是我当亡国奴的一年。再前则是山大附设高中的学生。学的是古文，写的是文言文，老师王崑玉先生给我留下了终生难忘的印象。1928 年是我在无意识中飞跃的一年，从《古文观止》《书经》和《诗经》飞跃到鲁迅和普罗文学，在新文学岸边上迎接我的正是董秋芳先生，我自己也不知道，是出于什么原因，我的白话作文竟受到了秋芳先生的激赏，说我是“全班甚至全校之冠”。我是一个平凡的人，受到赞赏，这本是不虞之誉，我却感到喜悦和兴奋。这样就埋下了我终身写作的种子。除了在德国十年写得很少，“十年浩劫”根本没写之外，我一直写作未辍。我认为，作家是一个高贵的称呼，是“人类灵魂的工程师”，区区如不佞者焉能当此称号！我一直不敢以作家自居。然而，写作毕竟成为我生活不可或缺的一部分，每有真实感触，则必写为文章，不仅是自己怡悦，也持赠别人。

所有这一切，都必须归功于董先生，我称他为“恩师”，不正是恰如其分吗？

现在来谈冬芬先生的翻译。就目前中国翻译界来看，翻译已成为司空见惯的事。几乎所有世界各国的文学大师的全集都已有了汉文全译本。对外国当前文艺的情况也可以说是了如指掌。据我个人的看法，眼前中国翻译界的问题不在量，而在质。努力提高翻译水平，改变求大求全而译文则极不理想的情况，是当务之急。然而在七八十年前鲁迅、董秋芳的时代，情况完全不是这个样子。当时译本不多，而且往往只限于几个大国。鲁迅先生完全不是为翻译而翻译。他发现了中国固有文化有许多不尽如人意之处，中国的民族性好像也不能令人满意。因此他提出了“拿来主义”的号召，让人少读，或者简直不读中国书。现在看起来，这似乎有偏激之处；然而鲁迅的苦心是一般有识之士可以理解的。他像古代希腊神话中盗取天火的普罗米修斯那样，想从外国引进一点火种，以改造我们的民族性，为我们国民进行启蒙教育。他特别重视翻译国际上弱小民族的文学作品，因为这些国家的处境更与我们的处境接近，从那里取来的火种更能启迪我们。

冬芬先生是鲁迅先生忠实的学生和追随者，他也绝不是为翻译而翻译，他做翻译工作有自己的理想，有自己的目标。他除了翻译一些英美文学作品之外，翻译最多的是俄罗斯作家，兼及西班牙、印度、犹太作家，这些作家有些是在当时不被重视的，或者由于政治原因而被打入另册的。他翻译这些作家的作品，绝不仅仅是为了拾遗补阙，其真正目的是在盗取天火以济人世之穷。

冬芬先生这些译作都是在解放前完成的，到现在已经超过半个世纪了。现在由他的女公子菊仙整理付印，索序于我。这不禁勾起来了我那缅怀师恩之幽情，因而不揣谫陋，略陈鄙见如上。是为序。

2000 年 12 月 3 日

（本文原为《董秋芳译文选》序言）

一个老知识分子的心声

按我出生的环境，我本应该终生成为一个贫农。但是造化小儿却偏偏要播弄我，把我播弄成了一个知识分子。从小知识分子把我播弄成一个中年知识分子；又从中年知识分子把我播弄成一个老知识分子。现在我已经到了望九之年，耳虽不太聪，目虽不太明，但毕竟还是“难得糊涂”，仍然能写能读，焚膏继晷，兀兀穷年，仿佛有什么力量在背后鞭策着自己，欲罢不能。眼前有时闪出一个长队的影子，是北大教授按年龄顺序排成的。我还没有站在最前面，前面还有将近二十来个人。这个长队缓慢地向前迈进，目的地是八宝山。时不时地有人“捷足先登”，登的不是泰山，而就是这八宝山。我暗暗下定决心：绝不抢先加塞，我要鱼贯而进。什么时候鱼贯到我面前，我就要含笑挥手，向人间说一声“拜拜”了。

干知识分子这个行当是并不轻松的，在过去七八十年中，我尝够了酸甜苦辣，经历够了喜怒哀乐。走过了阳关大道，也走过了独木小桥。有时候，光风霁月，有时候，阴霾蔽天。有时候，峰回路转，有时候，柳暗花明。金榜上也曾题过名，春风里也曾得过意，说不高兴是假话。但是，一转瞬间，就交了华盖运，四处碰壁，五内如焚。原因何在呢？古人说：“人生识字忧患始”，这实在是见道之言。“识字”，当然就是知识分子了。一戴上这顶帽子，“忧患”就开始向你奔来。是不是杜甫的诗：“儒冠多误身”？“儒”，

1991 年，时年八十岁的季羡林先生骑自行车到北大图书馆查阅资料。此后先生再未骑车。

当然就是知识分子，一戴上儒冠就倒霉。我只举这两个小例子，就可以知道，中国古代的知识分子们早就对自己这一行腻味了。“诗必穷而后工”，连作诗都必须先“穷”。“穷”并不一定指的是没有钱，主要指的也是倒霉。不倒霉就作不出好诗，没有切身经历和宏观观察，能说得出这样的话吗？

世界各国应该都有知识分子。但是，根据我七八十年的观察与思考，我觉得，既然同为知识分子，必有其共同之处，有知识，承担延续各自国家的文化的重任，至少这两点必然是共同的。但是不同之处却是多而突出。别的国家先不谈，我先谈一谈中国历代的知识分子，中国有五六千年或者更长的文化史，也就有五六千年的知识分子。我的总印象是：中国知识分子是一种很奇怪的群体，是造化小儿加心加意创造出来的一种“稀有动物”。虽然“十年浩劫”中，他们被批为“一心只读圣贤书”的“修正主义”分子，这实际上是冤枉的。这样的人不能说没有，但是，主流却正相反。几千年的历史可以证明，中国知识分子最关心时事，最关心政治，最爱国。这最后一点，是由中国历史环境所造成的。在中国历史上，没有哪一天没有虎视眈眈伺机入侵的外敌。历史上许多赫然有名的皇帝，都曾受到外敌的欺侮。老百姓更不必说了。存在决定意识，反映到知识分子头脑中，就形成了根深蒂固的爱国心。“天下兴亡，匹夫有责”，不管这句话的原形是什么样子，反正它痛快淋漓地表达了中国知识分子的心声。在别的国家是没有这种情况的。

然而，中国知识分子也是极难对付的家伙。他们的感情特别细腻，敏锐，脆弱，隐晦。他们学富五车，胸罗万象。有的或有时自高自大，自以为“老子天下第一”；有的或有时却又患了弗洛伊德（?）讲的那一种“自卑情结”（inferiority complex）。他们一方面吹嘘想“通古今之变，穷天人之际”，气魄贯长虹，浩气盈宇宙。有时却又为芝麻绿豆大的一点小事而长吁短叹，甚至轻生，“自绝于人民”。关键问题，依我看，就是中国特有的“国粹”——面子问题。“面子”这个词儿，外国文没法翻译，可见是中国独有的。俗话里许多话都与此有关，比如“丢脸”“真不要脸”“赏脸”，如此等等。“脸”者，面子也。中国知识分子是中国国粹“面子”的主要卫道士。

尽管极难对付，然而中国历代统治者哪一个也不得不来对付。古代一个皇帝说：“马上得天下，不能马上治天下。”真是一针见血。创业的皇帝绝不会是知识分子，于是像刘邦、朱元璋这样一字不识的地痞、流氓就成了开国的“英主”。可是，一旦创业成功，坐上金銮宝殿，这时候就用得着知识分子来帮他们治理国家。不用说国家大事，连定朝仪这样的小事，刘邦还不得不求助于叔孙通。朝仪一定，朝廷井然有序，共同起义的那一群铁哥儿们，个个服服帖帖，跪拜如仪，让刘邦“龙心大悦”，真正尝到了当皇帝的滋味。

同面子表面上无关实则有关的另一个问题，是中国知识分子的处世问题，也就是隐居或出仕的问题。中国知识分子很多都标榜自己无意为官，而实则正相反。一个最有典型意义又众所周知的例子就是“大名垂宇宙”的诸葛亮。他高卧隆中，看来是在隐居，实则他最关心天下大事，他的“信息源”看来是非常多的，否则，在当时既无电话电报，甚至连写信都十分困难的情况下，他怎么能对天下大势了如指掌，因而写了有名的《隆中对》呢？他经世之心昭然在人耳目，然而却偏偏让刘先主三顾茅庐然后才出山“鞠躬尽瘁”。这不是面子又是什么呢？

我还想进一步谈一谈中国知识分子的一个非常古怪、很难以理解又似乎很容易理解的特点。中国古代知识分子贫穷落魄的多，有诗为证：“文章憎命达。”文章写得好，命运就不亨通；命运亨通的人，文章就写不好。那些靠文章中状元、当宰相的人，毕竟是极少数。而且中国文学史上根本就没有哪一个伟大文学家中过状元。《儒林外史》是专写知识分子的小说。吴敬梓真把穷苦潦倒的知识分子写活了。没有中举前的周进和范进等的形象，真是入木三分，至今还栩栩如生。中国历史上一批穷困的知识分子，贫无立锥之地，绝不会有面团团的富家翁相。中国诗文和老百姓嘴中有很多形容贫而瘦的穷人的话，什么“瘦骨嶙峋”，什么“骨瘦如柴”，又是什么“瘦得皮包骨头”，等等，都与骨头有关。这一批人一无所有，最值钱的仅存的“财产”就是他们这一身瘦骨头。这是他们人生中最后的一点“赌注”，轻易不能押上的，押上一输他们也就“涅槃”了。然而他们却偏偏喜欢拼命，喜欢拼这一身瘦老骨头。他们称这个为“骨气”。同“面子”一样，“骨气”这个词儿也是无法译成外文的，是中国的国粹。要举实际例子的话，那就可以举出很多来。《三国演义》中的祢衡，就是这样一个人，结果被曹操假手黄祖给砍掉了脑袋瓜。近代有一个章太炎，胸佩大勋章，赤足站在新华门外大骂袁世凯，袁世凯不敢动他一根毫毛，只好钦赠美名“章疯子”，聊以挽回自己的一点面子。

中国这些知识分子，脾气往往极大。他们又仗着“骨气”这个法宝，敢于直言不讳。一见不顺眼的事，就发为文章，呼天叫地，痛哭流涕，大呼什么“人心不古，世道日非”，又是什么“黄钟毁弃，瓦釜雷鸣”。这种例子，俯拾皆是。他们根本不给当政的最高统治者留一点面子，有时候甚至让他们下不了台。须知面子是古代最高统治者皇帝们的命根子，是他们的统治和尊严的最高保障。因此，我就产生了一个大胆的“理论”：一部中国古代政治史至少其中一部分就是最高统治者皇帝和大小知识分子互相利用又互相斗争，互相对付和应付，又有大棒，又有胡萝卜，间或甚至有剥皮凌迟的历史。

在外国知识分子中，只有印度的同中国的有可比性。印度共有四大种姓。为首的是婆罗门。在印度古代，文化知识就掌握在他们手里，这个最高种姓实际上也是他们自封的。他们是地地道道的知识分子，在社会上受到普遍的尊敬。然而却有一件天大的怪事，实在出人意料。在社会上，特别是在印度古典戏剧中，少数婆罗门却受到极端的嘲弄和污蔑，被安排成剧中的丑角。在印度古典剧中，语言是有阶级性的。梵文只允许国王、帝师（当然都是婆罗门）和其他高级男士们说，妇女等低级人物只能说俗语。可是，每个剧中都必不可缺少的丑角也竟是婆罗门，他们插科打诨，出尽洋相，他们只准说俗语，不许说梵文。在其他方面也有很多嘲笑婆罗门的地方，有点像中国古代嘲笑“腐儒”的做法。《儒林外史》中就不缺少嘲笑“腐儒”——也就是落魄的知识分子——的地方。鲁迅笔下的孔乙己也是这种人物。为什么中印同出现这个现象呢？这实在是一个有趣的研究课题。

我在上面写了我对中国历史上知识分子的看法。本文的主要目的就是写历史，连鉴往知今一类的想法我都没有。倘若有人要问：“现在怎样呢？”因为现在还没有变成历史，不在我写作范围之内，所以我不答复。如果有人愿意去推论，那是他们的事，与我无干。

最后我还想再郑重强调一下：中国知识分子有源远流长的爱国主义传统，是世界上哪一个国家也不能望其项背的。尽管眼下似乎有一点背离这个传统的倾向，例证就是苦心孤诣千方百计地想出国，有的甚至归化为“老外”，永留不归。我自己对这个问题的看法是：这只能是暂时的现象，久则必变。就连留在外国的人，甚至归化了的人，他们依然是“身在曹营心在汉”，依然要寻根，依然爱自己的祖国。何况出去又回来的人渐渐多了起来呢？我们对这种人千万不要“另眼相看”，当然也大可不必“刮目相看”。只要我们国家的事情办好了，情况会大大地改变的。至于没有出国也不想出国的知识分子占绝对的多数。如果说他们对眼前的一切都很满意，那不是真话。但是爱国主义在他们心灵深处已经生了根，什么力量也拔不掉的。甚至泰山崩于前，迅雷震于顶，他们会依然热爱我们这伟大的祖国。这一点我完全可以保证。只举一个众所周知的例子，就足够了。如果不爱自己的祖国，巴老为什么以老迈龙钟之身，呕心沥血来写《随想录》呢？对广大的中国老、中、青知识分子来说，我想借用一句曾一度流行的，我似非懂又似懂的话：爱国没商量。

我生平优点不多，但自谓爱国不敢后人，即使把我烧成了灰，每一粒灰也还是爱国的。可是我对于当知识分子这个行当却真有点谈虎色变。我从来不相信什么轮回转生。现在，如果让我信一回的话，我就恭肃虔诚祷祝造化小儿，下一辈子无论如何也别再播弄我，千万别再把我播弄成知识分子。

1995年7月18日

肆

我和书

1996年，《季羡林文集》出版。

我和书

古今中外都有一些爱书如命的人。我愿意加入这一行列。

书能给人以知识，给人以智慧，给人以快乐，给人以希望。但也能给人带来麻烦，带来灾难。在大革文化命的年代里，我就以收藏封资修、大洋古书籍的罪名挨过批斗。1976年地震的时候，也有人警告我，我坐拥书城，夜里万一有什么情况，书城将会封锁我的出路。

批斗对我已成过眼云烟，那种万一的情况也没有发生，我“死不改悔”，爱书如故，至今藏书已经发展到填满了几间房子。除自己购买以外，赠送的书籍越来越多。我究竟有多少书，自己也说不清楚。比较起来，大概是相当多的。搞抗震加固的一位工人师傅就曾多次对我说：这样多的书，他过去没有见过。学校领导对我额外加以照顾，我如今已经有了几间真正的书斋，那种卧室、书斋、会客室三位一体的情况，那种“初极狭，才通人”的“桃花源”的情况，已经成为历史陈迹了。

有的年轻人看到我的书，瞪大了吃惊的眼睛问我：“这些书你都看过吗？”我坦白承认，我只看过极少极少的一点。“那么，你要这么多书干吗呢？”这确实是难以回答的问题。我没有研究过藏书心理学，三言两语，我说不清楚。我相信，古今中外爱书如命者也不一定都能说清楚。即使说出原因来，恐怕也是五花八门的吧。

真正进行科学研究，我自己的书是远远不够的。也许我搞的这一行有点怪。我还没有发现全国任何图书馆能满足，哪怕是最低限度地满足我的需要。有的题目有时候由于缺书，进行不下去，只好让它搁浅。我抽屉里面就积压着不少这样搁浅的稿子。我有时候对朋友们开玩笑说：搞我们这一行，要想有一个满意的图书室简直比搞“四化”还要难。全国国民收入翻两番的时候，我们也未必真能翻身。这绝非耸人听闻之谈，事实正是这样。同我搞的这一行有类似困难的，全国还有不少。这都怪我们过去底子太薄，解放后虽然做了不少工作，但是一时积重难返。我现在只有寄希望于未来，发呼吁于同行。我们大家共同努力，日积月累，将来总有一天会彻底改变目前这情况的。古人说：“前人种树，后人乘凉。”让我们大家都来当种树人吧。

1985年7月8日晨

（节选自《坐拥书城意未足》）

我的书斋

最近身体不太好。内外夹攻，头绪纷繁，我这已届耄耋之年的神经有点儿吃不消了。于是下定决心，暂且封笔。乔福山同志打来电话，约我写点儿什么，我遵照自己的决心，婉转拒绝。但一听说题目是《我的书斋》，于我心有戚戚焉，立即精神振奋，暂停决心，拿起笔来。

我确实有个书斋，我十分喜爱我的书斋。这个书斋是相当大的，大小房间，加上过厅、厨房，还有封了顶的阳台，大大小小，共有八个单元。册数从来没有统计过，总有几万册吧。在北大教授中，“藏书状元”我恐怕是当之无愧的。而且在梵文和西文书籍中，有一些堪称海内孤本。我从来不以藏书家自命，然而坐拥如此大的书城，心里能不沾沾自喜吗？

我的藏书都像是我的朋友，而且是密友。我虽然对它们并不是每一本都认识，它们中的每一本却都认识我。我每一走进我的书斋，书籍们立即活跃起来，我仿佛能听到它们向我问好的声音，我仿佛能看到它们向我招手的情景。倘若有人问我，书籍的嘴在什么地方？而手又在什么地方呢？我只能说：“你的根器太浅，努力修持吧。有朝一日，你会明白的。”

我兀坐在书城中，忘记了尘世的一切不愉快的事情，怡然自得。以世界之广、宇宙之大，此时却仿佛只有我和我的书友存在。窗外粼粼碧水，丝丝垂柳，阳光照在玉兰花的肥大的绿叶子上，这都是我平常最喜爱的东西，

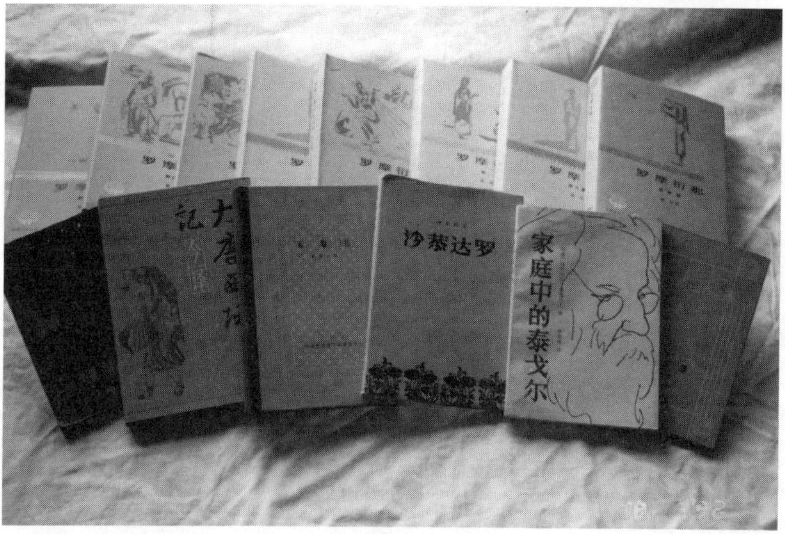

季羡林先生的藏书。

现在也都视而不见了；连平常我喜欢听的鸟鸣声“光棍儿好过”，也听而不闻了。

我的书友每一本都蕴涵着无量的智慧。我只读过其中的一小部分，这智慧我是能深深体会到的。没有读过的那一些，好像也不甘落后，它们不知道是施展一种什么神秘的力量，把自己的智慧放了出来，像波浪似涌向我来。可惜我还没有修炼到能有“天眼通”和“天耳通”的水平，我还无法接受这些智慧之流。如果能接受的话，我将成为世界上古往今来最聪明的人。我自己也去努力修持吧。

我的书友有时候也让我窘态毕露。我并不是一个不爱清洁和秩序的人；但是，因为事情头绪太多，脑袋里考虑的学术问题和写作问题也不少，而且每天都收到大量的寄来的书籍和报刊以及信件，转瞬之间就摞成一摞。在这样的情况下，如果我需要一本书，往往是遍寻不得，“只在此屋中，书深不知处”，急得满头大汗，也是枉然。只好到图书馆去借。等我把文章写好，把书送还图书馆后，无意之间，在一摞书中，竟找到了我原来要找的书，“得来全不费工夫”。然而晚了，工夫早已费过了。我啼笑皆非，无可奈何，等到用另外一本书时，再重演一次这出喜剧。我知道，我要寻找的书友，看到我急得那般模样，会大声给我打招呼的；但是喊破了嗓子，也无济于事，我还没有修持到能听懂书的语言的水平。我还要加倍努力去修持。我有信心，将来一定能获得真正的“天眼通”和“天耳通”。只要我想要哪一本书，那一本书就会自己报出所在之处，我一伸手，便可拿到，如探囊取物。这样一来，文思就会像泉水般地喷涌，我的笔变成了生花妙笔，写出来的文章会成为天下之至文。到了那时，我的书斋里会充满了没有声音的声音，布满了没有形象的形象。我同我的书友们能够自由地互通思想，交流感情。我的书斋会成为宇宙间第一神奇的书斋，岂不猗欤休哉！

我盼望有这样一个书斋。

1993 年 6 月 22 日

对我影响最大的几本书

我是一个最枯燥乏味的人，枯燥到什么嗜好都没有。我自比是一棵只有枝干并无绿叶更无花朵的树。

如果读书也能算是一个嗜好的话，我的唯一嗜好就是读书。

我读的书可谓多而杂，经史子集都涉猎过一点，但极肤浅。小学、中学阶段，最爱读的是“闲书”（没有用的书，比如《彭公案》《施公案》《济公传》《三侠五义》《小五义》《东周列国志》《说岳》《说唐》，等等，读得如醉似痴。《红楼梦》等古典小说是以后才读的。读这样的书是好是坏呢？从我叔父眼中来看，是坏。但是，我却认为是好，至少在写作方面是有帮助的。

至于哪几部书对我影响最大，几十年来我一贯认为是两位大师的著作：在德国是海因里希·吕德斯，我老师的老师；在中国是陈寅恪先生。两个人都是考据大师，方法缜密到神奇的程度。从中也可以看出我个人兴趣之所在。我禀性板滞，不喜欢玄之又玄的哲学。我喜欢能摸得着看得见的东西，而考据正合吾意。

吕德斯是世界公认的梵学大师，研究范围颇广，对印度古代碑铭有独到深入的研究。印度每有新碑铭发现而又无法读通时，大家就说：“到德国找吕德斯去！”可见吕德斯权威之高。印度两大史诗之一的《摩诃婆罗多》从核心部分起，滚雪球似的一直滚到后来成型的大书，其间共经历了七八百年。谁都知道其中有不少层次，但没有一个人说得清楚。弄清层次问题的又是吕德斯。在佛教研究方面，他主张有一个“原始佛典”，是用古代半摩揭陀语写成的。我个人认为这是千真万确的事：欧美一些学者不同意，却又拿不出半点可信的证据。吕德斯著作极多，中短篇论文集为一书《古代印度语文论丛》。这是我一生受影响最大的著作之一。这书对别人来说，可能是极为枯燥的；但是，对我来说却是一本极为有味，极有灵感的书，读之如饮醍醐。

在中国，影响我最大的书是陈寅恪先生的著作，特别是《寒柳堂集》《金明馆丛稿》。寅恪先生的考据方法同吕德斯先生基本上是一致的。不说空话，无证不信。两人有异曲同工之妙。我常想，寅恪先生从一个不大的切入口切入，如剥春笋，每剥一层，都是信而有征，让你非跟着他走不行，剥到最后，露出核心，也就是得到结论，让你恍然大悟：原来如此，你没有法子不信服。寅恪先生考证不避琐细，但绝不是为考证而考证，小中见大，其中往往含着极大的问题。比如，他考证杨玉环是否以处女入宫。这个问题确极猥琐，不登大雅之堂。无怪一个学者说：这太微不足道了。焉知寅恪先生是想研究李唐皇族的家风。在这个问题上，汉族与少数民族看法是不一样的。寅恪先生是从看似细微的问题入手，探讨民族问题和文化问题，由小及大，使自己的立论坚实可靠。看来这位说那样话的学者是根本不懂历史的。

在一次闲谈时，寅恪先生问我《梁高僧传》卷九《佛图澄传》中载有铃铛的声音“秀支替戾冈，仆谷劬秃当”是哪一种语言？原文说是羯语，不知何所指？我到今天也回答不出来。由此可见寅恪先生读书之细心、注意之广泛。他学风谨严，在他的著作中到处可以给人以启发。读他的文章，简直是一种最高的享受。读到兴会淋漓时，真想浮一大白。

中德这两位大师有师徒关系，寅恪先生曾受学于吕德斯先生。这两位大师又同受战争之害。吕德斯生平致力于 Molnavarga 之研究，几十年来批注不断。二战时手稿被毁。寅恪师生平致力于读《世说新语》，几十年来眉注累累。日寇入侵，逃往云南，此书丢失于越南。假如这两部书能流传下来，对梵学、国学将是无比重要之贡献。然而先后毁失，为之奈何！

1999 年 7 月 30 日

我最喜爱的书

我在下面介绍的只限于中国文学作品。外国文学作品不在其中。我的专业书籍也不包括在里面，因为太冷僻。

一、司马迁《史记》

《史记》这一部书，很多人都认为它既是一部伟大的史籍，又是一部伟大的文学作品。我个人同意这个看法。平常所称的《二十四史》中，尽管水平参差不齐，但是哪一部也不能望《史记》之项背。

《史记》之所以能达到这个水平，司马迁的天才当然是重要原因；但是他的遭遇起的作用似乎更大。他无端受了宫刑，以致郁闷激愤之情溢满胸中，发而为文，句句皆带悲愤。他在《报任少卿书》中已有充分的表露。

二、《世说新语》

这不是一部史书，也不是某一个文学家和诗人的总集，而只是一部由许多颇短的小故事编纂而成的奇书。有些篇只有短短几句话，连小故事也算不上。每一篇几乎都有几句或一句隽语，表面简单淳朴，内容却深奥异常，令人回味无穷。六朝和稍前的一个时期内，社会动乱，出了许多看来脾气相当古怪的人物，外似放诞，内实怀忧。他们的举动与常人不同。此书记录了他们的言行，短短几句话，而栩栩如生，令人难忘。

1998 年，季羡林先生在书房读书。

三、陶渊明的诗

有人称陶渊明为“田园诗人”。笼统言之，这个称号是恰当的。他的诗确实与田园有关。“采菊东篱下，悠然见南山”，这样的名句几乎是家喻户晓的。从思想内容上来看，陶渊明颇近道家，中心是纯任自然。从文体上来看，他的诗简易淳朴，毫无雕饰，与当时流行的镂金错彩的骈文，迥异其趣。因此，在当时以及以后的一段时间内，对他的诗的评价并不高，在《诗品》中，仅列为中品。但是，时间越后，评价越高，最终成为中国伟大诗人之一。

四、李白的诗

李白是中国文学史上最伟大的天才之一，这一点是谁都承认的。杜甫对他的诗给予了最高的评价：“白也诗无敌，飘然思不群。清新庾开府，俊逸鲍参军。”李白的诗风飘逸豪放。根据我个人的感受，读他的诗，只要一开始，你就很难停住，必须读下去。原因我认为是，李白的诗一气流转，这一股“气”不可抗御，让你非把诗读完不行。这在别的诗人作品中，是很难遇到的现象。在唐代，以及以后的一千多年中，对李白的诗几乎只有赞誉，而无批评。

五、杜甫的诗

杜甫也是一个伟大的诗人，千余年来，李杜并称。但是二人的创作风格却迥乎不同：李是飘逸豪放，而杜则是沉郁顿挫。从使用的格律上，也可以看出二人的不同。七律在李白集中比较少见，而在杜集中则颇多。摆脱七律的束缚，李白是没有枷锁跳舞；杜甫善于使用七律，则是带着枷锁跳舞，二人的舞都达到了极高的水平。在文学批评史上，杜甫颇受到一些人的指摘，而对李白则是绝无仅有。

六、南唐后主李煜的词

后主词传留下来的仅有三十多首，可分为前后两期：前期仍在江南当小皇帝，后期则已降宋。后期词不多，但是篇篇都是杰作，纯用白描，不作雕饰，一个典故也不用，话几乎都是平常的白话，老妪能解；然而意境却哀婉凄凉，千百年来打动了千百万人的心。在词史上巍然成一大家，受到了文艺批评家的赞赏。但是，对王国维在《人间词话》中赞美后主有佛祖的胸怀，我却至今尚不能解。

七、苏轼的诗文词

中国古代赞誉文人有三绝之说。三绝者，诗、书、画三个方面皆能达到极高水平之谓也。苏轼至少可以说已达到了五绝：诗、书、画、文、词。因此，我们可以说，苏轼是中国文学史和艺术史上的最全面的伟大天才。论诗，他为宋代一大家。论文，他是唐宋八大家之一。笔墨凝重，大气磅礴。论书，他是宋代苏、黄、宋、蔡四大家之首。论词，他摆脱了婉约派的传统，创豪放派，与辛弃疾并称。

八、纳兰性德的词

宋代以后，中国词的创作到了清代又掀起了一个新的高潮。名家辈出，风格不同，又都能各极其妙，实属难能可贵。在这群灿若群星的词家中，我独独喜爱纳兰性德。他是大学士明珠的儿子，生长于荣华富贵中，然而却胸怀愁思，流溢于楮墨之间。这一点我至今还难以得到满意的解释。从艺术性方面来看，他的词可以说是已经达到了完美的境界。

九、吴敬梓的《儒林外史》

胡适之先生给予《儒林外史》极高的评价。诗人冯至也酷爱此书。我自己也是极为喜爱《儒林外史》的。

此书的思想内容是反科举制度，昭然可见，用不着细说。它的特点在艺术性上。吴敬梓惜墨如金，从不作冗长的描述。书中人物众多，各有特性，作者只讲一个小故事，或用短短几句话，活脱脱一个人就仿佛站在我们眼前，栩栩如生。这种特技极为罕见。

十、曹雪芹的《红楼梦》

在古今中外众多的长篇小说中，《红楼梦》是一颗璀燦的明珠，是状元。中国其他长篇小说都没能成为“学”，而“红学”则是显学。内容描述的是一个大家族的衰微的过程。本书特异之处也在它的艺术性上。书中人物众多，男女老幼、主子奴才、五行八作，应有尽有。作者有时只用寥寥数语而人物就活灵活现，让读者永远难忘。读这样一部书，主要是欣赏它的高超的艺术手法。那些把它政治化的无稽之谈，都是不可取的。

2001 年 3 月 21 日

推荐十种书

一、《红楼梦》

《红楼梦》是古今中外最优秀、最杰出的长篇小说。我不谈思想性，因为公说公有理，婆说婆有理，谁也说不清楚，谁也说服不了谁。我只谈艺术性。本书刻画人物达到了出神入化的境界。人物一开口，虽不见其人，但立刻就能知道是谁。在中外文学作品中，实无其匹。

二、《世说新语》

这也是一本奇书。当时清谈之风盛行。但并不是今天的“侃大山”，而要出言必隽永有韵致，言简而意深，如食橄榄，回味无穷。有的话不能说明白，但一经说出，则听者会心，宛如当年灵山会上，世尊拈花，迦叶微笑。

三、《儒林外史》

本书是中国小说中的精品。结构奇特，好像是由一些短篇缀合而成。作者惜墨如金，描绘风光，刻画人物，三言两语，而自然景色和人物性格，便跃然纸上。尤以讽刺见长，作者威仪俨然。不露笑容，讽刺的话则入木三分，令人忍俊不禁。

四、李义山诗

在中国诗中，我同曹雪芹正相反，最喜欢李义山诗。每个人欣赏的标准和对象，不能强求一律。义山诗词藻华丽，声韵铿锵。有时候不知所言何意，但读来仍觉韵味飘逸，意象生动，有似西洋的 pure poetry（纯诗）。诗不一定都要求懂。诗的词藻美和韵律美直接诉诸人的灵魂。汉诗还有一个字形美。

五、李后主词

后主词只有短短几篇。他不用一个典故，但感情真挚，动人心魄。王国维说："后主则俨有释迦基督担荷人类罪恶之意。"言似夸大，我们不能这样要求后主，他也根本不是这样的人。中国历史上多一个励精图治的皇帝，没有多大分量。但是，如果缺一个后主，则中国文学史将成什么样子？

六、《史记》

《史记》是中国第一部通史。但此书真正意义不在史而在文。司马迁说："诟莫大于宫刑。"他满腔孤愤，发而为文，遂成《史记》。时至今日，不可一世的汉武帝，只留得"西风残照，汉家陵阙"，而《史记》则"光芒万丈长"。历史最是无情的。

七、陈寅恪《寒柳堂集》

八、陈寅恪《金明馆丛稿》

陈寅恪先生学贯中西，熔铸今古。他一方面继承和发展了中国乾嘉朴学大师的考据之学，另一方面又继承和发扬了西方近代考据之学，实又超出二者之上。他从不用僻书，而是在人人能读人人似能解的平常的典籍中，发现别人视而不见的问题，即他常说的"发古人之覆"。他这种本领达到了极高明的地步，如燃犀烛照，洞察幽微，为学者所折服。陈先生不仅是考据家，而且是思想家，他对中国文化的理解，实超过许多哲学家。

九、德国 Heinrich Lüiders（吕德斯）*Philologica Indica*（《印度语文学》）

在古今中外的学人中，我最服膺，影响我最深的，在中国是陈寅恪，在德国是吕德斯。后者也是考据圣手。什么问题一到他手中，便能鞭辟入里，如剥芭蕉，层层剥来，终至核心，所得结论，令人信服。我读他那些枯燥至极的考据文章，如读小说，成了最高的享受。

十、德国 E. Sieg（西克）、W. Siegling（西克灵）和 W. Schulze（舒尔茨）

Tocharische Grammatik（《吐火罗语法》）

吐火罗语是一种前所未知的新疆古代民族语言。考古学家发掘出来了一些残卷，字母基本上是能认识的，但是语言结构，则毫无所知。三位德国学者通力协作，经过了二三十年的日日夜夜，终于读通，而且用德国学者有名的“彻底性”写出了一部长达518页的皇皇巨著，成了世界学坛奇迹。

1993年5月29日

《留德十年》楔子

七十多年的生命像一场春梦似的逝去了。这样的梦并不总是像“春宵一刻值千金”那样轻灵美妙。有时候也难免有惊涛骇浪、龙蛇竞舞的场面。不管怎样，我的生命像梦一般地逝去了。

对于这些梦有没有留恋之感呢？应该说是有的。人到了老年，往往喜爱回忆往事。古今中外，概莫能外。我当然也不能成为例外。英国人常说什么“往日的可爱的时光”，实有会于我心。往日的时光，回忆起来，确实感到美妙可爱。“当时只道是寻常”，然而一经回忆，却往往觉得美妙无比，回味无穷。我现在就经常陷入往事的回忆中。

但是，我从来也没有想到，把这些轻梦或者噩梦从回忆中移到纸上来。我从来没有感到，有这样的需要。我只是一个人在夜深人静时，伏在枕上，让逝去的生命一幕一幕地断断续续地在我眼前重演一遍，自己仿佛成了一个旁观者，顾而乐之。逝去的生命不能复归，也用不着复归。但是，回忆这样的生命，意识到自己是这样活过来的，阳关大道、独木小桥，都走过来了，风风雨雨都经过了，一直到今天，自己还能活在世上，还能回忆往事，这难道还不能算是莫大的幸福吗？

只是到了最近一两年，比我年轻的一些朋友，多次向我建议写一点自传之类的东西。他们认为，像我这样的知识分子，已经活到了将近耄耋之

2000年，德国驻华公使代表哥廷根大学授予季羡林先生金质奖章。

年，古稀之年早已甩在背后了，而且经历了几个时代；在中国历史上，也是一个难能可贵的机会；我这样的经历，过去知识分子经历者恐怕不是太多。我对世事沧桑的阅历、人情世态的体会，恐怕有很多值得别人借鉴的地方。今天年轻的知识分子，甚至许多中年知识分子，大都不能体会。有时候同他们谈一点过去的情况，他们往往瞪大了眼睛，像是在听“天方夜谭”。因此，他们的意见是，我应当把这些经历写出来，不要过于“自私自利”，只留在自己脑海中，供自己品味玩赏。这应该说是我这一辈人的责任，不容推卸。

我考虑他们的意见，觉得是正确的。就我个人来说，我生于辛亥革命那一年的夏秋之交，距离10月10日，只有一个月多一点。在这一段时间内，我当过大清皇帝的臣民，我大概也算是一个“遗少”吧。我在极小的时候，就听到“朝廷”这个词儿，意思是大清皇帝。在我的幻想中，“朝廷”是一个非人非神非龙非蛇，然而又是人是神是龙是蛇的东西。最后一个“朝廷”一退位，立刻来了袁世凯，紧跟着是军阀混战。赤县神州，群魔乱舞。我三岁的时候，第一次世界大战爆发。我对此毫无所知。对于“五四”运动，所知也不多，只对文言改白话觉得新鲜而已。在小学和初中时期，跟着大孩子游行示威，焚烧日货和英货，情绪如疯如狂。高中时期，国民党统治开始，是另一种群魔乱舞，是国民党内部的群魔。大学时期，日本军国主义者蠢蠢欲动。九一八事变以后，我曾随清华同学卧轨绝食，赴南京请愿。生平第一次也是最后一次见到蒋介石。留学时期，七七事变发生，半壁河山，沦入外寇铁蹄之下。我的家乡更是早为外寇占领，让我无法回国。“等是有家归未得，杜鹃休向耳边啼。”我漂泊异乡，无从听到杜鹃鸣声，我听到的是天空中轰炸机的鸣声，伴随着肚中的饥肠辘辘声。有时候听到广播中希特勒疯狗似的狂吠声。如此度过了八年。“烽火连八岁，家书抵亿金。”抵亿金的家书一封也没能收到。大战终于结束。我在瑞士待了将近半年，费了千辛万苦，经法国、越南回到祖国。在狂欢之余，灾星未退，又在通货疯狂膨胀中度过了三年，终于迎来了解放。在更大的狂欢之余，知道道路并不是总有玫瑰花铺地，有时难免也有狂风恶浪。就这样，风风雨雨，坎坎坷坷，一直活到了今天，垂垂老矣。

如此丰富复杂的经历，并不是每一个人都能有的。而且从某种意义上来看，这些经历也是十分可贵的。经验和教训，从中都可以吸取，对人对己都会有点好处的。我自己如果秘而不宣，确有“自私自利”之嫌。因此，我决心听从别人的建议，改变以前的想法，把自己一生的经历实事求是地写出来。我特别强调“实事求是”四字，因为写自传不是搞文学创作，让自己的幻想纵横驰骋。我写自传，只写事实。这是否也能写成文学作品，我在这里存而不论。古今中外颇有大文学家把自传写成文学创作的。德国最伟大的诗人歌德就是其中之一。他的 *Dichtung und Wahrheit*（《创作与真理》）可以为证。我个人认为，大文学家可以，我则不可。我这里只有 Wahrheit，而无 Dichtung。

但是，如此复杂的工作绝不能毕其功于一役。我目前还有很多工作要做，没有太多的余闲，我只能分段解决。我把我七十多年的生命分成八个阶段：

一、故乡时期

二、在济南上中学时期

三、清华大学、中学教员时期

四 、留德十年

五 、解放前夕

六 、五六十年代

七 、牛棚杂忆

八 、1978 年以后

在 1988 年，我断断续续写成了四和七两部草稿。现在先把四“留德十年”整理出来，让它带着我的祝福走向世界吧！持扯雪序做一绝：

毫无荒唐言
半把辛酸泪
作者并不痴
人解其中味

以上算是楔子。

《牛棚杂忆》缘起

“牛棚”这个词儿，大家一听就知道是什么意思。但是，它是否就是法定名称，却谁也说不清楚。我们现在一切讲“法治”。讲“法治”，必先正名。但是“牛棚”的名怎么正呢？牛棚的创建本身就是同法“对着干”的。现在想用法来正名，岂不是南辕而北辙吗？

在北大，牛棚这个词儿并不流行。我们这里的“官方”叫作“劳改大院”，有时通俗化称之为“黑帮大院”，含义完全是一样的。但是后者更生动，更具体，因而在老百姓嘴里就流行了起来。顾名思义，“黑帮”不是“白帮”。他们是专在暗中干“坏事”的，是同“革命司令部”唱反调的。这一帮家伙被关押的地方就叫作“黑帮大院”。

“童子何知，躬逢胜饯！”我三生有幸，也住进了大院——从语言学上来讲，这里的“住”字应该作被动式——而且一住就是八九个月。要说里面很舒服，那不是事实。但是，像“十年浩劫”这样的现象，在人类历史上绝对是空前的——我但愿它也绝后——“人生不满百”，我居然躬与其盛，这真是千载难逢的机会，我不得不感谢苍天，特别对我垂青、加佑，以至于感激涕零了。不然的话，想找这样的机会，真比骆驼穿过针眼还要难。我不但赶上这个时机，而且能住进大院。试想，现在还会有人为我建院，派人日夜守护，使我得到绝对的安全吗？

1983年4月，季羡林出席第六届全国人民代表大会，在人民大会堂前留影。

季羡林先生在长城上。

我也算是一个研究佛教的人。我既研究佛教的历史，也搞点佛教的义理。但是最使我感兴趣的却不是这些堂而皇之的佛教理论，而是不登大雅之堂的一些迷信玩意儿，特别是对地狱的描绘。这在正经的佛典中可以找到，在老百姓的口头传说中更是说得活灵活现。这是中印两国老百姓集中了他们从官儿们那里受到的折磨与酷刑，经过提炼，“去粗取精，去伪存真”然后形成的，是人类幻想不可多得的杰作。谁听了地狱的故事不感到毛骨悚然、毛发直竖呢？

我曾有志于研究比较地狱学久矣。积几十载寒暑探讨的经验，深知西方地狱实在有点太简单、太幼稚、太单调、太没有水平。不信你去读一读但丁的《神曲》。那里有对地狱的描绘。但丁的诗句如黄钟大吕，但是诗句所描绘的地狱，却实在不敢恭维，一点想象力都没有，过于简单，过于表面。读了只能让人觉得好笑。回观印度的地狱则真正是博大精深。再加上中国人的扩大与渲染，地狱简直如七宝楼台，令人目眩神驰。读过中国《玉历至宝钞》一类描写地狱的书籍的人，看到里面的刀山火海、油锅大锯，再配上一个牛头、一个马面，角色齐全，道具无缺，谁能不五体投地地钦佩呢？东方文明超过西方文明，东方人民的智慧超过西方人民的智慧，于斯可见。

我非常佩服老百姓的幻想力，非常欣赏他们对地狱的描绘。我原以为这些幻想力和这些描绘已经是至矣尽矣，蔑以复加矣。然而，我在牛棚里待过以后，才恍然大悟，“革命小将”在东胜神州大地上，在光天化日之下建造起来的牛棚，以及对牛棚的管理措施，还有在牛棚里制造的恐怖气氛，同佛教的地狱比较起来，远远超过印度的原版。西方的地狱更是瞠乎后矣，有如小巫见大巫了。

我怀疑，造牛棚的小将中有跟我学习佛教的学生。我怀疑，他们不但学习了佛教史和佛教教义，也学习了地狱学。而且理论联系实际，他们在建造北大的黑帮大院时，由远及近，由里及表，加以应用，一时成为全国各大学学习的样板。他们真正是青出于蓝而胜于蓝。仅此一点，就足以证明，我在北大四十年的教学活动，没有白费力量。我虽然自己被请入瓮中，但衷心欣慰，不能自已了。

犹有进者，这一群革命小将还充分发挥了创新能力。在这个牛棚里确实没有刀山、油锅、牛头、马面等等。可是，在没有这样的必需的道具下而能制造出远远超过佛教地狱的恐怖气氛，谁还能吝惜自己的赞赏呢？在旧地狱里，牛头马面不过根据阎罗王的命令把罪犯用钢叉叉入油锅，叉上刀山而已。这最多只能折磨犯人的肉体，绝没有“触及灵魂”的措施，绝没有“斗私批修”“狠斗活思想”等等的办法。我们北大的革命（？）小将，却在他们的“老佛爷”的领导下在大院中开展了背语录的活动。这是崭新的创造，从来也没有听说牛头马面会让犯人背诵什么佛典，什么“揭谛，揭谛，波罗揭谛”，背错一个字，立即一记耳光。每天晚上的训话，也是旧地狱中绝不会有的。每当夜幕降临，犯人们列队候训。恶狠狠的训斥声，清脆的耳光声，互相应答，融入夜空。院外小土山上，在薄暗中，人影晃动。我低头斜眼一瞥，知道是“自由人”在欣赏院内这难得的景观，宛如英国白金汉宫前面广场上欣赏御林军换岗的盛况。此时我的心情实在不足为外人道也。

简短些说，牛棚中有很多新的创造发明。里面的生活既丰富多彩，又阴森刺骨。我们住在里面的人，日日夜夜，分分秒秒，都让神经紧张到最高限度，让五官的本能发挥到最高限度，处处有荆棘坑坎，时时有横祸飞来。这种生活，对我来说，是绝对空前的。对门外人来说，是无法想象的。当时在全国进入牛棚的人虽然没有确切统计，但一定是成千累万。可是同全国人口一比，仍然相形见绌，只不过是小数一端而已。换句话说，能进入牛棚并不容易，是一个非常难得的机会。人们不是常常号召作家在创作之前要深入生活吗？但是有哪一个作家心甘情愿地到黑帮大院里来呢？成为黑帮一员，也并不容易，需要具备的条件还是非常苛刻的。

我是有幸进入牛棚的少数人之一，几乎把老命搭上才取得了一些难得的经验。我认为，这些经验实在应该写出来的。我自己虽非作家，却也有一些舞笔弄墨的经验。自己要写，非不可能。但是，我实在不愿意再回忆那一段生活，一回忆一直到今天我还是不寒而栗，不去回忆也罢。我有一个渺渺茫茫希望，希望有哪一位蹲过牛棚的作家，提起如椽大笔，把自己不堪回首的经历，淋漓尽致地写了出来，一定会开阔全国全世界读者的眼界，为人民立一大功。

可是我盼星星、盼月亮，盼着东天出太阳，一直盼到今天，虽然读到了个别人写的文章或书，总还觉得很不过瘾，我想要看到的东西始终没有出现。蹲过牛棚，有这种经验而又能提笔写的人无虑百千，为什么竟都沉默不语呢？这样下去，等这一批人一个个遵照自然规律离开这个世界的时候，那些极宝贵的、转瞬即逝的经验，也将会随之而消，很快无影无踪。对人类全体来说，这是一个莫大的损失。对有这种经验而没有写出来的人来说，这是犯了一个极大的错误。最可怕的是，我逐渐发现，“十年浩劫”过去还不到二十年，人们已经快要把它完全遗忘了。我同今天的青年，甚至某一些中年人谈起这一场灾难来，他们往往瞪大了眼睛，满脸疑云，表示出不理解的样子。从他们的眼神中可以看出来，他们的脑袋里装满了疑问号。他们怀疑，我是在讲“天方夜谭”，我是故意夸大

1990 年，季羡林先生在书房。

其辞。他们怀疑，我别有用心。他们不好意思当面驳斥我；但是他们的眼神却流露出："天下哪里可能有这样的事情呢？"我感到非常悲哀、孤独与恐惧。

我感到悲哀，是因为我九死一生经历了这一场巨变，到头来竟然得不到一点了解，得不到一点同情。我并不要别人会全面理解，整体同情。事实上我对他们讲的只不过是零零碎碎、片片段段。有一些细节我甚至对家人好友都没有讲过，至今还闷在我的心中。然而，我主观认为，就是那些片段就足以唤起别人的同情了。结果却是适得其反。于是我悲哀。

我孤独，是因为我感到，自己已届耄耋之年，在茫茫大地上，我一个人踽踽独行，前不见古人，后不见来者。年老的像三秋的树叶，逐渐飘零。年轻的对我来说像日本人所说的"新人类"那样互不理解。难道我就怀着这些秘密离开这个世界吗？于是我孤独。

我恐惧，是因为我怕这些千载难得的经验一旦泯灭，以千万人遭受难言的苦难为代价而换来的经验教训就难以发挥它的"社会效益"了。想再获得这样的教训恐怕是难之又难了。于是我恐惧。

在悲哀、孤独、恐惧之余，我还有一个牢固的信念。如果把这一场灾难的经过如实地写了出来，它将成为我们这个伟大民族的一面镜子。常在这一面镜子里照一照，会有无限的好处的。它会告诉我们，什么事情应当干，什么事情又不应当干，绝没有任何坏处。

就这样，在反反复复考虑之后，我下定决心，自己来写。我在这里先郑重声明：我绝不说半句谎言，绝不添油加醋。我的经历是什么样子，我就写成什么样子。增之一分则太多，减之一分则太少。不管别人说什么，我都坦然处之，“只等秋风过耳边”。谎言取宠是一个品质问题，非我所能为，亦非我所愿为。我对自己的记忆力还是有信心的。经过了所谓“文化大革命”炼狱的洗礼，“曾经沧海难为水”，我现在什么都不怕。如果有人读了我写的东西感到不舒服，感到好像是揭了自己的疮疤；如果有人想对号入座，那我在这里先说上一声：悉听尊便。尽管我不一定能写出什么好文章，但是这文章是用血和泪换来的，我写的不是小说。这一点想能得到读者的谅解与同情。

以上算是缘起。

《清华园日记》引言

我从来没有认真地想写什么《自传》。可是也曾想到过：如果写的话，就把一生分为八段。《留德十年》是其中一段，《牛棚杂忆》是其中另一段。这都已写成出版了。如果再写的话，就是清华求学的四年，因为我自己的成长是与清华分不开的。但也只是想了想，并没有真正动笔，一直到了今天。

到了今天，想把已经出过二十四卷的《季羡林文集》继续编纂下去，准备先编四五本。我已经把《学海泛槎》（学术回忆录）交给了江西教育出版社的责任编辑吴明华先生。但此书只有十几万字，如编为一卷，显得太单薄。我于是想到了清华求学的四年。我原来是想动手写的，再写上十几万字，二者凑齐了，可得三十余万字，成为一卷，像个样子了。

我找出了“文化大革命”抄家时抄走的后来又还回来的日记，把前四本拿了出来，仔细看了看，面生可疑，好像不是出于自己之手。大概七十多年前日记写出来后从未再看过。我虽然携它走遍了半个地球，却是携而不读。今天读起来，才知道，我记日记自 1928 年起，当时我十七岁，正值日寇占领了济南我失学家居。到了次年，我考上了山东省立济南高中，日记就中止了。1930 年，我高中毕业，到北平来，考入清华大学。入学后前两年，也没有记日记。为什么写日记？我说不出。为什么又停写？我说不出。为什么又提笔开始写？我也说不出。好在这些都是无关紧要的与国家大事无关的事情，就让它成为一笔糊涂账吧。

可是现在却成了问题。我要写回忆清华读书四年的经历，日记却缺了前两年的，成了一只无头的蜻蜓。虽然这两年的事情我还能回忆起来，而且自信还能相当准确，我还没有患上老年痴呆症；可是时间的细节却无从回忆了。这是颇令人感到遗憾的事。

我仔细读了读这两年的日记，觉得比我最近若干年写的日记要好得多。后者仿佛记流水账似的，刻板可厌，间有写自己的感情和感觉的地方，但不是太多。前者却写得丰满，比较生动，心中毫无顾忌，真正是畅所欲言。我有点喜欢上了这一些将近七十年前自己还是一个二十二三岁的毛头小伙子时写的东西。我当时已在全国第一流的文学杂志和报纸上发表了一些散文和书评之类的文章，颇获得几个文坛上名人的青睐。但是，那些东西是写给别人看的，难免在有意无意间有点忸怩作态，有点做作。日记却是写给自己看的，并没有像李越缦写日记时的那些想法。我写日记，有感即发，文不加点，速度极快，从文字上来看，有时难免有披头散发之感，却有一种真情流贯其中，与那种峨冠博带式的文章迥异其趣。我爱上了这些粗糙但却自然无雕饰的东西。

这一爱不打紧，它动摇了我原来的想法。我原来是想用现在的笔，把清华四年求学的经历，连同感情和牢骚，有头有尾地，前后一贯地，精雕细琢地，像《留德十年》和《牛棚杂忆》那样，写成一本十几万字的小册子，算是我的《自传》的又一段。现在我改变了主意，我不想再写了。我想就把我的日记原文奉献给读者，让读者看一看我写文章的另一面。这样会更能加深读者对我的了解，对读者，甚至对我自己都是有好处的。我把我这个想法告诉了李玉洁和吴明华，他们也都表示同意。这更增强了我的信心。

但是，这里又来了问题。在过去，奉献日记有两种做法，一种是把日记全文抄出，像别的书稿那样，交出版社排印出版。把原文中的错字、别字都加以改正，漏掉的则加以补充。换句话说，就是稍稍涂点脂抹点粉，穿着整齐，然后出台亮相。另一种做法是把原文照相影印，错别字无法改，漏掉的字无法填，这就等于赤条条地走上舞台，对作者是有些不利的。我经过反复考虑，决定采用后者，目的是向读者献上一份真诚。至于错别字，我写了一辈子文章，到了今天已经寿登耄耋，一不小心，还会出错，七十年前，写上几个错别字，有什么可怪呢？古人说："君子之过也，如日月之蚀，人皆见之。"我想做一下"君子"。

可我又想到另外一个问题。当年还没有现在这样的简化字，写的都是繁体，今天的青年读起来恐怕有些困难。但是，我一向认为，今天的青年，如果想提高自己的文化修养，特别是如果想做一点学问的话，则必须能认识繁体字。某人说的"识繁写简"一句话是极有道理的。因为，无论把简化字推广到什么程度，绝不能把中国浩如烟海的古籍都简体化了，那是无法想象的事。读点繁体字的书是事出必要理有固然的。我的日记在这方面对青年们或许有点帮助的。

伍 在病中

住院中的季羡林先生。

大放光明

幼年时候，我喜欢读唐代诗人刘梦得的诗《赠眼医婆罗门僧》：

三秋伤望远，终日泣途穷。
两目今先暗，中年似老翁。
看朱渐成碧，羞日不禁风。
师有金篦术，如何为发蒙？

觉得颇为有趣。一个印度游方郎中眼医，不远万里，跋山涉水，来到中国行医，如果把他的经历写下来，其价值恐怕不会低于《马可·波罗游记》。只可惜，我当年目光如炬，“欲穷千里目”，易如反掌；对刘梦得的处境和心情，一点都不理解，以为这不过是中印文化交流史上的一件不大不小的事迹而已。不有同病，焉能相怜！

约摸在十几年前，我已步入真正的老境，身心两个方面，都感到有点力不从心了。眼睛首先出了问题，看东西逐渐模糊了起来。“看朱渐成碧”的经历我还没有过；但是，红绿都看不清楚，则是经常的事。经过了“十年浩劫”的炼狱，穷途之感是没有了；但是以眼泪洗面则时常会出现。求医检查，定为白内障。白内障就白内障吧，这是科学，不容怀疑。我是一个随遇而安的乐天派，觉得人生有点白内障也是难免的。有了病，就得治，那种同疾病作斗争的说法或做法，为我所不解。谈到治，我不禁浮想联翩，想到了唐代的刘梦得和那位眼医婆罗门僧。我不知道金篦术是什么样的方法，估计在一千多年前是十分先进的手术，而今则渺矣茫矣，莫名其妙了。在当时，恐怕金篦术还真有效用，否则刘梦得也绝不会赋诗赞扬。常言道：到什么时候说什么话。今天只能乞灵于最新的科学技术了。说到治白内障，在今天的北京，最有权威的医院是同仁。在同仁，最有权威的大夫是有“北京第一刀”之誉的施玉英大夫。于是我求到了施大夫门下，蒙她亲自主刀，仅用二十分钟就完成了手术。但只做了右眼的手术，左眼留待以后，据说这是正常的做法。不管怎样，我能看清东西了。虽然两只眼睛视力相差悬殊，右眼是 0.6，左眼是 0.1，一明一暗，两只眼睛经常闹点小矛盾。但是我毕竟能写字看书了，着实快活了几年。

但是，天有不测风云，人有旦夕祸福。近些日子，明亮的右眼突然罢了工，眼球后面长出了一层厚膜，把视力挡住，以致伸手不见五指。中石（欧阳）的右眼也有点小毛病，常自嘲“无出其右者”，我现在也有了深切类似的感受。但是祸不单行，左眼的视力也逐渐下降，现在已经达不到 0.1 了。两只眼通力协作，把我制造成了一个半盲人。严重的程度，远远超过了刘梦得，我本来已是老翁，现在更成了超级老翁了。

有颇长的一段时间，我在昏天黑地中过日子。我本来还算是一个谦恭的人，现在却变成了“目中无人”，因为，即使是熟人，一米之内才能分辨出庐山真面目。我又变成了“不知天高地厚”，上不见蓝天，下不见脚下的土地，走路需要有人搀扶，一脚高，一脚低，踉跄前进。两个月前，正是阳春三月，燕园中一派大好风光。嫩柳鹅黄，荷塘青碧；但是，这一切我都无法享受。小蔡搀扶着我，走向湖边，四顾茫然。柳条勉强能够看到，只像是一条条的黑线。数亩方塘，只能看到潋滟的水光中一点波光。我最喜爱的二月兰，就在脚下，但我却视而不见。我问小蔡，柳条发绿了没有？

季羡林先生病中读书照。

她说，不但发绿了，而且柳絮满天飞舞了；我却只能感觉，一团柳絮也没有看到。我手植的玉兰花，今年是大年，开了二百多朵白花，我抬头想去欣赏，也只能看到朦朦胧胧的几团白色。我手植的季荷是我最关心的东西，我每天都追问小蔡，新荷露了尖尖角没有？但是，荷花性子慢，迟迟不肯露面。我就这样过了一个春天。

有病必须求医，这是常识，而求医的首选当然依然是同仁医院，是施玉英大夫。可惜施大夫因事离京，我等候了相当长的一段时间，心中耐不住，奔走了几个著名的大医院。为我检查眼睛的几个著名的眼科专家，看到我动过手术的右眼，无不同声赞赏施玉英大夫手术之精妙。但当我请他们给我治疗时，又无不同声劝我，还是等施大夫。这样我只好耐着性子等候了。

施大夫终于回来了。我立马赶到同仁医院，见到了施大夫。经过检查，她说:“右眼打激光，左眼动手术！”斩钉截铁，没有丝毫游移，真正是“指挥若定识萧曹”的大将风度。我一下子仿佛吃了定心丸。

但这并不真能定心，只不过是知道了结论而已。对于这两个手术我是忐忑不安的。因为我患心律不齐症已有四十余年，虽然始终没有发作过；但是，正如我一进宫（第一次进同仁的戏称）时施玉英大夫所说的那样，四十年不发作，不等于永远不发作。不怕一万，就怕万一，万一在手术台上心房一颤动，则在半秒钟内，一只眼就会失明，万万不能掉以轻心。现在是二进宫了，想到施大夫这几句话，我能不不寒而栗吗？何况打激光手术。我完全不知道是怎么一回事，恍兮惚兮，玄妙莫测。一想到这一项新鲜事物，我心里能不打鼓吗？

总之，我认为，这两项手术都是风云莫测的，都包含着或大或小的危险性，我应当做好充分的思想准备，事实上，我也确实做了细致和坚定的思想准备。

谈到思想准备，无非是上、中、下三种。上者争取两项手术都完全成功，对此，基于我在上面讲到的危险情况，我确实一点把握都没有。中者指的是一项手术成功，一项失败。这个情况我认为可能性最大。不管是保住左眼，还是保住右眼，只要我还能看到东西，我就满意了。下者则是两项手术全都失败。这情况虽可怕，然而可能性确实是存在的。为了未雨绸缪，我甚至试做赛前的热身操。我故意长时间地闭上双目，只用手来摸索。桌子上和窗台上的小摆设，对我毫无用处了我置之不摸。书本和钢笔、铅笔，也不能再为我服务了，我也不去摸它们。我只摸还有点用的刀子和叉子，手指尖一阵冰凉，心里感到颇为舒服。我又痴想联翩，想到国外一些失明的名人，比如鲁迅的朋友俄国盲诗人爱罗先珂。我又想到自己几位失明的师辈。冯友兰先生晚年目盲，却写出崭新的《中国哲学史新编》，思想解放、挥洒自如，成为一生绝唱。年已一百零五岁的陈翰笙先生，在庆祝他百年诞辰时，虽已目盲多年，却仍然要求工作。陈寅恪先生忧患一生，晚年失明，却写出了长达八十万字的《柳如是别传》，为士林所称绝。类似的例子，还可以举出一些来。但是，我觉得，这几个例子已经够了，已经足以警顽立懦，振聋发聩了。

以上都只是幻想。幻想终归是幻想，我还是回到现实中来吧。现实就是我要二进宫，再回到同仁医院。当年一进宫的时候，我坐车中，心神不定，不知是出于什么原因，无端背诵起来了苏东坡的“明月几时有？把酒问青天”这一首词，往复背诵了不知道多少遍，一直到走下汽车，躺在手术台上，我又无端背诵起来了苏词“缥缈红妆照浅溪”一首，原因至今不明。

我这一出一进宫，只是为了做一个手术，却唱了十七天。这一出二进宫，是想做两个手术，难道真让我唱上三十四天吗？可是我真正万万没有想到，我进宫的第二天早晨，施大夫就让人通知我，下午一点做白内障手术，后来又提前到十二点。这一次我根本没有诗兴，根本没有想到东坡词。一躺上手术台，施大夫同我聊了几句闲天：“季老！你已经迫近九十高龄，牙齿却还这样好。”我答曰：“前面排牙是装饰门面的，后面的都已支离破碎了。”于是手术开始，不到二十分钟便胜利结束，让我愉快地吃了一惊。

过了几天，我又经历了一次愉快的吃惊。刚吃完午饭，正想躺下午休，推门进来了一位大夫，不是别人，正是施玉英大夫本人，后面跟着一位柴大夫，这完全出我意料。除了查房外，施大夫是不进病房的。她通知我，待一会儿下午一点半做打激光手术。我惊诧莫名，但心里立即紧张起来。我听一个过来人说过，打激光要扎麻药，打完后，第一夜时有剧痛，须服止痛药，才能勉强熬住，过一两天，还要回医院检查。手续麻烦得很哩。但是，箭在弦上，不能不发，我硬着头皮，准时到了手术室，两位大夫都在。施大夫让我坐在一架医院到处都有的检查眼睛的机器旁，我熟练地把下巴颏儿压在一个盘状的东西上，心里想，这不过是手术前照例的检查，下一道手续应该是扎麻药针了。柴大夫先坐在机器的对面，告诉我，右眼珠不要动，要向前看。只听得啪啪几声响。施大夫又坐在那个位子上，又只是啪啪几声，前后不到几秒钟，两个大夫说：“手术完了！”我吃惊得目瞪口呆：“怎么完了？”我以为大头还在后面哩。我站了起来，睁眼环顾四周，眼前大放光明了。几秒钟之隔，竟换了一个天地。我首先看到了施大夫，我同这一位为我发蒙的大恩人，做白内障手术已达两万多例的，名满天下的女大夫，打交道已有数年之久；但是，她的形象在我眼中只是一个影子。今天她活灵活现地站在我眼前，满面含笑。我又是一惊：“她怎么竟是这样年轻啊！”我目光所及，无不熠熠闪光。几秒钟前，不见舆薪，而今却能明察秋毫。回到病房，看到陆燕大夫，几天来，她的庐山真面目，似乎总是隐而不彰，现在看到她是一个二十岁刚出头的年轻少女。当年杜甫闻官军收复河南河北而“漫卷诗书喜欲狂”，我眼前虽没有诗书可卷，而“喜欲狂”则是完全相同的。

回到燕园，时隔只有九天，却仿佛真正换了人间。临走时，一切都是模模糊糊的，回来时却一切都清清楚楚，都在光天化日之下了。天空更蓝，云彩更白；山更青，水更碧；小草更绿，月季更红；水塔更显得凌空巍然，小岛更显得蓊郁葳蕤。所有这一切，以前都似乎没有看得这样清清白白，今天一见，俨然如故友重逢了。

楼前的一半种了季荷的大池塘，多少年来，特别是近半年以来，在我眼中，只是扑朔迷离，模糊一团，现在却明明白白，清清晰晰地奔来眼底。塘边垂柳，枝条万千，倒影塘中，形象朗然。小鱼在树影中穿梭浮游，有时似爬上枝条，有时竟如穿透树干。水面上的黑色长腿的小虫，一跳一跳地往来游戏。荷塘中莲叶已田田出水，嫩绿满目，水中游鱼大概正在“游戏莲叶间”吧。可惜这情景不但现在看不到，连以前也是难以看到的。

走进家中，我多日想念的小猫们列队欢迎。它们真也像想念我多日了。现在挤在一起，在我脚下，钻来钻去。有的用嘴咬我的裤腿角，有的用毛茸茸的身子在我腿上蹭来蹭去，有的竟跳上桌子，用软软的小爪子拍我的脸。一时白光闪闪，满室生春，我顾而乐不可支。我养的小猫都是从我家乡山东临清带来的纯种波斯猫，纯白色，其中有一些是两只眼睛颜色不同的，一黄一碧，俗称金银眼或鸳鸯眼。这是波斯猫的特征之一。但是，在我长期半盲期间，除非把小猫脑袋抱着逼近我眼前，我是看不出来的。平常只觉得猫眼浑然一体而已。现在，自己的眼睛大放光明了，小猫在我眼中形象也随之大变，它们瞪大了圆圆的眼睛瞅着我，黄碧荧然，如同初见，我真正惊喜莫名了。

总之，花花世界，万紫千红，大放光明，尽收眼中。我真想手之舞之，足之蹈之了。

我真觉得，大千世界是美妙的。

我真觉得，人间是秀丽的。

我真觉得，生活是可爱的。

所有这一切都是二进宫的产物。我现在唯有祈祷上苍，千万不要让我三进宫。

2000 年 6 月 8 日写完

在病中

我是在病中。

我是在病中吗？才下结论，立即反驳，常识判断，难免滑稽。但其中不是没有理由的。

早期历史

对于我这一次病的认识，有一个漫长的过程。不但我自己和我身边的人是这个样子，连大夫看来也不例外。这是符合认识事物的规律的，不足为怪。

我患的究竟是一种什么病呢？这件事三言两语说不清楚。

约摸在三四十年以前，身上开始有了发痒的毛病。每年到冬天，气候干燥时，两条小腿上就出现小水泡，有时溃烂流水，我就用护肤膏把它贴上，有时候贴得横七竖八，不成体系，看上去极为可笑。我们不懂医学，就胡乱称之为皮炎。我的学生张保胜曾陪我到东城宽街中医研究院去向当时的皮肤科权威赵炳南教授求诊。整整等候了一个上午，快到十二点了，该加塞的都加过之后，才轮到了我。赵大夫在一群医生和研究生的围拥下，如大将军八面威风。他号了号脉，查看了一下，给我开了一服中药，回家煎

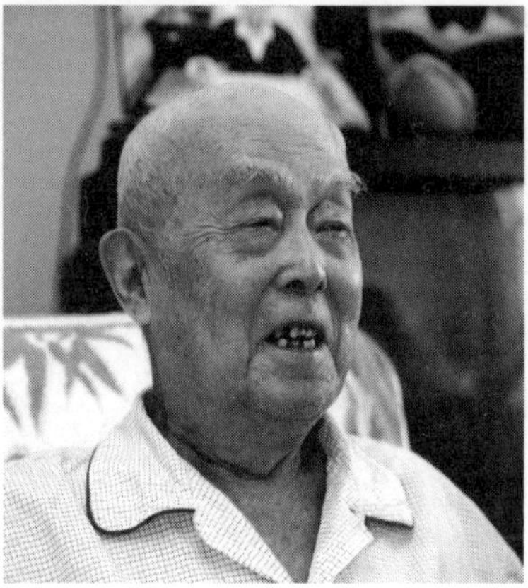

季羡林先生在医院。

服后，确有效果。

后来赵大夫去世，他的接班人是姓王的一位大夫，名字忘记了，我们俩同是全国人大代表北京代表团的成员。平常当然会有所接触，但是，他那一副权威相让我不大愿意接近他。后来，皮炎又发作了，非接触不行了，只好又赶到宽街向他求诊。到了现在，我才知道，我患的病叫作老年慢性瘙痒症。不正名倒也罢了，一正名反而让我感到滑稽，明明已经流水了，怎能用一个“瘙痒”了之！但这是他们医学专家的事，吾辈外行还以闭嘴为佳。

西苑医院

以后，出我意料地平静了一个时期。大概在两年前，全身忽然发痒，夜里更厉害。问了问身边的友人，患此症者，颇不乏人。有人试过中医，有人试过西医，大都不尽如人意。只能忍痒负重，勉强对付。至于我自己，我是先天下之痒而痒，而且双臂上渐出红点。我对病的政策一向是拖，不是病拖垮了我，就是我拖垮了病。这次也拖了几天。但是，看来病的劲比我大，决心似乎也大。有道是“好汉不吃眼前亏”，我还是屈服吧。

屈服的表现就是到了西苑医院。

西苑医院几乎同北大是邻居。在全国中医院中广有名声。而且那里有一位大夫是公认为皮肤科的权威，他就是邹铭西大夫。我对他的过去了解不多，我不知道他同赵炳南的关系。是否有师弟之谊，是否同一个门派，统统不知道。但是，从第一次看病起，我就发现邹大夫的一些特点。他诊病时，诊桌旁也是坐满了年轻的大夫、研究生、外来的学习者。邹大夫端居中央，众星拱之。按常识，存在决定意识，他应该傲气凌人，顾盼自雄。然而，实际却正相反。他对病人笑容满面，和颜悦色，一点大夫容易有的超自信都不见踪影。有一位年老的身着朴素的女病人，腿上长着许多小水泡，有的还在流着脓。但是，邹大夫一点也不嫌脏，亲手抚摩患处。我是个病人，我了解病人心态。大夫极细微的面部表情，都能给病人极大的影响。眼前他的健康，甚至于生命就攥在大夫手里，他焉得而不敏感呢？中国有一个词儿，叫作“医德”。医德是独立于医术之外的一种品质。我个人想，在治疗过程中，医德和医术恐怕要平分秋色吧。

我把我的病情向邹大夫报告清楚，并把手臂上的小红点指给他看。他伸手摸了摸，号了号脉，然后给我开了一服中药。回家煎服，没有过几天，小红点逐渐消失了。不过身上的痒还没有停止。我从邹大夫处带回来几瓶止痒药水，使用了几次，起初有用，后来就逐渐失效。接着又从友人范曾先生处要来几瓶西医的止痒药水，使用的结果同中医的药水完全相同，我没有别的办法，只好交替使用，起用了我的“拖病”的政策。反正每天半夜里必须爬起来，用自己的指甲，浑身乱搔。痒这玩意儿也是会欺负人的：你越搔，它越痒。实在不胜其烦了，决心停止，强忍一会儿，也就天下太平了。后背自己搔不着，就使用一种山东叫痒痒挠的竹子做成的耙子似的东西。古代文人好像把这玩意儿叫“竹夫人”。

这样对付了一段时间，我没有能把病拖垮，病却似乎要占上风。我两个手心里忽然长出了一层小疙瘩，有点痒，摸上去皮粗，极不舒服。这使我不得不承认，我的拖病政策失败了，赶快回心向善，改弦更张吧。

西苑二进宫

又由玉洁和杨锐陪伴着走进了邹大夫的诊室。他看了看我的手心，自言自语地轻声说道：“典型的湿疹！”又站起来，站在椅子背后，面对我说：“我给你吃一服苦药，很苦很苦的！”

取药回家，煎服以后，果然是很苦很苦的。我服药虽非老将，但生平也服了不少。像这样的苦药还从来没有服过。我服药一向以勇士自居，不管是丸药还是汤药，我向来不问什么味道，拿来便吃，眉头从没有皱过。但是，这一次碰到邹大夫的“苦药”，我才真算是碰到克星。药杯到口，苦气猛冲，我下定决心，不怕牺牲，排解万难，几口喝净，又赶快要来冰糖两块，以打扫战场。

服药以后，一两天内，双手手心皮肤下大面积地充水。然后又转到手背，在手背和十个指头上到处起水泡，有大有小，高低不一。但是泡里的水势都异常旺盛，不慎碰破，水能够滋出很远很远，有时候滋到头上和脸上。有时候我感到非常腻味，便起用了老办法，土办法：用消过毒的针把水泡刺穿，放水流出。然而殊不知这水泡斗争性极强，元气淋漓。你把它刺破水出，但立即又充满了水，让你刺不胜刺。有时候半夜醒来，瞥见手上的水泡——我在这里补一句，脚上后来也长起了水泡——心里别扭得不能入睡，便起身挑灯夜战。手持我的金箍狼牙棒，对水泡一一宣战。有时候用一个多小时的时间才只能刺破一小部分，人极疲烦，只好废然而止。第二天早晨起来，又看到满手的水泡颗粒饱圆，森然列队，向我示威。我连剩勇都没有了，只能徒唤负负，心甘情愿地承认自己是败兵之将，不敢言战矣。

西苑三进宫

不敢言战，是不行的。水泡家族，赫然犹在，而且鼎盛辉煌，傲视一切。我于是又想到了邹铭西大夫。

邹大夫看了看我的双手，用指头戳了戳什么地方，用手指着我左手腕骨上的几个小水泡，轻声地说了一句什么，群弟子点头会意。邹大夫面色很严肃，说道：“水泡一旦扩张到了咽喉，事情就不好办了！”这是不是意味着，在邹大夫眼中我的病已经由量变到质变了呢？玉洁请他开一个药方。此时，邹大夫的表情更严肃了。“赶快到大医院去住院观察！”

我听说——只是听说，旧社会有经验的医生，碰到重危的病人，一看势头不对，赶快敬谢不迭，让主人另请高明，一走了事。当时好像没有什么抢救的概念和举措，事实上没有设备，何从抢救！但是，我看，今天邹大夫绝不是这样子。

我又臆测这次发病的原因。最近半年多以来，不知由于什么缘故，总是不想吃东西，从来没有饿的感觉。一坐近饭桌，就如坐针毡。食品的色香味都引不起我的食欲。严重一点的话，简直可以称之为厌食症——有没有这样一个病名？我猜想，自己肚子里毒气或什么不好的气窝藏了太多，非排除一下不行了。邹大夫嘴里说的极苦极苦的药，大概就是想解决这个问题的。可能是在估计方面有了点差距，所以排除出来的变为水泡的数量，大大地超过了预计。邹大夫成了把魔鬼放出禁瓶的张天师了。挽回的办法只有一个：劝我进大医院住院观察。

只可惜我没有立即执行，结果惹起了一场颇带些危险性的大患。

张衡插曲

张衡，是我山东大学的小校友。毕业后来北京从事书籍古玩贸易，成绩斐然。他为人精明干练，淳朴诚悫。多少年来，对我帮助极大，我们成为亲密的忘年交。

对于我的事情，张衡无不努力去办，何况这一次水泡事件可以说是一件大事，他哪能袖手旁观？他不知道从什么地方得知了这个消息。7月27日晚上，我已经睡下，在忙碌了一天之后，张衡风风火火地跑了进来，手里拿着白矾和中草药。他立即把中药熬好，倒在脸盆里，让我先把双手泡进去，泡一会儿，把手上的血淋淋的水泡都用白矾末埋起来。双脚也照此处理，然后把手脚用布缠起来，我不太安然地进入睡乡。半夜里，双手双脚实在缠得难受，我起来全部抖搂掉了，然后又睡。第二天早晨一看，白矾末确实起了作用，它把水泡粘住或糊住了一部分，似乎是凝结了。然而，且慢高兴，从白矾块的下面或旁边又突出了一个更大的水泡，生意盎然，笑傲东风。我看了真是啼笑皆非。

张衡绝不是鲁莽的人，他这一套做法是有根据的。他在大学里学的是文学，不知什么时候又学了中医，好像还给人看过病。他这一套似乎是民间验方和中医相结合的产物。根据我的观察，一开始他信心十足，认为这不过是小事一桩，用不着担心。但是，试了几次之后，他的锐气也动摇了。有一天晚上，他也提出了进医院观察的建议，他同邹铭西大夫成了“同志”了。可惜我没有立即成为他们的“同志”，我不想进医院。

艰苦挣扎

在从那时以后的十几二十天里是我一生思想感情最复杂、最矛盾、最困惑的时期之一。总的心情，可以归纳成两句话：侥幸心理，掉以轻心、蒙混过关的想法与担心恐惧、害怕病情发展到不知伊于胡底的心理相纠缠，无病的幻想与有病的实际相磨合。

中国人常使用一个词儿“癣疥之疾”，认为是无足轻重的。我觉得自己

季羡林先生在病房中。

患的正是“癣疥之疾”，不必大惊小怪。在身边的朋友和大夫口中也常听到类似的意见。张衡就曾说过，只要撒上白矾末，第二天就能一切复原。北大校医院的张大夫也说，过去某校长也患过这样的病，住在校医院里输液，一个礼拜后就出院走人。同时，大概是由于张大夫给了点激素吃，胃口忽然大开，看到食品，就想狼吞虎咽，自己认为是个吉兆。又听我的学生上海复旦的钱文忠说，毒水流得越多，毒气出得越多，这是好事，不是坏事。所有这一切都是我爱听的话，很符合我当时苟且偷安的心情。

但这仅仅是事情的一面，事情还有另外一面。水泡的声威与日俱增，两手两脚上布满了泡泡和黑痂。然而客人依然不断，采访的、录音的、录像的，络绎不绝。虽经玉洁奋力阻挡，然而，撼山易，撼这种局面难。客人一到，我不敢伸手同人家握手，怕传染了人家，而且手也太不雅观。道歉的话一天不知说多少遍，简直可以录音播放。我最怕的还不是说话，而是照相，然而照相又偏偏成了应有之仪，有不少人就是为了照一张相，不远千里跋涉而来。从前照相，我可以大大方方，端坐在那里，装模作样，电光一闪，大功告成。现在我却嫌我多长了两只手。手上那些东西能够原封不动地让人照出来吗？这些东西，一旦上了报，上了电视，岂不是一失足成千古恨了吗？因此，我一听照相就觳觫不安，赶快把双手藏在背后，还得勉强“笑一笑”哩。

这样的日子好过吗？

静夜醒来，看到自己手上和脚上这一群丑类，心里要怎么恶心就怎么恶心；要怎样头痛就怎样头痛。然而却是束手无策。水泡长到别的地方，我已经习惯了。但是，我偶尔摸一下指甲盖，发现里面也充满了水，我真有点毛了。这种地方一般是不长什么东西的。今天忽然发现有了水，即使想用针去扎，也无从下手。我泄了气。

我蓦地联想到一件与此有点类似的事情。上个世纪50年代后期全国人民头脑发热的时候，在北京号召全城人民打麻雀的那一天，我到京西斋堂去看望下放劳动的干部，适逢大雨。下放干部告诉我，此时山上树下出现了无数的蛇洞，每一个洞口都露出一个蛇头，漫山遍野，蔚为宇宙奇观。我大吃一惊，哪敢去看！我一想到那些洞口的蛇头，身上就起鸡皮疙瘩。我眼前手脚上的丑类确不是蛇头，然而令我厌恶的程度绝不会小于那些蛇头。可是，蛇头我可以不想不看，而这些丑类却就长在我身上，如影随形，时时跟着你。我心里烦到了要发疯的程度。我真想拿一把板斧，把双手砍掉，宁愿不要双手，也不要这些丑类！

我又陷入了病与不病的怪圈。手脚上长了这么多丑恶的东西，时常去找医生，还要不厌其烦地同白矾和中草药打交道，能说不是病吗？即使退上几步，说它不过是癣疥之疾，也没能脱离了病的范畴。可是，在另一方面，能吃能睡，能接待客人，能畅读，能照相，还能看书写字，读傅彬然的日记、张学良的口述历史，怎么能说是病呢？

左右考虑，思绪不断，最后还是理智占了上风，我不得不承认，自己是在病中了。

301 医院

结论一出，下面的行动就顺理成章了：首先是进医院。

于是就在我还有点三心二意的情况下，玉洁和杨锐把我裹挟到了 301 医院，找我的老学生这里的老院长牟善初大夫，见到了他和他的助手、学生和秘书那位秀外慧中活泼开朗的周大夫。

这里要加上一段插曲。

去年 12 月我曾来这里住院，治疗小便便血。在 12 月 31 日一年的最后一天，我才离开医院。那一次住的是南八楼，算是准高干病房，设备不错而收费却高。再上一层，才是真正的高干病房，病人须是部队少将以上的首长，文职须是副部级以上的干部。玉洁心有所不平，见人就嚷嚷，以至最后传到了中央几个部的领导耳中。中组部派了一位局长来到我家，说 1982 年我已经被定为副部级待遇。由于北大方面在某一个环节上出了点问题，在过去二十年中，校领导更换了几度，谁也不知此事。现在真相既已大白，我可以名正言顺地住进真正的高干病房来了。但是，这里的病房异常紧张。我们坐在善初的办公室里，他亲自打电话给林副院长，林立即批准，给我在呼吸道科病房里挤出了一间房子，我们就住了进来，正式名称是 301 医院南楼一病室（ward）十三床。据说，许多部队的高级将领都曾在这里住过。病室占了整整一层楼，共有十八个房间，每间约有五六十平方米。这样大的病房，我在北京各大医院还没有看到过。还有一点特别之处，这里把病人都称为“首长”，连书面通知文件上也不例外。事实上，这里的病人确乎都是首长。只有现在我一个文职人员。一个教书匠，无端挤了进来，自己觉得有点滑稽而已，有时也有受宠若惊之感。这里警卫极为森严，楼外日夜有解放军站岗，想进来是不容易的。

人虽然住进来了，但是问题还并没有最后解决。医院的皮肤科主任李恒进大夫心头还有顾虑，他不大愿意接受我这个病人。刚搬进十三号病房时，本院的眼科主任魏世辉大夫有事来找我，他们俩是很要好的朋友。李大夫说，北大三院水平高，那里还有皮肤科研究所。但是魏大夫却笑着说："你是西医皮肤科权威大夫之一。你是怕给季羡林治病治不好，砸了牌子！"最后，李大夫无话可说，笑了一笑，大局就这样敲定了。

皮肤科群星谱

说老实话，过去我对 301 医院的皮肤科毫无所知，这次我来投奔的是 301 三个大字。既然生的是皮肤病，当然就要同皮肤科打交道。打交道的过程，也就是我认识皮肤科的过程。

本科的人数不是太多，只有十几个人。主任就是李恒进大夫。副主任是冯峥大夫，还有一位年轻的汪明华大夫，平常跟我打交道的就是他们三位。我们过去从来没有见过面，彼此是陌生的。互相认识，要从头开始。不久我就发现了他们身上一些优秀的亮点。我在上面已经提到过，李大夫原来是不想收留我的，是我赖着不走，才得以留下的。一旦留下，李大夫就显露出他那在别人身上少见的细致与谨慎，这都是责任心的表现。有一次，我坐在沙发上，他站在旁边，我看到他陷入沉思，面色极其庄严，自言自语地说道："药用多了，这么老的老人怕受不了。用少了，则将旷日持久，治不好病。"最后我看他下了决心，又稍稍把药量加重了点。这是一件小事，无形中却感动了我这个病人。以后，我逐渐发现在冯峥大夫身上这种小心谨慎的作风也十分突出。一个不大的医疗集体中两位领导人的医风和医德，一定会起着决定性的作用。因此，我可以断定，301 医院的皮肤科一定是一个可以十分信赖的集体。

两次大会诊

我究竟患的是什么病？进院时并没有结论。李大夫看了以后，心中好像是也没有多少底，但却轻声提到了病的名称，完全符合他那小心谨慎对病人绝对负责的医德医风，他不惜奔波劳碌，不怕麻烦，动员了全科和全院的大夫，再加上北京其他著名医院的一些皮肤科名医，组织了两次大会诊。

我是8月15日下午四时许进院的，搬入南楼，人生地疏，心里迷离模糊，只睡了一夜，第二天早晨，第一次会诊就举行了，距我进院还不到十几个小时，中间还隔了一个夜晚，可见李大夫心情之迫切，会诊的地点就在我的病房里。在扑朔迷离中，我只看到满屋白大褂在闪着白光，人却难以分辨。我偶一抬头，看到了邹铭西大夫的面孔，原来他也被请来了。我赶快向他做检讨，没有听他的话，早来医院，致遭今日之困难与周折，他一笑置之，没有说什么。每一位大夫对我查看了一遍。李大夫还让我咳一咳喉咙，意思是想听一听，里面是否已经起了水泡。幸而没有，大夫们就退到会议室里去开会了。

紧接着在第二天上午就举行了第二次会诊。这一次是邀请院内的一些科系的主治大夫，研究一下我皮肤病以外的身体的情况。最后确定了我患的是天疱疮。李大夫还在当天下午邀请了北大校长许智宏院士和副校长迟惠生教授来院，向他们说明我的病可能颇有点麻烦，让他们心中有底，免得以后另生枝节。

在我心中，我实在异常地感激李大夫和301医院。我算一个什么重要的人物！竟让他们这样惊师动众。我从内心深处感到愧疚。

301英雄小聚义

但是，我并没有愁眉苦脸、心情郁闷。我内心里依然平静，我并没有意识到我现在的处境有什么潜在的危险性。

季羡林先生和小学生们在一起。

我的学生刘波，本来准备一次盛大宴会，庆祝我的九二华诞。可偏在此时，我进了医院。他就改变主意，把祝寿与祝进院结合起来举行，被邀请者都是1960年我开办梵文班以来四十余年的梵文弟子和再传弟子，济济一堂，时间是我入院的第三天，8月18日。事情也真凑巧，远在万里之外大洋彼岸的任远正在国内省亲，她也赶来参加了，凭空增添了几分喜庆。我个人因为满手满脚的丑类尚未能消灭，只能待在病房里，不能参加。但是，看到四十多年来我的弟子们在许多方面都卓有建树，印度学的中国学派终于形成了，在国际上我们中国的印度学学者有了发言权了，湔雪了几百年的耻辱，快何如之！

死的浮想

但是，我心中并没有真正达到我自己认为的那样的平静，对生死还没有能真正置之度外。

就在住进病房的第四天夜里，我已经上了床躺下，在尚未入睡之前我偶尔用舌尖舔了舔上颚，蓦地舔到了两个小水泡。这本来是可能已经存在的东西，只是没有舔到过而已。今天一旦舔到，忽然联想起邹铭西大夫的话和李恒进大夫对我的要求，舌头仿佛被火球烫了一下，立即紧张起来。难道水泡已经长到咽喉里面来了吗？

我此时此刻迷迷糊糊，思维中理智的成分已经所余无几，剩下的是一些接近病态的本能的东西。一个很大的“死”字突然出现在眼前，在我头顶上飞舞盘旋。在燕园里，最近十几年来我常常看到某一个老教授的门口开来救护车，老教授登车的时候心中作何感想，我不知道，但是，在我心中，我想到的却是“风萧萧兮易水寒，壮士一去兮不复还！”事实上，复还的人确实少到几乎没有。我今天难道也将变成了荆轲吗？我还能不能再见到我离家时正在十里飘香绿盖擎天的季荷呢！我还能不能再看到那一个对我依依不舍的白色的波斯猫呢？

其实，我并不是怕死。我一向认为，我是一个几乎死过一次的人。“十年浩劫”中，我曾下定决心“自绝于人民”。我在上衣口袋里，在裤子口袋里装满了安眠药片和安眠药水，想采用先进的资本主义自杀方式，以表示自己的进步。在这千钧一发之际，押解我去接受批斗的牢头禁子猛烈地踢开了我的房门，从而阻止了我到阎王爷那里去报到的可能。批斗回来以后，虽然被打得鼻青脸肿，帽子丢掉了，鞋丢掉了一只，身上全是革命小将，也或许有中将和老将吐的痰。游街仪式完成后，被一脚从汽车上踹下来的时候，躺在11月底的寒风中，半天爬不起来。然而，我“顿悟”了。批斗原来是这样子呀！是完全可以忍受的。我又下定决心，不再自寻短见，想活着看一看，“看你横行到几时”。

一个人临死前的心情，我完全有感性认识。我当时心情异常平静，平静到一直到今天我都难以理解的程度。老祖和德华谁也没有发现，我的神情有什么变化。我对自己这种表现感到十分满意，我自认已经参透了生死奥秘，渡过了生死大关，而沾沾自喜，认为自己已经修养得差不多了，已经大大地有异于常人了。

然而黄铜当不了真金，假的就是假的，到了今天，三十多年已经过去了，自己竟然被上颚上的两个微不足道的小水泡吓破了胆，使自己的真相完全暴露于光天化日之下，这完全出乎我的意料。我自己辩解说，那天晚上的行动只不过是一阵不正常的歇斯底里爆发。但是正常的东西往往赋于不正常之中。我虽已经痴长九十二岁，对人生的参透还有极长的距离。今后仍须加紧努力。

皮癌的威胁

常言道："屋漏偏遭连夜雨，船破又遇打头风。"前一天夜里演了那一出极短的闹剧（melodrama）之后，第二天早晨，大夫就通知要进行B超检查。我心里咯噔一下子紧张了起来。

谁都知道，检查B超是做什么用的。在每年履行的查体中做B超检查，是应有的过程，大家不会紧张。但是，一个人如果平白无故地被提溜出来检查B超，他一定会十分紧张的。我今天就是这样。

我在301医院是有"前科"的。去年底来住院，曾被怀疑有膀胱癌。后来经过彻底检查，还了我的清白。今年手脚上又长了这一堆丑类，不痛而痒，却蕴含着神秘的危害性。我看，大概有的大夫就把这现象同皮癌联系上了，于是让我进行彻底的B超检查。B超大夫在我的小腹上对准膀胱所在的地方，使劲往下按。我就知道，他了解我去年的情况。经过十分认真的检查，结论是，我与那种闻之令人战栗的绝症无关。这对我的精神无疑是一个极大的解脱。

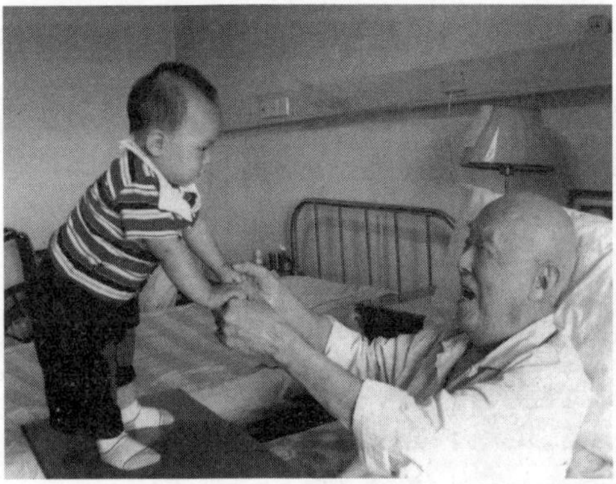

季羡林先生与小朋友在一起。

奇迹的出现

按照以李、冯两位主任为代表的皮肤科的十分小心谨慎的医风，许多假设都被否定，现在能够在我手脚上那种乱糊糊的无序中找出了头绪，抓住了真实的要害，可以下药了。但是，他们又考虑到我的年龄。药量大了，怕受不了；小了，又怕治不了病，再三斟酌才给定下了药量。于是立即下药，药片药丸粒粒像金刚杵、照妖镜，打在群丑身上，使它们毫无遁形的机会，个个缴械投降，把尾巴垂了下来。水泡干瘪了，干瘪了的结成了痂。在不到几天的时间内，黑痂脱落，又恢复了我手脚的原来面目。我伸出了自己的双手，看到细润光泽，心中如饮醍醐。

奇迹终于出现了。我这一次总算是没有找错地方。常言道："大难不死，必有后福。"这一次我的难多大，我说不清楚，反正总算是一难，这是毫无问题的。年属耄耋，还能够有后福可享，我心旷神怡，乐不可支。

院领导给我留下的印象

这个奇迹发生在301医院。这是一所有上万工作人员的大医院。让这

季羡林先生在病房中。

样一所庞大的机构循规蹈矩按部就班每天启动工作，一定要有原动力的，而这原动力只能来自院领导身上。

我进院以后不久，出差刚回来而又做了三小时报告的朱士俊院长就来看我，还有几个院领导陪同。以后又见到了院政委范银瑞同志，以及几位副院长秦银河、苏元福、王树峰、林运昌等。他们的外貌当然各不相同，应对进退的动作和神态也有差异。但是，在一刹那间，我忽然有了一个“天才”的发现，我发现他们有共同之处。这情况若是落到哲学家手中，他们一定会努力分析，分析，再分析，还不知道要创造出多少新奇的术语，最后给人一个大糊涂，包括他们自己在内。而我呢，还是采用中国传统的办法，使用形象的语言。我杜撰了八个字：形神恢宏，英气逼人。中国古人说：“运筹帷幄之内，决胜千里之外。”301 医院没有千里之遥；然而，到了今天这样复杂的社会中，决胜五里，也并不容易的。解放军任用这样的干部来管理这样庞大的一所医院，全军放心，全体人民放心。

病房里的日常生活

上面谈的都可以算做大事，现在谈一些细事。

关于我现在住的病房，上面已经写了简要的介绍，这里不再重复了。我现在只谈一谈我的日常生活。

我活了九十多岁，平生播迁颇多，适应环境的能力因而也颇强。不管多么陌生的环境，我几乎立刻就能适应。现在住进了病房，就好像到了家一样。这里的居住条件、卫生条件等等，都是绝对无可指责的。我也曾住过、看过一些北京大医院的病房，只是卫生一个条件就相形见绌。我对这里十分满意，自然就不在话下了。

在十八间病房里住的真正的首长，大都是解放军的老将军，年龄都低于我，可是能走出房间活动的只不过寥寥四五人。偶尔碰上，点头致意而已。但是，我对他们是充满了敬意的。解放军是中国人民的“新的长城”，又是世界和平的忠诚的保卫者。在解放军中立过功的老将，对他们我焉能不极端尊敬呢？

至于我自己的日常生活，我是一个比较保守的人，几十年形成的习惯，走到哪里也改不掉。我每天照例四点多起床，起来立即坐下来写东西。在进院初，当手足上的丑类还在飞扬跋扈的时候，我也没有停下。我的手足有问题，脑袋没有问题。只要脑袋没问题，文章就能写。实际上，我从来没有把脑袋投闲置散，我总让它不停地运转。到了医院，转动的频率似乎更强了。无论是吃饭，散步，接受治疗，招待客人，甚至在梦中，我考虑的总是文章的结构、遣词、造句等与写作有关的问题。我自己觉得，我这样做，已经超过了平常所谓的打腹稿的阶段，打来打去，打的几乎都是成稿。只要一坐下来，把脑海里缀成的文字移到纸上，写文章的任务就完成了。

七点多吃过早饭以后，时间就不能由我支配，我就不得安闲了。大夫查房，到什么地方去作体检，反正总是闲不住。但是，有时候坐在轮椅上，甚至躺在体检的病床上，脑袋里忽然一转，想的又是与写文章有关的一些问题。这情况让我自己都有点吃惊。难道是自己着了魔了吗？

在进院后，不到一个月的时间内，我写了三万字的文章，内容也有学术性很强的，也有一些临时的感受。这在家里是做不到的。

生活条件是无可指责的，一群像白衣天使般的小护士，个个聪明伶俐，彬彬有礼，同她们在一起，自己也似乎年轻了许多。

我想用两句话总结我的生活：在治病方面，我是走过炼狱；在生活方面，我是住于乐园。

第三次大会诊

奇迹发生以后，我到301医院来的目的可以说是已经完全达到了，可以胜利还朝了。但是，正如我在上面已经说过的那样，我本是皮肤科的病人，可是皮肤科的病房已经满员，所以借用了呼吸道科仅余的一间病房。焉知歪打正着，我作为此科的病人，也是够格的，我患有肺气肿、哮喘等病。主治大夫大概对借房的过程不甚了了，既然进了他的领域，就是他的病人，于是也经常来查房、下药，连我的呼吸道的毛病也给清扫了一下。对我来说，这无疑是意外的收获。

我的血压，几十年来，一贯正常。入院以后，服了激素，血压大概受到了影响，一度升高。这本来也算不了什么大事。但是，这里的大夫之心如新发之硎，纤细不遗。他们看出我的血压有点毛病，立即加以注意，除了天天量以外，还进行过一次二十四小时的连续观测。最终认为没有问题，才从容罢手。

总起来看，这次大会诊的目的是：总结经验，肯定胜利，观察现状，预测未来。从院领导一直到每一个与我的病有关的大夫，都想把我躯体中的隐患一一扫净，让原来我手足上那样的丑类永远不能再出生。他们这种用心把我感动得热烘烘的，嘴里说不出任何话来。

简短的评估

我生平不爱生病。在九十多年的寿命中，真正生病住院，这是第三次。因此，我对医生和医院了解很有限。但是，有时候也有所考虑。以我浅见所及，我觉得，医院和医生至少应该具备三个条件：医德、医术、医风。中国历代把医药事业说成是"是乃仁术"。在中国传统道德的范畴中，仁居第一位。仁者爱人，心中的仁外在表现就是爱。现在讲"救死扶伤"，也无非是爱的表现。医生对病人要有高度的同情心，要有为他们解除病苦的迫切感。这就是医德，应该排在首位。所谓医术，如今医科大学用五六年，甚至更长的时间所学的就是这一套东西，多属技术性的，一说就明白，用不着多讲。最后一项是医风。把医德、医术融合在一起，再加以必要的慎重和谨严，就形成了医生和医院的风采、风格或风貌、风度。这三者在不同的医院里和医生身上，当然不会完全相同，高低有别，水平悬殊，很难要求统一。

以上都是空论，现在具体到301医院和这里的大夫们来谈一点我个人的看法。医院的最高领导，我大概都接触过了，对他们的印象我已经写在上面。至于大夫，我接触的不多，了解的不多，不敢多谈。我只谈我接触最多的皮肤科的几位大夫。对整科的印象，我在上面也已写过。我现在在这里着重讲一个人，就是李恒进大夫。我们俩彼此接触最多，了解最深。

实话实说，李大夫最初是并不想留下我这个病人的，他是专家，他一看我得的病是险症，是能致命的，谁愿意把一块烧红的炭硬接在自己手里呢？我的学生前副院长牟善初的面子也许起了作用，终于硬着头皮把我留下了。

这中间他的医德一定也起了作用。

他一旦下决心把我留下，就全力以赴，上面讲到的两次大会诊就是他的行动表现。我自己糊里糊涂，丝毫没有感到问题的严重性。他是专家，他一眼就看出了我患的是天疱疮，一种险症。善初肯定了这个看法。遂成定论。患这样的病，如果我不是九十二，而是二十九，还不算棘手。但我毕竟是前者而非后者。下药重了，有极大危险；轻了，又治不了病。什么样的药量才算恰好，这是查遍医典也不会得到任何答案的。在这一个极难解决的问题上，李大夫究竟伤了多少脑筋，用了多大的精力，我不得而知，但却能猜想。经过了不知多少次反复思考，最终找到了恰到好处的药量。一旦服了下去，奇迹立即产生。不到一周的时间，手脚上的水泡立即向干瘪转化。我虽尚懵里懵懂，但也不能不感到高兴了。

我同李恒进大夫素昧平生，最初只是大夫与病人的关系。但因接触渐多，我逐渐发现他身上有许多闪光的东西，使我暗暗钦佩。我感觉到，我们现在已经走向了朋友的关系。我坚信，他是一个可以信赖的朋友。

在治疗过程中，有时候也说上几句闲话。我发现李大夫是一个很有哲学头脑的人。他多次说到，治我现在的病是“在矛盾中求平衡”。事实不正是这样子吗？病因来源不一，表现形式不一，抓住要点，则能纲举目张；抓不住要点，则是散沙一盘。他和冯峥大夫等真正抓住了我这病的要点，才出现了奇迹。

我一生教书，搞科学研究，在研究方面，我崇尚考证。积累的材料越多越好，然后爬罗剔抉，去伪存真。无证不信，孤证难信。“大胆的假设，小心的求证”这一套都完全用上。经过了六七十年这样严格的训练，我自谓已经够严格慎重的了。然而，今天，在垂暮之年，来到了301医院，遇到了像李大夫这样的医生，我真自愧弗如，要放下老架子，虚心向他们学习。

还有一点也必须在这里提一提，这就是预见性。初入院时，治疗还没有开始，我就不耐烦住院，问李大夫什么时候可以出院。他沉思了会儿，说：

“如果年轻五十岁，半个月就差不多了。现在则至少一个多月。”事实正是这个样子。他这种预见性是怎样来的，我说不清楚。

现在归纳起来，极其简略地说上几句我对 301 医院和其中的一些大夫，特别是李恒进大夫的印象。在医德、医术、医风中，他们都是高水平的，可以称之为三高医院和三高大夫。都是中国医坛上的明珠。

反躬自省

我在上面，从病原开始，写了发病的情况和治疗的过程，自己的侥幸心理，掉以轻心，自己的瞎鼓捣，以致酿成了几乎不可收拾的大患，进了 301 医院，边叙事、边抒情、边发议论、边发牢骚，一直写了一万三千多字。现在写作重点是应该换一换的时候了。换的主要枢纽是反求诸己。

301 医院的大夫们发扬了三高的医风，熨平了我身上的创伤，我自己想用反躬自省的手段，熨平我自己的心灵。

我想从认识自我谈起。

每一个人都有一个自我，自我当然离自己最近，应该最容易认识。事实证明正相反，自我最不容易认识。所以古希腊人才发出了 Know Yourself 的惊呼。一般的情况是，人们往往把自己的才能、学问、道德、成就等等评估过高，永远是自我感觉良好。这对自己是不利的，对社会也是有害的。许多人事纠纷和社会矛盾由此而生。

不管我自己有多少缺点与不足之处，但是认识自己我是颇能做到一些的。我经常剖析自己。想回答“自己究竟是一个什么样的人”这样一个问题。我自信能够客观地实事求是地进行分析的。我认为，自己绝不是什么天才，绝不是什么奇才异能之士，自己只不过是一个中不溜丢的人；但也不能说是蠢材。我说不出，自己在哪一方面有什么特别的天赋。绘画和音乐我都喜欢，但都没有天赋。在中学读书时，在课堂上偷偷地给老师画像，我的

季羡林先生在病房中。

同桌画得比我更像老师，我不得不心服。我羡慕许多同学都能拿出一手儿来，唯独我什么也拿不出。

我想在这里谈一谈我对天才的看法。在世界和中国历史上，确实有过天才，我都没能够碰到。但是，在古代，在现代，在中国，在外国，自命天才的人却层出不穷。我也曾遇到不少这样的人。他们那一副自命不凡的天才相，令人不敢向迩。别人嗤之以鼻，而这些"天才"则岿然不动，挥斥激扬，乐不可支。此种人物列入《儒林外史》是再合适不过的。我除了敬佩他们的脸皮厚之外，无话可说。我常常想，天才往往是偏才。他们大脑里一切产生智慧或灵感的构件集中在某一个点上，别的地方一概不管，这一点就是他的天才之所在。天才有时候同疯狂融在一起，画家凡·高就是一个好例子。

在伦理道德方面，我的基础也不雄厚和巩固。我绝没有现在社会上认为的那样好，那样清高。在这方面，我有我的一套"理论"。我认为，人从动物群体中脱颖而出，变成了人。除了人的本质外，动物的本质也还保留了不少。一切生物的本能，即所谓"性"，都是一样的，即一要生存，二要温饱，三要发展。在这条路上，倘有障碍，必将本能地下死力排除之。根据我的观察，生物还有争胜或求胜的本能，总想压倒别的东西，一枝独秀。

这种本能人当然也有。我们常讲，在世界上，争来争去，不外名利两件事。名是为了满足求胜的本能，而利则是为了满足求生。二者联系密切，相辅相成，成为人类的公害，谁也铲除不掉。古今中外的圣人贤人们都尽过力量，而所获只能说是有限。

至于我自己，一般人的印象是，我比较淡泊名利。其实这只是一个假象，我名利之心兼而有之。只因我的环境对我有大裨益，所以才造成了这一个假象。我在四十多岁时，一个中国知识分子当时所能追求的最高荣誉，我已经全部拿到手。在学术上是中国科学院学部委员，即后来的院士。在教育界是一级教授。在政治上是全国政协委员。学术和教育我已经爬到了百尺竿头，再往上就没有什么阶梯了。我难道还想登天做神仙吗？因此，以后几十年的提升提级活动我都无权参加，只是领导而已。假如我当时是一个二级教授——在大学中这已经不低了——我一定会渴望再爬上一级的。不过，我在这里必须补充几句。即使我想再往上爬，我绝不会奔走、钻营、吹牛、拍马，只问目的，不择手段。那不是我的作风，我一辈子没有干过。

写到这里就跟一个比较抽象的理论问题挂上了钩：什么叫好人？什么叫坏人？什么叫好？什么叫坏？我没有看过伦理教科书，不知道其中有没有这样的定义。我自己悟出了一套看法，当然是极端粗浅的，甚至是原始的。我认为，一个人一生要处理好三个关系：天人关系，也就是人与大自然的关系；人人关系，也就是社会关系；个人思想和感情中矛盾和平衡的关系。处理好了，人类就能够进步，社会就能够发展。好人与坏人的问题属于社会关系。因此，我在这里专门谈社会关系，其他两个就不说了。

正确处理人与人的关系，主要是处理利害关系。每个人都有自己的利益，都关心自己的利益。而这种利益又常常会同别人有矛盾的。有了你的利益，就没有我的利益。你的利益多了，我的就会减少。怎样解决这个矛盾就成了广大芸芸众生最棘手的问题。

人类毕竟是有思想能思维的动物。在这种极端错综复杂的利益矛盾中，他们绝大部分人都能有分析评判的能力。至于哲学家所说的良知和良能，我说不清楚。人们能够分清是非善恶，自己处理好问题。在这里无非是有两种态度，既考虑自己的利益，为自己着想，也考虑别人的利益，为别人着想。极少数人只考虑自己的利益，而又以残暴的手段攫取别人的利益者，是为害群之马，国家必绳之以法，以保证社会的安定团结。

这也是衡量一个人好坏的基础。地球上没有天堂乐园，也没有小说中所说的“君子国”。对一般人民的道德水平不要提出过高的要求。一个人除了为自己着想外能为别人着想的水平达到百分之六十，他就算是一个好人。水平越高，当然越好。那样高的水平恐怕只有少数人能达到了。

大概由于我水平太低，我不大敢同意“毫不利己，专门利人”这种提法，一个“毫不”，再加上一个“专门”，把话说得满到不能再满的程度，试问天下人有几个人能做到。提这个口号的人怎样呢？这种口号只能吓唬人，叫人望而却步，绝起不到提高人们道德水平的作用。

至于我自己，我是一个谨小慎微、性格内向的人。考虑问题有时候细入毫发。我考虑别人的利益，为别人着想，我自认能达到百分之六十。我只能把自己划归好人一类。我过去犯过许多错误，伤害了一些人。但那绝不是有意为之，是为我的水平低、修养不够所支配的。在这里，我还必须再做一下老王，自我吹嘘一番。在大是大非问题前面，我会一反谨小慎微的本性，挺身而出，完全不计个人利害。我觉得，这是我身上的亮点，颇值得骄傲的。总之，我给自己的评价是：一个平平常常的好人，但不是一个不讲原则的滥好人。

现在我想重点谈一谈对自己当前处境的反思。

我生长在鲁西北贫困地区一个僻远的小村庄里。晚年，一个幼年时的伙伴对我说：“你们家连贫农都够不上！”在家六年，几乎不知肉味，平常吃的是红高粱饼子，白馒头只有大奶奶给吃过。没有钱买盐，只能从盐碱地里挖土煮水腌咸菜。母亲一字不识，一辈子季赵氏，连个名都没有捞上。

我现在一闭眼就看到一个小男孩，在夏天里浑身上下一丝不挂，滚在黄土地里，然后跳入浑浊的小河里去冲洗。再滚，再冲；再冲，再滚。

"难道这就是我吗？"

"不错，这就是你！"

六岁那年，我从那个小村庄里走出，走向通都大邑，一走就走了将近九十年。我走过阳关大道，也跨过独木小桥。有时候歪打正着，有时候也正打歪着。坎坎坷坷，跌跌撞撞，磕磕碰碰，推推搡搡，云里，雾里。不知不觉就走到了现在的九十二岁，超过古稀之年二十多岁了。岂不大可喜哉！又岂不大可惧哉！我仿佛大梦初觉一样，糊里糊涂地成为一位名人。现在正住在301医院雍容华贵的高干病房里。同我九十年前出发时的情况相比，只有李后主的"天上人间"四个字差堪比拟于万一。我不大相信这是真的。

我在上面曾经说到，名利之心，人皆有之。我这样一个平凡的人，有了点名，感到高兴，是人之常情。我只想说一句，我确实没有为了出名而去钻营。我经常说，我少无大志，中无大志，老也无大志。这都是实情。能够有点小名小利，自己也就满足了。可是现在的情况却不是这样子。已经有了几本传记，听说还有人正在写作。至于单篇的文章数量更大。其中说的当然都是好话，当然免不了大量溢美之词。别人写的传记和文章，我基本上都不看。我感谢作者，他们都是一片好心。我经常说，我没有那样好，那是对我的鞭策和鼓励。

我感到惭愧。

常言道："人怕出名猪怕壮。"一点小小的虚名竟能给我招来这样的麻烦，不身历其境者是不能理解的。麻烦是错综复杂的，我自己也理不出个头绪来。我现在，想到什么就写点什么，绝对是写不全的。首先是出席会议。有些会议同我关系实在不大。但却又非出席不行，据说这涉及会议的规格。在这一顶大帽子下面，我只能勉为其难了。其次是接待来访者，只这一项就头绪万端。老朋友的来访，什么时候都会给我带来欢悦，不在此列。我讲的是陌生人的来访，学校领导在我的大门上贴出布告：谢绝访问。但大多数人却熟视无睹，置之不理，照样大声敲门。外地来的人，其中多半是青年人，不远千里，为了某一些原因，要求见我。如见不到，他们能在门外荷塘旁等上几个小时，甚至住在校外旅店里，每天来我家附近一次。他们来的目的多种多样，但是大体上以想上北大为最多。他们慕北大之名，可惜考试未能及格。他们错认我有无穷无尽的能力和权力，能帮助自己。另外想到北京找工作也有，想找我签个名照张相的也有。这种事情说也说不完。我家里的人告诉他们我不在家。于是我就不敢在临街的屋子里抬头，当然更不敢出门，我成了“囚徒”。其次是来信。我每天都会收到陌生人的几封信。有的也多与求学有关。有极少数的男女大孩子向我诉说思想感情方面的一些问题和困惑。据他们自己说，这些事连自己的父母都没有告诉。我读了真正是万分感动，遍体温暖。我有何德何能，竟能让纯真无邪的大孩子如此信任！据说，外面传说，我每信必复。我最初确实有这样的愿望。但是，时间和精力都有限。只好让李玉洁女士承担写回信的任务。这个任务成了德国人口中常说的“硬核桃”。其次是寄来的稿子，要我“评阅”，提意见，写序言，甚至推荐出版。其中有洋洋数十万言之作。我哪里有能力有时间读这些原稿呢？有时候往旁边一放，为新来的信件所覆盖。过了不知多少时候，原作者来信催还原稿。这却使我作了难。“只在此室中，书深不知处”了。如果原作者只有这么一本原稿，那我的罪孽可就大了。其次是要求写字的人多，求我的“墨宝”，有的是楼台名称，有的是展览会的会名，有的是书名，有的是题词，总之是花样很多。一提“墨宝”，我就汗颜。小时候确实练过字。但是，一入大学，就再没有练过书法，以后长期居住在国外，连笔墨都看不见，何来“墨宝”。现在，到了老年，忽然变成了“书法家”，竟还有人把我的“书法”拿到书展上去示众，我自己都觉得可笑！有比较老实的人，暗示给我：他们所求的不过“季羡林”三个字。这样一来，我的心反而平静了一点，下定决心：你不怕丑，我就敢写。其次是广播电台，电视台，还有一些什么台，以及一些报纸杂志编辑部的录像采访。这使我最感到麻烦。我也会说一些谎话的；但我的本性是有时嘴上没遮掩，有时说溜了嘴，在过去，你还能要点无赖，硬不承认。今天他们人人手里都有录音机，“君子一言，驷马难追”，同他们订君子协定，答应删掉；但是，多数是原封不动，和盘托出，让你哭笑不得。上面的这一段诉苦已经够长的了；但是还远远不够，苦再诉下去，也了无意义，就此打住。

我虽然有这样多麻烦；但我并没有被麻烦压倒。我照常我行我素，做自己的工作。我一向关心国内外的学术动态。我不厌其烦地鼓励我的学生阅读国内外与自己研究工作有关的学术刊物。一般是浏览，重点必须细读。为学贵在创新。如果连国内外的新都不知道，你的新何从创起？我自己很难到北大图书馆看杂志了。幸而承蒙许多学术刊物的主编不弃，定期寄赠。我才得以拜读，了解了不少当前学术研究的情况和结果，不致闭目塞听。我自己的研究工作仍然照常进行。遗憾的是，许多年来就想研究的大题目，曾经积累过一些材料，现在拿起来一看，顿时想到自己的年龄，只能像玄奘当年那样，叹一口气说：“自量气力，不复办此。”

对当前学术研究的情况，我也有自己的一套看法，仍然是顿悟式地得来的。我觉得，在过去，人文社会科学学者在进行科研工作时，最费时间的工作是搜集资料，往往穷年累月，还难以获得多大成果。现在电子计算机光盘一旦被发明，大部分古籍都已收入。不费吹灰之力，就能涸泽而渔。过去最繁重的工作成为最轻松的了。有人可能掉以轻心，我却有我的忧虑。将来的文章由于资料丰满可能越来越长，而疏漏则可能越来越多。光盘不可能把所有的文献都吸引进去，而且考古发掘还会不时有新的文献呈现出来。这些文献有时候比已有的文献还更重要，万万不能忽视的。好多人都承认，现在学术界急功近利浮躁之风已经有所抬头，剽窃就是其中最显著的表现，这应该引起人们的戒心。我在这里抄一段朱子的话，献给大家。朱子说：“圣贤言语，一步是一步。近来一类议论，只是跳踯。初则两三步

1992年3月，季羡林先生在中国作家协会鲁迅文学院讲课。

作一步，甚则十数步作一步，又甚则千百步作一步。所以学之者皆颠狂。”（《朱子语类》124）。愿与大家共勉力戒之。

我现在想借这个机会廓清与我有关的几个问题。

辞“国学大师”

现在在某些比较正式的文件中，在我头顶上也出现“国学大师”这一灿烂辉煌的光环。这并非无中生有，其中有一段历史渊源。

约莫十几二十年前，中国的改革开放大见成效，经济飞速发展。文化建设方面也相应地活跃起来。有一次在还没有改建的大讲堂里开了一个什么会，专门向同学们谈国学，中华文化的一部分毕竟是保留在所谓“国学”中的。当时在主席台上共坐着五位教授，每个人都讲上一通。我是被排在第一位的，说了些什么话，现在已忘得干干净净。《人民日报》的一位资深记者是北大校友，“于无声处听惊雷”，在报上写了一篇长文《国学热悄悄在燕园兴起》。从此以后，其中四位教授，包括我在内，就被称为“国学大师”。他们三位的国学基础都比我强得多。他们对这一顶桂冠的想法如何，我不清楚。我自己被戴上了这一顶桂冠，却是浑身起鸡皮疙瘩。这情况引起了一位学者（或者别的什么“者”）的“义愤”，触动了他的特异功能，在杂

2001 年，季羡林先生和费孝通先生出席国际学术研讨会，图为季先生在会上发言。

志上著文说，提倡国学是对抗马克思主义。这话真是石破天惊，匪夷所思，让我目瞪口呆。一直到现在，我仍然没有想通。

说到国学基础，我从小学起就读经书、古文、诗词。对一些重要的经典著作有所涉猎。但是我对哪一部古典，哪一个作家都没有下过死功夫，因为我从来没想成为一个国学家。后来专治其他的学术，浸淫其中，乐不可支。除了尚能背诵几百首诗词和几十篇古文外，除了尚能在最大的宏观上谈一些与国学有关的自谓是大而有当的问题比如天人合一外，自己的国学知识并没有增加。环顾左右，朋友中国学基础胜于自己者，大有人在。在这样的情况下，我竟独占“国学大师”的尊号，岂不折煞老身（借用京剧女角词）！我连“国学小师”都不够，遑论“大师”！

为此，我在这里昭告天下：请从我头顶上把“国学大师”的桂冠摘下来。

辞学界（术）泰斗

这要分两层来讲：一个是教育界，一个是人文社会科学界。

先要弄清楚什么叫“泰斗”。泰者，泰山也；斗者，北斗也。两者都被认为是至高无上的东西。

光谈教育界。我一生做教书匠，爬格子。在国外教书十年，在国内五十七年。人们常说："没有功劳，也有苦劳。"特别是在过去几十年中，天天运动，花样翻新，总的目的就是让你不得安闲，神经时时刻刻都处在万分紧张的情况中。在这样的情况下，我一直担任行政工作，想要做出什么成绩，岂不戛戛乎难矣哉！我这个"泰斗"从哪里讲起呢？

在人文社会科学的研究中，说我做出了极大的成绩，那不是事实。说我一点成绩都没有，那也不符合实际情况。这样的人，滔滔者天下皆是也。但是，现在却偏偏把我"打"成泰斗。我这个泰斗又从哪里讲起呢？

为此，我在这里昭告天下：请从我头顶上把"学界（术）泰斗"的桂冠摘下来。

辞"国宝"

在中国，一提到"国宝"，人们一定会立刻想到人见人爱、憨态可掬的大熊猫。这种动物数量极少，而且只有中国有，称之为"国宝"，它是当之无愧的。

可是，大约在十来年前。在一次会议上，北京市的一位领导突然称我为"国宝"，我极为惊愕。到了今天，我所到之处，"国宝"之声洋洋乎盈耳矣。我实在是大惑不解。当然，"国宝"这一顶桂冠并没有为我一人所垄断。其他几位书画名家也有此称号。

我浮想联翩，想探寻一下起名的来源。是不是因为中国只有一个季羡林，所以他就成为"宝"。但是，中国的赵一钱二孙三李四等等，也都只有一个，难道中国能有十三亿"国宝"吗？

这种事情，痴想无益，也完全没有必要。我来一个急刹车。

为此，我在这里昭告天下：请从我头顶上把"国宝"的桂冠摘下来。

三顶桂冠一摘，还了我一个自由自在身。身上的泡沫洗掉了，露出了真面目，皆大欢喜。

1998 年 3 月，季羡林先生在政协座谈会上发言。

露出了真面目，自己是不是就成了原来蒙着华贵的绸罩的朽木架子而今却完全塌了架了呢？

也不是的。

我自己是喜欢而且习惯于讲点实话的人。讲别人，讲自己，我都希望能够讲得实事求是，水分越少越好。我自己觉得，桂冠取掉，里面还不是一堆朽木，还是有颇为坚实的东西的。至于别人怎样看我，我并不十分清楚。因为，正如我在上面说的那样，别人写我的文章我基本上是不读的，我怕里面的溢美之词。现在困居病房，长昼无聊，除了照样舞笔弄墨之外，也常考虑一些与自己学术研究有关的问题，凭自己那一点自知之明，考虑自己学术上有否“功业”，有什么“功业”。我尽量保持客观态度。过于谦虚是矫情，过于自吹自擂是老王，二者皆为我所不敢取。我在下面就“夫子自道”一番。

我常常戏称自己为“杂家”。我对人文社会科学领域内，甚至科技领域内的许多方面都感兴趣。我常说自己是“样样通，样样松”。这话并不确切。很多方面我不通；有一些方面也不松。合辙押韵，说着好玩而已。

我从事科学研究工作，已经有七十年的历史。我这个人在任何方面都是后知后觉。研究开始时并没有显露出什么奇才异能，连我自己都不满意。后来逐渐似乎开了点窍，到了德国以后，才算是走上了正路。但一旦走上了正路，走的就是快车道。回国以后，受到了众多的干扰，“十年浩劫”中完全停止。改革开放，新风吹起。我又重新上路，到现在已有二十多年了。

根据我自己的估算，我的学术研究的第一阶段是德国十年。研究的主要方向是原始佛教梵语。我的博士论文就是这方面的题目。在论文中，我论到了一个可以说是被我发现的新的语尾，据说在印欧语系比较语言学上颇有重要意义，引起了比较语言学教授的极大关注。到了 1965 年，我还在印度语言学会出版的 *Indian Linguistics* Vol. II 发表了一篇 *On the Ending-neatha for the Fuar Ruom Rlunel Atm*，*in the Budccher mixed Dialeer*。这是我博士论文的持续发展。当年除了博士论文外，我还写了两篇比较重要的论文，一篇是讲不定过去时的，一篇讲 -am ＞ o，u。都发表在哥廷根科学院院刊上。在德国，科学院是最高学术机构，并不是每一个教授都能成为院士。德国规矩，一个系只有一个教授，无所谓系主任。每一个学科全国也不过有二三十个教授，比不了我们现在大学中一个系的教授数量。在这样的情况下，再选院士，其难可知。科学院的院刊当然都是代表最高学术水平的。我以一个三十岁刚出头的异国的毛头小伙子竟能在上面连续发表文章，要说不沾沾自喜，那就是纯粹的谎话了。而且我在文章中提出的结论至今仍能成立，还有新出现的材料来证明，足以自慰了。此时还写了一篇关于解谈吐火罗文的文章。

1946 年回国以后，由于缺少最起码的资料和书刊，原来做的研究工作无法进行，只能改行，我就转向佛教史研究，包括印度、中亚以及中国佛教史在内。在印度佛教史方面，我给予释迦牟尼有不共戴天之仇的提婆达多翻了案，平了反。公元前五六世纪的北天竺，西部是婆罗门的保守势力，东部则兴起了新兴思潮，是前进的思潮，佛教代表的就是这种思潮。提婆达多同佛祖对着干，事实俱在，不容怀疑。但是，他的思想和学说的本质是什么，我一直没弄清楚。我觉得，古今中外写佛教史者可谓多矣，却没有一人提出这个问题，这对真正印度佛教史的研究是不利的。在中亚和中国内地的佛教信仰中，我发现了弥勒信仰的重要作用。也可以算是发前人未发之覆。我那两篇关于"浮屠"与"佛"的文章，篇幅不长，却解决了佛教传入中国的道路的大问题，可惜没引起重视。

我一向重视文化交流的作用和研究。我是一个文化多元论者，我认为，文化一元论有点法西斯味道。在历史上，世界民族，无论大小，大多数都对人类文化做出了贡献。文化一产生，就必然会交流、互学、互补，从而推动了人类社会的进步。我们难以想象，如果没有文化交流，今天的世界会是一个什么样子。在这方面，我不但写过不少的文章，而且在我的许多著作中也贯彻了这种精神。长达约八十万字的《糖史》就是一个好例子。

提到了《糖史》，我就来讲一讲这一部书完成的情况。我发现，现在世界上流行的大语言中，"糖"这一个词儿几乎都是转弯抹角地出自印度梵文的 sàrkara 这个字。我从而领悟到，在糖这种微不足道的日常用品中竟隐含着一段人类文化交流史。于是我从很多年前就着手搜集这方面的资料。在德国读书时，我在汉学研究所曾翻阅过大量的中国笔记，记得里面颇有一些关于糖的资料。可惜当时我脑袋里还没有这个问题，就视而不见，统统放过，而今再想弥补，是绝对不可能的事情了。今天有了这问题，只能从头做起。最初，电子计算机还很少很少，而且技术大概也没有过关。即使过了关，也不可能把所有的古籍或今籍一下子都收入。留给我的只有一条笨办法：自己查书。然而，群籍浩如烟海，穷我毕生之力，也是难以查遍的。幸而我所在的地方好，北大藏书甲上庠，查阅方便。即使这样，我也要定一个范围。我以善本部和楼上的教员阅览室为基地，有必要时再走出基地。教员阅览室有两层楼的书库，藏书十余万册。于是在我八十多岁后，正是古人"含饴弄孙"的时候，我却开始向科研冲刺了。我每天走七八里路，从我家到北大图书馆，除星期日大馆善本部闭馆外，不管是冬天，还是夏天;不管是刮风下雨，还是坚冰在地，我从未间断过。如是者将及两年，我终于翻遍了书库，并且还翻阅了《四库全书》中有关典籍，特别是医书。我发现了一些规律。首先是，在中国最初只饮蔗浆，用蔗制糖的时间比较晚。其次，同在古代波斯一样，糖最初是用来治病的，不是调味的。再次，从中国医书上来看，使用糖的频率越来越小，最后几乎很少见了。最后，也是最重要的一点，把原来是红色的蔗汁熬成的糖浆提炼成洁白如雪的白糖的技术是中国发明的。到现在，世界上只有两部大型的《糖史》，一为德文，算是世界名著；一为英文，材料比较新。在我写《糖史》第二部分，国际部分时，曾引用过这两部书中的一些资料。做学问，搜集资料，我一向主张要有一股“竭泽而渔”的劲头。不能贪图省力，打马虎眼。

既然讲到了耄耋之年向科学进军的情况，我就讲一讲有关吐火罗文研究。我在德国时，本来不想再学别的语言了，因为已经学了不少，超过了我这个小脑袋瓜的负荷能力。但是，那一位像自己祖父般的西克（E. Sieg）教授一定要把他毕生所掌握的绝招统统传授给我。我只能向他那火一般的热情屈服，学习了吐火罗文A焉耆语和吐火罗文B龟兹语。我当时写过一篇文章，讲《福力太子因缘经》的诸异本，解决了吐火罗文本中的一些问题，确定了几个过去无法认识的词儿的含义。回国以后，也是由于缺乏资料，只好忍痛与吐火罗文告别，几十年没有碰过。20世纪70年代，在新疆焉耆县七个断壁残垣中发掘出来了吐火罗文A的《弥勒会见记剧本》残卷。新疆博物馆的负责人亲临寒舍，要求我加以解读。我由于没有信心，坚决拒绝。但是他们苦求不已，我只能答应下来，试一试看。结果是，我的运气好，翻了几张，书名就赫然出现：《弥勒会见记剧本》。我大喜过望。于是在冲刺完了《糖史》以后，立即向吐火罗文进军。我根据回鹘文同书的译本，把吐火罗文本整理了一番，理出一个头绪来。陆续翻译了一些，有的用中文，有的用英文，译文间有错误。到了20世纪90年代后期，我集中精力，把全部残卷译成了英文。我请了两位国际上公认是吐火罗文权威的学者帮助我，一位德国学者，一位法国学者。法国学者补译了一段，其余的百分之九十七八以上的工作都是我做的。即使我再谦虚，我也只能说，在当前国际上吐火罗文研究最前沿上，中国已经有了位置。

下面谈一谈自己的散文创作。我从中学起就好舞笔弄墨。到了高中，受到了董秋芳老师的鼓励。从那以后的七十年中，一直写作不辍。我认为是纯散文的也写了几十万字之多。但我自己喜欢的却为数极少。评论家也有评我的散文的；一般说来，我都是不看的。我觉得，文艺评论是一门独立的科学，不必与创作挂钩太亲密。世界各国的伟大作品没有哪一部是根据评论家的意见创作出来的。正相反，伟大作品倒是评论家的研究对象。目前的中国文坛上，散文又似乎是引起了一点小小的风波，有人认为散文处境尴尬，等等，皆为我所不解。中国是世界散文大国，两千多年来出现了大量优秀作品，风格各异，至今还为人所诵读，并不觉得不新鲜。今天的散文作家大可以尽量发挥自己的风格，只要作品好，有人读，就算达到了目的，凭空作南冠之泣是极为无聊的。前几天，病房里的一位小护士告诉我，她在回家的路上一气读了我五篇散文，她觉得自己的思想感情有向上的感觉。这种天真无邪的评语是对我最高的鼓励。

最后，还要说几句关于翻译的话。我从不同文字中翻译了不少文学作品，其中最主要的当然是印度大史诗《罗摩衍那》。

以上是我根据我那一点自知之明对自己“功业”的评估，是我的“优胜纪略”。但是，我自己最满意的还不是这些东西，而是自己胡思乱想关于“天人合一”的新解。至少在十几年前，我就想到了一个问题。大自然中出现了不少问题，比如生态平衡被破坏，植物灭种，臭氧出洞，气候变暖，淡水资源匮乏，新疾病产生等等。哪一样不被遏制，人类发展前途都会受到影响。我认为，这些危害都是西方与大自然为敌，要征服自然的结果。西方哲人歌德、雪莱、恩格斯等早已提出了警告。可惜听之者寡。情况越来越严重，各国政府，甚至联合国才纷纷提出了环保问题。我并不是什么先知先觉，只是感觉到了，不得不大声疾呼而已。我的“天人合一”要求的是人与大自然要做朋友，不要成为敌人。我们要时刻记住恩格斯的话：大自然是会报复的。

以上就是我的“夫子自道”，“道”得准确与否，不敢说。但是，“道”的都是真话。

此外，在提倡新兴学科方面，我也做了一些工作，比如敦煌学，我在这方面没有写过多少文章；但对团结学者和推动这项研究工作，我却做出了一些贡献。又如比较文学，关于比较文学的理论问题，我几乎没有写过文章，因为我没有研究。但是中国第一个比较文学研究会却是在北大成立的，可以说是开风气之先。此外，我还主编了几种大型的学术丛书，首先就是《东方文化集成》，准备出五百种，用高水平的研究成果，向世界人民展示什么叫东方文化。我还帮助编纂了《四库全书存目丛书》，取得了很大的成功。其余几种现在先不介绍了。我觉得有相当大意义的工作是我把印度学引进了中国，或者也可以说，在中国过去有光辉历史的有上千年历史的印度研究又重新恢复起来。现在已经有了几代传人，方兴未艾。要说从我身上还有什么值得学习的东西，那就是勤奋。我一生不敢懈怠。

总而言之，我就是通过这一些“功业”获得了名声，大都是不虞之誉。政府、人民，以及学校给予我的待遇，同我对人民和学校所做的贡献，相差不可以道里计。我心里始终感到愧疚不安。现在有了病，又以一个文职的教书匠硬是挤进了部队军长以上的高干疗养的病房，冒充了四十五天的“首长”。政府与人民待我可谓厚矣。扪心自问，我何德何才，获此殊遇！

就在进院以后，专家们都看出了我这一场病的严重性，是一场能致命的不大多见的病。我自己却还糊里糊涂，掉以轻心，溜溜达达，走到阎王爷驾前去报到。大概由于文件上一百多块图章数目不够，或者红包不够丰满，被拒收，我才又走回来，再也不敢三心二意了，一住就是四十五天，捡了一条命。

我在医院中是一个非常特殊的病人，一般的情况是，病人住院专治一种病，至多两种。我却一气治了四种病。我的重点是皮肤科，但借住在呼吸道科病房里，于是大夫也把我吸收为他们的病人。一次我偶尔提到，我的牙龈溃疡了。院领导立刻安排到牙科去，由主任亲自动手，把我的牙整治如新。眼科也是很偶然的。我们认识魏主任，他说要给我治眼睛。我的眼睛毛病很多，他作为专家，一眼就看出来了。细致地检查，认真地观察，在十分忙碌的情况下，最后他说了一句铿锵有力的话："我放心了！"我听了当然也放心了。他又说，今后五六年中没有问题。最后还配了一副我生平最满意的眼镜。

上面讲的主要是医疗方面的情况。我在这里还领略了人情之美。我进院时，是病人对医生的关系。虽然受到院长、政委、几位副院长，以及一些科主任和大夫的礼遇，仍然不过是这种关系的表现。

但是，悄没声地这种关系起了变化。我同几位大夫逐渐从病人医生的关系转向朋友的关系，虽然还不能说无话不谈，但却能谈得很深，讲一些蕴藏在心灵中的真话。常言道："对人只讲三分话，不能闲抛一片心。"讲点真话，也并不容易的。此外，我同本科的护士长、护士，甚至打扫卫生的外地来的小女孩，也都逐渐熟了起来，连给首长陪住的解放军战士也都成了我的忘年交，其乐融融。

我的七十年前的老学生原301副院长牟善初，至今已到了望九之年，仍然每天穿上白大褂，巡视病房。他经常由周大夫陪着到我屋里来闲聊。七十年的漫长的岁月并没有隔断我们的师生之情，不也是人生一大快事吗？

我的许多老少朋友，包括江牧岳先生在内，亲临医院来看我。如果不是301门禁极为森严，则每天探视的人将挤破大门。我真正感觉到了，人间毕竟是温暖的，生命毕竟是可爱的，生活着毕竟是美丽的（我本来不喜欢某女作家的这一句话，现在姑借用之）。

我初入院时，陌生的感觉相当严重。但是，现在我要离开这里了，却产生了浓烈的依依难舍的感情。“客房回看成乐园”，我不禁一步三回首了。

对未来的悬思

我于2002年8月15日入院，9月30日出院回家，带着捡回来的一条命，也可以说是301送给我的一条命，这四十五天并不长，却在我生命历程上划上了一个深深的痕迹。

现在回家来了，怎么办？

记得去年一位泰国哲学家预言我今年将有一场大灾。对这种预言我从来不相信，现在也不相信。但是却不能不承认，他说准了。我在上面已经提到过：“大难不死，必有后福。”我还能有什么后福呢？

那些什么“相期以茶”，什么活一百二十岁的话，是说着玩玩的，像唱歌或作诗，不能当真的。真实的情况是，我已经九十二岁。是古今中外文人中极少见的了，我应该满意了。通过这一场大病，我认识到，过去那种忘乎所以的态度是要不得的，是极其危险的。老了就得服老，老老实实地服老，才是正道。我现在能做到这一步了。

或许有人要问：你读万卷书，行万里路，生平极多坎坷，你对人生悟出了什么真谛吗？答曰：悟出了一些，就是我上面说的那一些，真谛就寓于日常生活中，不劳远求。那一套“菩提本无树，明镜亦非台；本来无一物，何处染尘埃？”我是绝对悟不出来的。

现在身躯上的零件，都已经用了九十多年，老化是必然的。可惜不能像机器一样，拆开来涂上点油。不过，尽管老化，看来还能对付一些日子。而且，不管别的零件怎样，我的脑袋还是难得糊涂的。我就利用这一点优势，努力工作下去，再多写出几篇《新日知录》，多写出一些抒情的短文，歌颂祖国，歌颂人民，歌颂生命，歌颂自然，歌颂一切应该歌颂的美好的东西，鞠躬尽瘁，死而后已。

写到这里，最重要的问题我还没有说。老子是讲辩证法的哲学家。他那有名的关于祸福的话，两千年来，尽人皆知：福兮祸所伏，祸兮福所倚。我这一次重得新生，当然是福。但是，这个重得并非绝对的，也还并没有完成。医生让我继续服药，至少半年，随时仔细观察。倘若再有湿疹模样的东西出现，那就殆矣。这无疑在我头顶上用一根头发悬上了一把达摩克里斯利剑，随时都有刺下来的可能。其实，每一个人从出生的那一刹那开始，就有这样的利剑悬在头上，有道是“黄泉路上无老少”嘛，只是人们不去感觉而已。我被告知，也算是幸运，让我随时警惕，不敢忘乎所以。这不是极大的幸福吗？

我仍然是在病中。

回家

从医院里捡回来了一条命，终于带着它回家来了。

由于自己的幼稚、固执、迷信“癣疥之疾”的说法，竟走到了向阎王爷那里去报到的地步。也许是因为文件盖的图章不够数，或者红包不够丰满，被拒收，又溜达回来，住进了301医院。这一所医德、医术、医风三高的医院，把性命奇迹般地还给了我，给了我一次名副其实的新生。

现在我回家来了。

什么叫家？以前没有研究过。现在忽然间提了出来，仍然是回答不上来。要说家是比较长期居住的地方，那么，在欧洲游荡了几百年的吉卜赛人住在流动不居的大车上，这算不算家呢？

我现在不想仔细研究这种介乎形而上学和形而下学之间的学问。还是让我从医院说起吧。

这一所医院是全国著名的，称之为超一流，是完全名副其实的。我相信，即使是最爱挑剔的人也绝不会挑出什么毛病来。从医疗设备到医生水平，到病房的布置，到服务态度，到工作效率，等等，无不尽如人意。就是这样一个地方，我初搬入的时候，心情还浮躁过一阵，我想到我那在燕园垂柳深处的家，还有我那盈塘季荷和小波斯猫。但是住过一阵之后，我的心情平静了，我觉得住在这里就像是住在天堂乐园里一般。一个个穿白大褂的护士小姐都像是天使，幸福就在这白色光芒里闪烁。我过了一段十分愉快的生活。约莫一个月以后，病情已经快达到了痊愈的程度。虽然我的生活仍然十分甜美，手脚上长出来的丑类已经完全消灭。笔墨照舞照弄不误。我的心情却无端又浮躁起来。我想到，此地“信美非吾土”。我又想到了我那盈塘的季荷和小波斯猫。我要回家了。

回到朗润园的时候，已是黄昏时分。韩愈诗“黄昏到寺蝙蝠飞”，我现在是“黄昏到园蝙蝠飞”，空中确有蝙蝠飞着。全园还没有到灯火辉煌的程度。在薄暗中，盈塘荷花的绿叶显不出绿色，只是灰蒙蒙的一片。独有我那小波斯猫，不知是从什么地方窜了出来，坐下惊愕了一阵，认出了是我，立即跳了上来，在我的两腿间蹭来蹭去，没完没了。它好像是要说：“老伙计呀！你可是到哪里去了？叫我好想呀！”我一进屋，它立即跳到我的怀里，无论如何，也不离开。

第二天早晨，我照例四点多起床。最初，外面还是一片黢黑，什么东西也看不清。不久，东方渐渐白了起来，天蒙蒙亮了。早晨锻炼的人开始出来了。一个穿红衣服的小伙子跑步向西边去了。接着就从西面走来了那一位挺着大肚子的中年妇女，跟在后面距离不太远的是那一位寡居的教授夫人。这些人都是我天天早上必先见到的人物，今天也不例外。一恍神，我好像根本没有离开过这里。在医院里的四十六天，好像是在宇宙间根本没有存在过，在时间上等于一个零。

等到天光大亮的时候，我仔细观察我的季荷。此时，绿盖满塘，浓碧盈空，看了令人精神为之一振。“心有灵犀一点通”，中国人相信人心是能相通的。我现在却相信，荷花也是有灵魂的，它与人心也是能相通的。我的荷花掐指一算，我今年当有新生之喜，于是憋足了劲儿要大开一番，以示庆祝。第一朵花正开在我的窗前，是想给我一个信号。孤零零的一大朵红花，朝开夜合，确实带给了我极大的欢悦。可是荷花万没有想到，连我自已都没有想到嘛，我突然住进了医院。听北大到医院来看我的人说，荷花先是一朵，后是几朵，再后是十几朵，几十朵，上百朵，超过一百朵，开得盈塘盈池，红光照亮了朗润园。成了燕园中一道亮丽的风景线。可惜我在医院里不能亲自欣赏，只有躺在那里玄想了。

我把眼再略微抬高了一点儿，看到荷塘对岸的万众楼，依然雕梁画栋，金碧辉煌。楼名是我题写的。因为楼是西向的，我记得过去只有在夕阳返照中才能看清楚那三个金光闪闪的大字。今天，朝阳从楼后升起，楼前当然是黑的；但不知什么东西把阳光反射了回去，那三个大字正处在光环中，依然金光闪闪。这是极细微的小事，但是，我坐在这里却感到有无穷的逸趣。

与万众楼隔塘对峙是一座小山，出我的楼门，左拐走十余步就能走到。记得若干年前，一到深秋，山上的树丛叶子颜色一变，地上的草一露枯黄相，就给人以萧瑟凄清的感觉，这正是悲秋的最佳时刻。后来栽上了丰花月季，据说一年能开花十个月。前几年，一个初冬，忽然下起了一场大雪。小山上的树枝都变成了赤条条毫无牵挂。长在地上的东西都被覆盖在一片茫茫的白色之下。令我吃惊的是，我瞥见一枝月季，从雪中挺出，顶端开着一朵小花，鲜红浓艳，傲雪独立。它仿佛带给我了灵感，带给我了活力，带给我了无穷无尽的希望。我一时狂欢不能自禁。

小山上，树木丛杂，野草遍地，是鸟类的天堂。当前全世界人口爆炸，人与鸟兽争夺生存空间。燕园这一大片地带，如果从空中往下看的话，一定是一片浓绿，正是鸟类所垂青的地方。因此，这里的鸟类相对来说是比较多的。每天早晨，最先出现的往往是几只喜鹊，在山上塘边树枝间跳来跳去，兴高采烈。接着出场的是成群的灰喜鹊，也是在树枝间蹦蹦跳跳，兴高采烈。到了春天，当然会有成群的燕子飞来助兴。此时，啄木鸟也必然飞来凑趣，把古树敲得砰砰作响，好像要给这一场万籁齐鸣的音乐会敲起鼓点儿。空中又响起了布谷鸟清脆的鸣声，由远到近，又由近到远，终于消逝在太空中。我感到遗憾的是，以前每天都看到乌鸦从城里飞向远郊，成百，上千，黑压压一片。今天则片影无存了。我又遗憾见不到多少麻雀。20 世纪 50 年代被某一个人无端定为“四害”之一的麻雀，曾被全国人民群起而攻之，酿成了举世闻名的闹剧。现在则濒于灭绝。在小山上偶尔见到几只，灰头土脑，然而却惊为奇宝了。

幼时读唐诗，读了“西塞山前白鹭飞”，“两只黄鹂鸣翠柳，一行白鹭上青天”，曾向往白鹭青天的境界，只是没有亲眼看见过。一直到 1951 年访问印度，曾在从加尔各答乘车到国际大学的路上，在一片浓绿的树木和荷塘上面的天空里，才第一次看到白鹭上青天的情景，顾而乐之。第二次见到白鹭是在前几年游广东佛山的时候。在一片大湖的颇为遥远的对岸上绿树成林，树上都开着白色的大花朵。最初我真以为是花。然而不久却发现，有的花朵竟然飞动起来，才知道不是花朵而是白鸟。我又顾而乐之。其实就在我入医院前不久，我曾瞥见一只白鸟从远处飞来，一头扎进荷叶丛中，不知道在里面鼓捣了些什么，过了许久，又从另一个地方飞出荷叶丛，直上青天，转瞬就消逝得无影无踪了。我难道能不顾而乐之吗？

现在我仍然枯坐在临窗的书桌旁边，时间是回家的第二天早上。我的身子确实没有挪窝儿，但是思想却是活跃异常。我想到过去，想到眼前，又想到未来，甚至神驰万里想到了印度。时序虽已是深秋，但是我的心中却仍是春意盎然。我眼前所看到的，脑海里所想到的东西，无一不笼罩上一团玫瑰般的嫣红，无一不闪出耀眼的光芒。记得小时候常见到贴在大门上的一副对联：“万物静观皆自得，四时佳兴与人同。”现在朗润园中的万物，鸟兽虫鱼，花草树木，无不自得其乐。连这里的天都似乎特别蓝，水都似乎特别清。眼睛所到之处，无不令我心旷神怡。思想所到之处，无不令我逸兴遄飞。我真觉得，大自然特别可爱，生命特别可爱，人类特别可爱，一切有生无生之物特别可爱，祖国特别可爱，宇宙万物无有不可爱者。欢喜充满了三千大千世界。

现在我十分清醒地意识到，我是带着捡回来的新生回家来了。

我的家是一个温馨的家。

2002 年 10 月 14 日

三进宫

有道是“天有不测风云，人有旦夕祸福”。阴差阳错，不知是哪一路神灵规定了 2001—2002 年是我的患病年。对 301 医院来说，我已经唱过一次二进宫，现在又三进宫了。

这一次进宫，同二进宫一样，是属于抢救性质的。但是，抢救的是什么病，学说则颇多。有人说是小中风。我虽然没有中过风，但我对此说并不相信。

要想把事情的原委说明白，话必须从 2002 年 11 月 23 日说起。在那一天之前，我一切正常。晚饭时吃了一大碗凉拌大白菜心。当时就觉得吃得过了量，但因为嘴馋，还是吃了下去。吃完看电视新闻时，突然感到浑身发冷，仿佛掉进了冰窟窿里一样，身体抖个不停，上下牙关互相撞击，铿锵有声。身边的人赶快把我抱到床上。在迷迷糊糊中，我听到校医院的保健大夫来了，另外还来了几位大夫，我就说不清楚究竟是谁了。

第二天，也就是 11 月 24 日，一整天躺在床上，水米不曾沾牙。25 日，有好转，但仍然不能吃东西。26 日，大有好转。新江送来俄罗斯学者 Litvinsky（李特文斯基）的《东土耳其斯坦佛教史》，这无异于雪中送炭，我顺便翻阅了几页。27 日，我的学生刘波特别从西藏请来了一位活佛，为我念咒祈福。对此，我除了感谢刘波的真挚的师生情谊之外，不敢赞一辞。刘波坐在我身边，再三说：“你的身体没有问题！”他的话后来兑了现，否则我连这篇《三进宫》也写不成了。当天我的情况很好。但是，到了 28 日，情况突变。于是玉洁和杨锐，又同二进宫一样，硬是把我裹挟到了 301 医院。有了两次进宫的经历，我在这里已经成了熟人。一进门，二话没说，就进行抢救。我此时高烧三十九度四，对一个九十多岁的老人来说，这是相当高的高烧。我迷迷糊糊，只看到屋子里人很多，有人拿来冰枕，还有人拿来什么，我就感觉不到了。后来听说，是注射了一针价值一千多元的药水，这大概起了作用，在短短的四五个小时之内，温度就到了三十六度多，基本上正常了。抢救于是胜利结束。

我被安排在南楼三楼十五号病房中。主治大夫是张晓英、段留法、朱兵。护士长是邢云芹，责任组长是赵桂景，看护勇琴歌。在以后一个月多一点儿的时间内，同我打交道的基本上就是这些人。

住进来的目的，据说是为了观察。我想，观察我几天，如果没有重大问题，我就可以打道回府了。可是事实上却不是这样，进房间的第二天就开始输液，有人信口称之为吊瓶子。输液每天三次：上午一次，下午一次，晚上八点钟以后一次，在平常日子，我不久就要上床睡觉了，现在却开始输液，有时候一直输到十点。最初，我还以为晚上输液只是偶一为之。到了晚上还向护士小姐打听，输不输液。意思是盼望躲过一次。后来才知道，每晚必输，打听也白搭了，我就听之任之。

我现在几乎完全是被动的。没有哪一个大夫告诉我，我究竟患的是什么病。这绝不是大夫的怠慢或者懒惰。经过短期的观察，我认为我的三位主治大夫，同大多数的 301 医院的大夫一样，在医德、医术、医风三个方面水平确是高的。但是，为什么对我实行的“政策”却好像是“病人可使由之，不可使知之”呢？是不是因为知之了以后，不利于疾病的治疗呢？不管怎样，他们的善意我是绝对相信的。我现在唯一合理的做法就是老老实实接受大夫的治疗，不应该胡思乱想。

但是，这并不容易。有输液经验的人都知道，带着针头的那一只手是不能随便乱动的。一不小心，针头错了位，就可能出问题。试想，一只手，以同样的姿势，一动不动地摆在床边上，半小时，能忍受；一个小时，甚至也能忍受。但是，一超过一小时，就会觉得手酸臂痛，难以忍受了。再抬眼看上面架子上吊的装药水的瓶子，还有些药水没有滴完。此时自己心中的滋味真正是不足为外人道也。只有一次，瓶子吊上，针头扎上，我遂即蒙眬睡去，等我醒来时，瓶子里的药水刚好滴完，手没有酸，臂没有痛，而竟过了一天，十分满意。可惜这样的经验后来再没有过。我也只有听之任之了。

我自己也想出了一些排遣的办法，比如背诵过去背过的古代诗、词和古文。最初还起点儿作用，后来逐渐觉得乏味，就不再背诵了。

但是，我总得想些办法来排遣那些万般无奈的输液时间。药水放在上面吊的瓶子中，下面有一条长管把药水输入我的体内，长管中间有一个类似中转站的构件，一个小长方盒似的玻璃盒；在这里面，上面流下来的药水一滴一滴地滴入下面的管子内，再输流下来。在小方盒内，一滴药水就像是一颗珍珠，有时还闪出耀目的光芒。我无端想起了李义山的诗“沧海月明珠有泪”，其间不能说没有一点儿联系。

有一回，针头扎在右手上，只许规规矩矩，不许乱说乱动。正在十分无聊之际，耳边忽然隐约响起了京剧《空城计》诸葛亮在城门楼上那一段有名的唱腔。马连良、谭富英、高庆奎、杨宝森、奚啸伯等著名的须生，大概都唱过《空城计》。我对京剧有点儿欣赏水平，但并不高。几个大家之间当然会有区别的，我也略能辨识一二。但是，估计唱词是会相同的。此时在我耳边回荡的不是诸葛亮的全部唱词，而只是其中几句：“先帝爷，下南阳，御驾三聘;算就了，汉家业，鼎足三分。”这与我当前的处境毫无联系。为什么单单是这几句唱词在我耳边回荡，我自己也说不清楚。既然事实是这样，我也只有这样写了。

又有一次，在输液时，耳边忽然回荡起俄罗斯《伏尔加船夫曲》的旋律，

季羡林先生在病房中。

我已经几十年没有听这首我特别喜爱的歌曲了。胡为乎来哉！我却真是大喜过望，沉醉在我自己幻想的旋律中，久久不停。我又浮想联翩，上下五千年，纵横十万里，无边无际地幻想起来。我想到俄罗斯这个民族确实有点儿令人难解。它一半在欧洲，一半在亚洲，论文化渊源，应该属于欧洲体系。然而同欧洲又有所不同。它在历史上崭露头角，时间并不长。却是一出台就光彩夺目。彼得大帝就不像一个平常的人。在他以后的一二百年内，俄罗斯出了多少伟大的文学家、艺术家、科学家等等。像门捷列夫那样的化学家，欧洲就几乎没有人能同他媲美的。谈到文学，专以长篇小说而论，我们都很熟悉的法国和英国那几部大名垂宇宙的长篇小说，一提到它们，大家大都赞不绝口。但是，倘若仔细推敲起来，它们却像花木店里陈列的盆景，精心修剪，玲珑剔透，颇能招人喜爱。如果再仔细观察思考，却难免 superficial 之感。回头再看俄罗斯的几部长篇小说，托尔斯泰的《战争与和平》固无论矣。即以陀思妥耶夫斯基的几部长篇而论，一谈起来，读者就像钻进了原始大森林，枝柯蔽天，蔓藤周匝；没有一点儿人工的痕迹，却令人感到有一种巨大的原始活力腾涌其中，令人气短，又令人鼓舞。这与法英的长篇小说形成了鲜明的对比。音乐方面，俄罗斯和西方的差异更为显著。不管是民歌，还是音乐家的其他创作，歌声一起，就给人以沉郁顿挫之感。这一首《伏尔加船夫曲》可以作为代表。我幻想中的旋律给了我极大的愉快，使我暂时忘记了输液的麻烦。

我自己很清楚，吊瓶输液是治病必不可少的手段。但是，吊得一多，心里的怪话就蠢蠢欲动。最后掠捋李后主写了两句词：

春花秋月何时了？

吊瓶知多少。

这是谑而不虐，毫无恶意。我对三位老中青主治大夫十分尊敬，他们的话我都认真遵守，绝不怠慢。

大家都知道，301 医院是人民解放军的总医院，院长、政委、副院长统统由将军担任。院的规模极大，机构繁多，人员充实；内外科别，应有尽有。设备之先进、之周全，国内罕有其匹。这样一个庞大的医德、医术、医风三高的医疗机构，在几位将军院长的领导下，在全体医护人员和勤杂人员的真诚无私的配合下，一年一天也不间断地运作着，有条不紊，一丝不苟，令行禁止，雷厉风行，为成千上万的广大的军民群众救死扶伤，从而赢得了广泛的赞誉。在我三次进宫长达一百天的停留中，我真感到，能在这里工作是光荣的，是幸福的。能在这里做一名病人，也是光荣的，也是幸福的。

我已经九十二岁了。全身部件都已老化，这里有点儿酸，那里有点儿痛，可以说是正常的。有时候我漫不经心地流露出一点儿来，然而说者无心，听者有意，这瞒不了全心全意为病人服务的三位主治大夫。有一天，我偶尔谈到，我的牙在口腔内常常咬右边的腮帮子；到了医院以后，并没有专门去治，不知怎样一来，反而好了，不咬了。正如上面所说的，言者无心，听者有意。不知是哪一位大夫听到了“牙”字，认为我的牙有点儿问题，立即安排轮椅，把我送到牙科主任大夫的手术室中。那一位女大夫仔仔细细检查了我的牙齿，并立即进行补治，把没有必要的尖儿磨掉，用的时间相当久。旁边坐着一位魁梧的军人，可能是一位将军，在等候治疗。我占了这么多时间，感到有点儿内疚。又有一次，我谈到便秘和外痔，不到一个小时，就来了一位泌尿科的大夫，给我检查有关的部位。所有这一切都让我既感动又不安。

从此以后，我学得乖了一点儿，我绝不再说身上这里痛那里酸。大夫和病人从而相安无事。偶尔还吊一次瓶子，但这已是比较稀见的事，我再没有“春花秋月何时了”这样的牢骚了。

时间早已越过了12月，向岁末逼近了。我觉得自己的身体已经恢复得差不多了。我常把自己的身体比做一只用过了九十二年的老表，怀表和手表都一样。九十二年不是一个短时期，表的部件都早已老化。现在进了医院，大夫给涂去了油泥，擦上了润滑油，这些老化的部件又能比较顺畅地运作起来。但是，所有这一切都只能治标。治本怎样呢？治本我认为就是返老还童，那是根本做不到的事情。世界上万事万物都不能返老还童。可是根据我的观察，我的三位主治大夫目前的努力方向正是这一件根本做不到的事情。他们想把我身上的大小病痛统统除掉，还我一个十全十美的健全的体格。这情况，我看在眼中，感在心中，使我激动得无话可说。

但是，我想回家。病已经治得差不多了，2002年即将结束。我不愿意尝“一年将尽夜，万里未归人”的滋味。虽然不是“万里”，但究竟不在家中，我愿意在家里过年。况且家中不知已积压了多少工作，等待我去处理。我想出院，心急如焚。张大夫告诉我，我出院必须由我七十年前的老学生、

301 医院的老院长牟善初批准，牟早已离休，不管这些事了，但是，对于我他却非管不行。为此我曾写过两封信，但都没有递交本人。有一天，张大夫告诉我，两天后我可以出院了。心中大喜。但是，过了不久，张大夫又告诉我，牟院长不同意，我只好收回喜悦，潜心静候。实际上，善初的用意同张大夫一样，是希望我多住几天，需要检查的地方都去检查一下，最后以一个健康的人的姿态走出医院。这一切都使我激动而且感动。一直到 2002 年 12 月 31 日下午我才离开了 301，完成了“三进宫”。

我国有 13 亿人口，但是 301 只有一所。能住进普通病房，已属不易。像我这样以一个文职人员竟能住进南楼，权充首长，也许只有我这一份儿。其困难程度可想而知。我可是万万没有想到，想离开这里比进来还要难上加难。原因完全是善意的，已如上述。

写到这里，我的“三进宫”算是唱完了。不管我是多么怀念 301，不管我是怎样感激 301，不管我是多么想念那里的男女老少朋友们，我也不想像前三次进宫那样，再来一次“四进宫”。

2003 年 2 月 6 日写完

笑着走

走者，离开这个世界之谓也。赵朴初老先生，在他生前曾对我说过一些预言式的话。比如，1986年，朴老和我奉命陪班禅大师乘空军专机赴尼泊尔公干。专机机场在大机场的后面。当我同李玉洁女士走进专机候机大厅时，朴老对他的夫人说："这两个人是一股气。"后来又听说，朴老说：别人都是哭着走，独独季羡林是笑着走。这一句话给我留下了很深的印象。我认为，他是十分了解我的。

现在就来分析一下我对这一句话的看法。应该分两个层次来分析：逻辑分析和思想感情分析。

先谈逻辑分析。

江淹的《恨赋》最后两句是："自古皆有死，莫不饮恨而吞声。"第一句话是说，死是不可避免的。对待不可避免的事情，最聪明的办法是，以不可避视之，然后随遇而安，甚至逆来顺受，使不可避免的危害性降至最低点。如果对生死之类的不可避免性进行挑战，则必然遇大灾难。"服食求神仙，多为药所误。"秦皇、汉武、唐宗等等是典型的例子。既然非走不行，哭又有什么意义呢？反不如笑着走更使自己洒脱、满意、愉快。这个道理并不深奥，一说就明白的。我想把江淹的文章改一下：既然自古皆有死，何必饮恨而吞声呢？

范曾先生为季羡林先生作的肖像画。

总之，从逻辑上来分析，达到了上面的认识，我能笑着走，是不成问题的。

但是，人不仅有逻辑，他还有思想感情。逻辑上能想得通的，思想感情未必能接受。而且思想感情的特点是变动不居。一时冲动，往往是靠不住的。因此，想在思想感情上承认自己能笑着走，必须有长期的磨炼。

在这里，我想，我必须讲几句关于赵朴老的话。不是介绍朴老这个人。“天下谁人不识君。”朴老是用不着介绍的。我想讲的是朴老的“特异功能”。很多人都知道，朴老一生吃素，不近女色，他有特异功能，是理所当然的。他是虔诚的佛教徒，一生不妄言。他说我会笑着走，我是深信不疑的。

我虽然已经九十五岁，但自觉现在讨论走的问题，为时尚早。再过十年，庶几近之。

2006 年 3 月 19 日

陆

我的学术总结

1988 年，季羡林先生在书房。

我是怎样研究起梵文来的

我是怎样研究起梵文来的？这确实是一个很有意思的问题。对于这个问题，我过去没有考虑过。我考虑得最多的反而是另一个问题：如果我现在能倒转回去五十年的话，我是否还会走上今天这样一条道路？然而，对于这个问题，我的答复一直是摇摇摆摆，不太明确。这里就先不谈它了。

我现在只谈我是怎样研究起梵文来的。我在大学念的是西方文学，以英文为主，辅之以德文和法文。当时清华大学虽然规定了一些必修课，但是学生还可以自由选几门外系的课。我大概从一开始就是一个杂家，爱好的范围很广。我选了不少外系的课。其中之一就是朱光潜先生的“文艺心理学”。另一门是陈寅恪先生的“佛经翻译文学”。后者以《六祖坛经》为课本。我从来就不相信任何宗教，但是对于佛教却有浓厚的兴趣。因为我知道，中国同印度有千丝万缕的文化关系，很想了解一下，只是一直没有得到机会。陈先生的课开阔了我的眼界，增强了我的兴趣。我曾同几个同学拜谒陈先生，请他开梵文课。他明确答复，他不能开。在当时看起来，我在学习梵文方面就算是绝了望。

但是，天底下的事情偶然性有时是会起作用的。大学毕业后，我在故乡里的高中教了一年国文。一方面因为不结合业务；另一方面我初入社会，对有一些现象看不顺眼，那一只已经捏在手里的饭碗大有摇摇欲坠之

1981年，季羡林先生重访德国哥廷根。

势，我的心情因而非常沉重。正在这走投无路的关键时刻，天无绝人之路，忽然来了一个偶然的机会，我有了到德国去学习的可能。德国对梵文的研究，是颇有一点名气的，历史长，名人多，著作丰富，因此有很大的吸引力。各国的梵文学者很多是德国培养出来的，连印度也不例外。有了这样一个机会，我那藏在心中很多年的夙愿一旦满足，喜悦之情是无法形容的。

到了德国，入哥廷根（Gottingen）大学从瓦尔德施密特（E.Waldschmidt）教授学习梵文和巴利文。他给我出的论文题目是关于印度古代俗语语法变化，从此就打下了我研究佛教混合梵文的基础。苦干了五年，论文通过、口试及格。由于战争，回国有困难，被迫留在那个小城里。瓦尔德施密特教授应召从军。他的前任西克（E. Sieg）教授年届八旬，早已退休。这时就出来担任教学工作。实际上只有我一个学生。西克教授是闻名全世界的研究吐火罗文的权威。费了几十年的精力把这种语言读通了的就是他。这位老人，虽然年届耄耋，但是待人亲切和蔼，对我这个异邦的青年更是寄托着极大的希望。他再三敦促我跟他学习吐火罗文和吠陀。我却不过他的美意，就开始学习。这时从比利时来了一个青年学者，专门跟西克教授学习吐火罗文。到了冬天，大雪蔽天，上完课以后，往往已到黄昏时分。我怕天寒路滑，老人路上出危险，经常亲自陪西克先生回家。我扶着他走过白雪皑皑的长街，到了他家门口，看着他的背影消失在薄暗中，然后才回家。此景此情，到现在已相距四十年，每一忆及，温暖还不禁涌上心头。

当时我的处境并不美妙。在自己的祖国，战火纷飞，几年接不到家信，“烽火连三月，家书抵万金”。没有东西吃，天天饿得晕头转向，头顶上时时有轰炸机飞过，机声震动全城，仿佛在散布着死亡。我看西克先生并不在意，每天仍然坐在窗前苦读不辍，还要到研究所去给我们上课。我真替他捏一把汗。但是他自己却处之泰然。这当然会影响了我。我也在机声嗡嗡、饥肠辘辘中终日伏案，置生死于度外，焚膏油以继晷，同那些别人认为极端枯燥的死文字拼命。时光一转眼就过去了几个年头。

如果有人要问，我这股干劲是从哪里来的？这确实是一个比较复杂的问题，三言两语是说不清楚的。简单地列出几个条条，也难免有八股之嫌。我觉得，基础是对这门学科的重要性的认识。但是，个人的兴趣与爱好也绝不可缺少。我在大学时就已经逐渐认识到，研究中国思想史、佛教史、艺术史、文学史等等，如果不懂印度这些方面的历史，是很难取得成绩的。中印两国人民有着长期的文化交流、友好往来的历史传统。这个传统需要我们继承与发展。至于个人的兴趣与爱好是与这个认识有联系的，但又不是完全决定于认识。一个人如果真正爱上了一门学科，那么，日日夜夜的艰苦劳动，甚至对身体的某一些折磨，都会欣然忍受，不以为意。

此外，我还想通过对这方面的研究把中国古代在这方面的光荣传统发扬光大。人们大都认为梵文的研究在中国是一门新学问。拿近代的情况来看，这种看法确实是正确的。宋朝以后，我们同印度的来往逐渐减少。以前作为文化交流中心的佛教，从十一二世纪开始，在印度慢慢衰微，甚至消亡。西方殖民主义东来以后，两国的往还更是受到阻拦。往日如火如荼的文化交流早已烟消火灭。两国人民都处在水深火热中，什么梵文研究，当然是

季羡林先生访问印度。

1979 年，季羡林先生访问印度，在欢迎会上留影。

1979 年，季羡林先生与印度友人合影。

谈不上了。

但是，在宋代以前，特别是在唐代，情况却完全是另一个样子。在当时，我们研究梵文的人数是比较多、水平是比较高的。印度以外的国家能够同我们并驾齐驱的还不多。可惜时过境迁，沧海桑田，不但印度朋友对于这一点不清楚，连我们自己也不甚了了了。

解放以后，我曾多次访问印度。印度人民对于中国人民的热情，深深地打动了我的心。很多印度学者也积极地探讨中印两国文化交流的历史，从而从历史上来论证两国人民友好的必要性和必然性。但是，就连这一些学者也不了解中国过去对梵文研究有过光荣的传统。因此，我们还有说明解释的必要。前年春天，我又一次访问印度，德里大学开会欢迎我，我在致词中谈到中印文化交流的历史要比我们现在一般人认为的要早得多。到了海得拉巴，奥思曼大学又开会欢迎我。看来这是一个全校规模的大会，副校长（实际上就是校长）主持并致欢迎词。他在致词中要我讲一讲中国的教育与生产劳动相结合的问题。我乍听之下大吃一惊：这样一个大题目我没有准备怎么敢乱讲呢？我临时灵机一动，改换了一个题目，就是中国研究梵文的历史。我讲到，在古代，除了印度以外，研究梵文历史最长、成绩最大的是中国。这一点中外人士注意的不多。我举出了很多的例子。在《大慈恩寺三藏法师传》里有一段讲梵文语法（声明）的记载。唐智广的《悉昙字记》是讲梵文字母的。唐义净的《梵语千字文》是很有趣的一部书，它用中国的老办法来讲梵文，它只列举了大约千把个单词：天、地、日、月、阴、阳、圆、距、昼、夜、明、暗、雷、电、风、雨等等，让学梵文的学生背诵。义净在序言中说："不同旧《千字文》。若兼《悉昙章》读梵本，一两年间，即堪翻译矣。"我们知道，梵文是同汉文完全不同的语言，语法变化异常复杂，只学习一些单词儿，就能胜任翻译吗？但是，义净那种乐观的精神，我是非常欣赏的。此外还有唐全真的《唐梵文字》和唐礼言集的《梵语杂名》，这是两部类似字典的书籍。

《唐梵文字》同《梵语千字文》差不多。《梵语杂名》是按照分类先列汉文，后列梵文，不像现在的字典一样按照字母顺序这样查阅方便。但是，用外国文写成的梵文字典这部书恐怕要归入最早的之列了。

至于唐代学习梵文的情况，我们知道的并不多。《续高僧传》卷四《玄奘传》说："（玄奘）顿迹京辇，广就诸蕃，遍学书语，行坐寻授，数日便通。"可见玄奘是跟外国人学习印度语言的。大概到了玄奘逝世后几十年的义净时代，学习条件才好了起来。我们上面已经讲到，义净等人编了一些学习梵语的书籍，这对学习梵语的和尚会有很大的帮助。对于这些情况，义净在他所著的《大唐西域求法高僧传》中有所叙述。《玄照传》说："以贞观年中乃于大兴善寺玄证师处，初学梵语。"《师鞭传》说："善禁咒，闲梵语。"《大乘灯传》说："颇闲梵语。"《道琳传》说："到东印度耽摩立底国，住经三年，学梵语。"《灵运传》说："极闲梵语。"《大津传》说："泛舶月余，达尸利佛逝洲。停斯多载，解昆仑语，颇习梵书。"贞固等四人"既而附舶，俱至佛逝，学经三载，梵汉渐通"。义净讲到的这几个和尚，有的是在中国学习梵语，有的是在印度尼西亚学习。总之，他们到印度之前，对梵语已经有所了解了。

上面简略地叙述了中国唐代研究梵文的情况，说明梵文研究在中国源远流长，并不是什么新学问，我们今天的任务是继承和发扬；其中当然也还包含着创新，这是不言而喻的。

我们今天要继承和发扬的，不仅仅在语言研究方面。在其他方面，也有大量的工作可做。我们都知道，翻译成中国各族语文的印度著作，主要是佛教经典，车载斗量，汗牛充栋。这里面包括汉文、藏文、蒙文、满文，以及古代的回鹘文、和阗文、焉耆文、龟兹文等等。即使是佛典，其中也不仅仅限于佛教教义，有不少的书是在佛典名义下的自然科学，比如天文学和医学等等。印度人民非常重视这些汉译的佛典，认为这都是自己的极可宝贵的文化遗产。可惜在他们本国早已绝迹，只存在于中国的翻译中。

他们在几十年以前就计划从中文再翻译回去，译成梵文。我在解放初访问印度的时候，曾看到过他们努力的成果。前年到印度，知道这工作还在进行。可见印度人民对待这一件工作态度是严肃认真的，精神是令人钦佩的。我们诚挚地希望他们会进一步作出更大的成绩。我们中国人民对于这一个文化宝库也应当作出相应的努力，认真进行探讨与研究。今天世界上许多国家，比如欧美的学术比较发达的国家和东方的日本，在这方面研究工作上无不成绩斐然。相形之下，我们由于种种原因显然有点落后了。如不急起直追，则差距将愈来愈大，到了“礼失而求诸野”的时候，就将追悔莫及了。

此外，在中国浩如烟海的史籍中，有大量的有关中国与南亚、东南亚、西亚、非洲各国贸易往还、文化交流的资料。这是世界上任何国家都比不上的，是人类的瑰宝。其中关于印度的资料更是特别丰富、特别珍贵。这些资料也有待于我们的搜罗、整理、分析与研究。有一个非常可喜的现象，这就是，最近一些年以来，印度学者愈来愈重视这一方面的研究，写出了一些水平较高的论文，翻译了不少中国的资料。有人提出来，要写一部完整的中印文化关系史。他们愿意同中国学者协作，为了促进中印两国人民的传统友谊，加强两国人民的互相了解而共同努力。我觉得，我们在这方面也应当当仁不让，把这一方面的研究工作开展起来。

至于怎样进行梵文和与梵文有关的问题的研究，我的体会和经验都是些老生常谈，卑之无甚高论。我觉得，首先还是要认识这种研究工作的重要意义。在这个前提下，持之以恒，锲而不舍，不怕任何困难，终会有所成就。一部科学发展史充分证明了一个事实：只有努力苦干、争分夺秒、不怕艰苦攀登的人，才能登上科学的高峰。努力胜于天才，刻苦超过灵感，这就是颠扑不破的真理。如果脑袋里总忘不掉什么八小时工作制，朝三暮四，松松垮垮，那就什么事情也做不成。我们古人说：“一寸光阴一寸金，寸金难买寸光阴。”谁要是不懂珍惜时间，那就等于慢性自杀。当然，我们也不能忘记：“一张一弛，文武之道也。”会工作，还要会休息，处理好工作与

1982 年 9 月，季羡林先生参加全国印度文学研究会成立大会时与到会者合影。

休息的辩证关系，紧张而又有节奏地生活下去，工作下去。

在这里，我还想讲一点个人的经历。我在国外研究的主要是印度古代的俗语和佛教混合梵文。最后几年也搞了点吐火罗文。应该说，我对这些学科发生了浓厚的兴趣。但是，回国以后，连最起码的书刊资料都没有。古人说:“巧妇难为无米之炊。”何况我连一个“巧妇”也够不上！俗话说:“有多大碗，吃多少饭。”我只有根据碗的大小来吃饭了。换句话说，我必须改行，至少是部分地改行。我于是就东抓西挠，看看有什么材料，就进行什么研究。几十年来，成了一个名副其实的杂家。有时候，也发点思旧之幽情，技痒难忍，搞一点从前搞过的东西。但是，一旦遇到资料问题，明知道国外出版了一些新书，却是可望而不可即。只好长叹一声，把手中的工作放下。其中酸甜苦辣的滋味，诚不足为外人道也。

这样就可以回到我在本文开始时提到的那一个问题：如果我现在能

倒转回去五十年的话，我是否还会走上今天这样一条道路？我为什么会提出这样一个看起来似乎非常奇怪的问题，现在大概大家都明白了。这个问题本身就包含着一点惋惜、一点追悔、一点犹疑、一点动摇，还有一点牢骚。我之所以一直有这样一个问题，一直又无法肯定地予以答复，就因为我执着于旧业，又无法满足愿望。明知望梅难以止渴，但有梅可望比无梅不是更好一些吗？现在情况已经有了改变：祖国天空里的万里尘埃已经廓清，“四化”的金光大道已经辉煌灿烂地摆在我们眼前。我们西北一带——新疆和甘肃等地区出土古代语文残卷的佳讯时有所闻。形势真有点逼人啊！这些古代语文或多或少都与梵文有点关系。不加强梵文的研究，我们就会像患了胃病的人，看到满桌佳肴，却无法下箸。加强梵文和西北古代语文的研究已刻不容缓。这正是我们努力加鞭的大好时光。困难当然还会有的，而且可能还很大。但是克服困难的可能性已经存在。倘若我现在再对自己提出上面说的那一个问题，那么我的答复是非常明确、绝不含糊的：如果我现在能够倒转回去五十年的话，我仍然要走这样一条道路。

1980年2月26日写毕

研究学问的三个境界

王国维在他著的《人间词话》里说了一段话：

古今之成大事业大学问者，必经过三种之境界："昨夜西风凋碧树，独上高楼，望尽天涯路。"此第一境也。"衣带渐宽终不悔，为伊消得人憔悴。"此第二境也。"众里寻他千百度，蓦然回首，那人却在灯火阑珊处。"此第三境也。

尽管王国维同我们在思想上有天渊之别，他之所谓"大学问""大事业"，也跟我们了解的不完全一样。但是这一段话的基本精神，我们是可以同意的。

现在我就根据自己一些经验和体会来解释一下王国维的这一段话。

"昨夜西风凋碧树，独上高楼，望尽天涯路。"意思是：在秋天里，夜里吹起了西风，碧绿的树木都凋谢了。树叶子一落，一切都显得特别空阔。一个人登上高楼，看到一条漫长的路，一直引到天边，不知道究竟有多么长。王国维引用这几句词，形象地说明了一个人立志做一件事情时的情景。志虽然已经立定，但是前路漫漫，还看不到什么具体的东西。

说明第二个境界的那几句词引自欧阳修的《蝶恋花》。王国维只是借用那两句话来说明：在工作进行中，一定要努力奋斗，刻苦钻研，日夜不停，坚持不懈，以致身体瘦削，连衣裳的带子都显得松了。但是，他（她）并不后悔，仍然是勇往直前，不顾自己的憔悴。

在三个境界中，这可以说是关键。根据我自己的体会，立志做一件事情以后，必须有这样的精神，才能成功。无论是在对自然的斗争中，还是在阶级斗争中，要想找出规律，来进一步推动工作，都是十分艰巨的事情。就拿我们从事教育和科学研究工作的人来说吧，搞自然科学的，既要进行细致深入的实验，又要积累资料。搞社会科学的，必须积累极其丰富的资料，并加以细致的分析和研究。在工作中，会遇到层出不穷的意想不到的困难，我们一定要坚忍不拔，百折不回，绝不容许有任何侥幸求成的想法，也不容许徘徊犹豫。只有这样，才能得到最后的成功。

工作是艰苦的，工作的动力是什么呢？对王国维来说，工作的动力也许只是个人的名山事业。但是，对我们来说，动力应该是建设社会主义社会和共产主义社会。所以，我们今天的工作动力同王国维时代比起来，真有天渊之别了。

所谓不顾身体的瘦削，只是形象的说法，我们绝不能照办。在王国维时代，这样说是可以的。但是到了今天，我们既要刻苦钻研，同时又要锻炼身体。一马万马的关系必须正确处理。

此外，我们既要自己钻研，同时也要兢兢业业地向老师学习。打一个不太确切的比喻，老师和学生一教一学，就好像是接力赛跑，一棒传一棒，跑下去，最后达到目的地。我们之所以要尊师，就是因为老师在一定意义上是跑前一棒的人。一方面，我们要从他手里接棒；另一方面，我们一定会比他跑得远，这就是所谓“青出于蓝，而胜于蓝”。

说明第三个境界的词引自辛弃疾的《青玉案》（元夕）。意思是：到处找他（她），也不知道找了几百遍几千遍，只是找不到。猛一回头，那人原来就在灯火不太亮的地方。中国旧小说常见的“踏破铁鞋无觅处，得来全不费工夫”，表达的也是这个意思。王国维引用这几句词，来说明获得成功的情形。一个人既然立下大志做一件事情，于是就苦干、实干、巧干。但是什么时候才能成功呢？对于这个问题大可以不必过分考虑。只要努力干下去，而方法又对头，干得火候够了，成功自然就会到你身边来。

这三个境界，一般地说起来，是与实际情况相符的。就王国维所处的时代来说，他在科学研究方面所获得的成绩是极其辉煌的。他这一番话，完全出自亲自的体会和经验，因此才这样具体而生动。

到了今天，社会大大地进步了，我们的学习条件大大地改善了，我们的学习动力也完全不一样了；我们都应该立下雄心大志，一定要艰苦奋斗，攀登科学的高峰。

1959 年 7 月

我和外国文学

要想谈我和外国文学，简直像“一部十七史”，不知从何处谈起。

我从小学时期起开始学习英文，年龄大概只有十岁吧。当时我还不大懂什么是文学，只朦朦胧胧地觉得外国文很好玩而已。记得当时学英文是课余的，时间是在晚上。现在留在我的记忆里的只是在夜课后，在黑暗中，走过一片种满了芍药花的花畦，紫色的芍药花同绿色的叶子化成了一个颜色，清香似乎扑入鼻官。从那以后，在几十年的漫长的岁月中，学习英文总同美丽的芍药花联在一起，成为美丽的回忆。

到了初中，英文继续学习。学校环境异常优美，紧靠大明湖，一条清溪流经校舍。到了夏天，杨柳参天，蝉声满园。后面又是百亩苇绿，十里荷香，简直是人间仙境。我们的英文教员水平很高，我们写的作文，他很少改动，而是一笔勾销，自己重写一遍。用力之勤，可以想见。从那以后，我学习英文又同美丽的校园和一位古怪的老师联在一起，也算是美丽的回忆吧。

到了高中，自己已经十五六岁了，仍然继续学英文，又开始学了点德文。到了此时，才开始对外国文学产生兴趣。但是这个启发不是来自英文教员，而是来自国文教员。高中前两年，我上的是山东大学附设高中。国文教员王崑玉先生是桐城派古文作家，自己有文集。后来到山东大学做了讲师。我们学生写作文，当然都用文言文，而且尽量模仿桐城派的调子。

季羡林先生与日本梵文学者三友量顺博士在一起。

1987 年，季羡林先生与日本佛教泰斗、著名梵文学者中村元博士在北京大学合影。

不知怎么一来，我的作文竟受到他的垂青。什么“亦简劲，亦畅达”之类的评语常常见到，这对于我是极大的鼓励。高中最后一年，我上的是山东济南省立高中。经过了五卅惨案，学校地址变了，空气也变了，国文老师换成了董秋芳（冬芬）、夏莱蒂、胡也频等等，都是有名的作家。胡也频先生只教了几个月，就被国民党通缉，逃到上海，不久就壮烈牺牲。以后是董秋芳先生教我们。他是北大英文系毕业，曾翻译过一本短篇小说集《争自由的波浪》，鲁迅写了序言。他同鲁迅通过信，通信全文都收在《鲁迅全集》中。他虽然教国文，却是外国文学出身，在教学中自然会讲到外国文学的。我此时写作文都改用白话，不知怎么一来，我的作文又受到董老师的垂青。他对我大加赞誉，在一次作文的评语中，他写道，我同另一个同级王峻岭（后来入北大数学系）是全班、全校之冠。这对一个十七八岁的青年来说，更是极大的鼓励。从那以后，虽然我思想还有过波动，也只能算是小插曲。我学习文学，其中当然也有外国文学的决心，就算是确定下来了。

在这时期，我曾从日本东京丸善书店订购过几本外国文学的书。其中一本是英国作者吉卜林的短篇小说。我曾着手翻译过其中的一篇，似乎没有译完。当时一本洋书值几块大洋，够我一个月的饭钱。我节衣缩食，存下几块钱，写信到日本去订书，书到了，又要跋涉十几里路到商埠去“代金引换”。看到新书，有如贾宝玉得到通灵宝玉，心中的愉快，无法形容。总之，我的兴趣已经确定，这也就确定了我以后学习和研究的方向。

考上清华以后，在选择科系的时候，不知是由于什么原因，我曾经一阵心血来潮，想改学数学或者经济。要知道我高中读的是文科，几乎没有学过数学。入学考试数学分数不到十分。这样的成绩想学数学岂非滑天下之大稽！愿望当然落空。一度冲动之后，我的心情立即平静下来：还是老老实实，安分守己，学外国文学吧。

清华大学西洋文学系，实际上是以英国文学为主，教授，不管是哪一国人，都用英语讲授。但是又有一个古怪的规定：学习英、德、法三种语言中任何一种，从一年级学到四年级，就叫什么语的专门化。德文和法文从字母学起，而大一的英文一上来就念珍妮·奥斯丁的《傲慢与偏见》，可见英文的专门化同法文和德文的专门化，完全是不可同日而语的。四年的课程有文艺复兴文学、中世纪文学、现代长篇小说、莎士比亚、欧洲文学史、中西诗之比较、英国浪漫诗人、中古英文、文学批评等等。教大一英文的是叶公超，后来当了国民党的外交部长。教大二的是毕莲（Miss Bille），教现代长篇小说的是吴可读（英国人），教中西诗之比较的是吴宓，教中世纪文学的是吴可读，教文艺复兴文学的是温特（Winter），教欧洲文学史的是翟孟生（Jameson），教法文的是 Holland 小姐，教德文的是杨丙辰、艾克（Ecke）、石坦安（Von den Steinen）。这些外国教授的水平都不怎么样，看来都不是正途出身，有点儿野狐谈禅的味道。费了四年的时间，收获甚微。我还选了一些其他的课，像朱光潜的文艺心理学、陈寅恪的佛经翻译文学、朱自清的陶渊明诗等等，也曾旁听过郑振铎和谢冰心的课。这些课程水平都高，至今让我忆念难忘的还是这一些课程，而不是上面提到的那一些“正课”。

从上面的选课中可以看出，我在清华大学四年，兴趣是相当广的，语言、文学、历史、宗教几乎都涉及了。我是德文专门化的学生，从大一德文，一直念到大四德文，最后写论文还是用英文，题目是“The Early Poems of Hölderlin”，指导教师是艾克。内容已经记不清楚，大概水平是不高的。在这期间，除了写作散文以外，我还翻译了德莱塞的《旧世纪还在新的时候》，屠格涅夫的《玫瑰是多么美丽，多么新鲜呵……》，史密斯（Smith）的《蔷薇》，杰克逊（H. Jackson）的《代替一篇春歌》，马奎斯（D. Marquis）的《守财奴自传序》，索洛古勃（Sologub）的一些作品，荷尔德林的一些诗，其中《玫瑰是多么美丽，多么新鲜呵……》《代替一篇春歌》《蔷薇》等几篇发表了，其余的大概都没有刊出，连稿子现在都没有了。

此时我的兴趣集中在西方的所谓“纯诗”上。但是也有分歧。纯诗主张废弃韵律，我则主张诗歌必须有韵律，否则叫任何什么名称都行，只是不必叫诗。泰戈尔是主张废除韵律的，他的道理并没有能说服我。我最喜欢的诗人是法国的魏尔兰、马拉梅和比利时的维尔哈伦等。魏尔兰主张：首先是音乐，其次是明朗与朦胧相结合。这符合我的口味。但是我反对现在的所谓“朦胧诗”。我总怀疑这是“英雄欺人”，以艰深文浅陋。文学艺术都必须要人了解，如果只有作者一个人了解（其实他自己也不见得就了解），那何必要文学艺术呢？此外，我还喜欢英国的所谓“形而上学诗”。在中国，我喜欢的是六朝骈文，唐代的李义山、李贺，宋代的姜白石、吴文英，都是唯美的，讲求词藻华丽的。这个嗜好至今仍在。

在这四年期间，我同吴雨僧（宓）先生接触比较多。他主编天津《大公报》的一个副刊，我有时候写点书评之类的文章给他发表。我曾到燕京大学夜访郑振铎先生，同叶公超先生也有接触，他教我们英文，喜欢英国散文，正投我所好。我写散文，也翻译散文。曾有一篇《年》发表在与叶有关的《学文》上，受到他的鼓励，也碰过他的钉子。我常常同几个同班访问雨僧

1989 年，季羡林先生在书房指导日本博士辛岛静志。

先生的藤影荷声之馆。有名的水木清华之匾就挂在工字厅后面。我也曾在月夜绕过工字厅走到学校西部的荷塘小径上散步，亲自领略朱自清先生《荷塘月色》描绘的那种如梦如幻的仙境。

我在清华时就已开始对梵文产生兴趣。旁听陈寅恪先生的佛经翻译文学更加深了我的兴趣。但由于当时没有人教梵文，所以空有这个愿望而不能实现。1935 年深秋，我到了德国哥廷根，才开始从瓦尔德施密特（Waldschmidt）教授学习梵文和巴利文。后又从西克（E. Sieg）教授学习吠陀和吐火罗文。梵文文学作品只在授课时作为语言教材来学习。第二次世界大战爆发，瓦尔德施密特被征从军，西克以耄耋之年出来代他授课。这位年老的老师亲切和蔼，恨不能把自己的一切学问和盘托出来，交给我这个异域的青年。他先后教了我吠陀、《大疏》、吐火罗语。在文学方面，他教了我比较困难的檀丁的《十王子传》。这一部用艺术诗写成的小说实在非常古怪。开头一个复合词长达三行，把一个需要一章来描写的场面细致地描绘出来了。我回国以后之所以翻译《十王子传》，基因就是这样形成的。当时我主要是研究混合梵文，没有余暇来搞梵文文学，好像也是没有兴趣。在德国十年，没有翻译过一篇梵文文学著作，也没有写过一篇论梵文文学

1986 年 6 月，季羡林先生在日本早稻田大学演讲。

的文章。现在回想起来，也似乎从来没有想到要研究梵文文学。我的兴趣完完全全转移到语言方面，转移到吐火罗文方面去了。

1946 年回国，我到北大来工作。我兴趣最大、用力最勤的佛教梵文和吐火罗文的研究，由于缺少起码的资料，已无法进行。我当时有一句口号，叫作 :“有多大碗，吃多少饭。”意思是说，国内有什么资料，我就做什么研究工作。“巧妇难为无米之炊。”不管我多么不甘心，也只能这样了。我就是在这种情况下来翻译文学作品的。解放初期，我翻译了德国女小说家安娜 • 西格斯的短篇小说。西格斯的小说，我非常喜欢。她以女性特有的异常细致的笔触，描绘反法西斯的斗争，实在是优秀的短篇小说家。以后我又翻译了迦梨陀娑的《沙恭达罗》和《优哩婆湿》，翻译了《五卷书》和一些零零碎碎的《佛本生故事》等。直至此时，我还并没有立志专门研究外国文学。我用力最勤的还是中印文化关系史和印度佛教史。我努力看书，积累资料。50 年代，我曾想写一部《唐代中印关系史》，提纲都已写成，可惜因循未果。“十年浩劫”中，资料被抄，丢了一些，还留下了一些，我已兴趣索然了。在浩劫之后，我自忖已被打倒在地，命运是永世不得翻身。但我又不甘心无所事事，白白浪费人民的小米，想找一件能占住自己的身心而又能旷日持久的翻译工作，从来也没想到出版问题。我选择的结果就是印度大史诗《罗摩衍那》。大概从1973年开始，在看门房、守电话之余，着手翻译。我一定要译文押韵。但有时候找一个适当的韵脚又异常困难，我就坐在门房里，看着外面来来往往的人，大半都不认识，只见眼前人影历乱，我脑筋里却想的是韵脚。下班时要走四十分钟才能到家，路上我仍搜索枯肠，寻求韵脚，以此自乐，实不足为外人道也。

上面我谈了六十年来我和外国文学打交道的经过。原来不知从何处谈起，可是一谈，竟然也谈出了不少的东西。记得什么人说过，只要塞给你一支笔，几张纸，出上一个题目，你必然能写出东西来。我现在竟成了佐证。可是要说写得好，那可就不见得了。

究竟怎样评价我这六十年中对外国文学的兴趣和所表现出来的成绩呢？我现在谈一谈别人的评价。1980年，我访问联邦德国，同分别了将近四十年的老师瓦尔德施密特教授会面，心中的喜悦之情可以想见。那时期，我翻译的《罗摩衍那》才出了一本。我就带了去送给老师。我万没有想到，他板起脸来，很严肃地说："我们是搞佛教研究的，你怎么弄起这个来了！"我了解老师的心情，他是希望我在佛教研究方面能多做出些成绩。但是他哪里能了解我的处境呢？我一无情报，二无资料，我是不得已而为之的。只是到了最近五六年，我两次访问联邦德国，两次访问日本，同外国的渠道逐渐打通，同外国同行通信、互赠著作，才有了一些条件，从事我那有关原始佛教语言的研究，然而人已垂垂老矣。

前几天，我刚从日本回来。在东京时，以东京大学名誉教授中村元博士为首的一些日本学者为我布置了一次演讲会。我讲的题目是《和平和文化》。在致开幕词时，中村元把我送给他的八大本汉译《罗摩衍那》提到会上，向大家展示。他大肆吹嘘了一通，说什么世界名著《罗摩衍那》外文译本完整的，在过去一百多年内只有英文，汉文译本是第二个全译本，有重要意义。日本、美国、苏联等国都有人在翻译，汉译本对日本译本会有极大的鼓励作用和参考作用。

中村元教授同瓦尔德施密特教授的评价完全相反。但是我绝不由于瓦尔德施密特的评价而沮丧，也绝不由于中村元的评价而发昏。我认识到翻译这本书的价值，也认识到自己工作的不足。由于别的研究工作过多，今后这样大规模的翻译工作大概不会再干了。难道我和外国文学的缘分就从此终结了吗？绝不是的。我目前考虑的有两件工作：一是翻译一点儿《梨俱吠陀》的抒情诗，这方面的介绍还很不够；二是读一点古代印度文艺理论的书。我深知外国文学在我们国家精神文明建设中的重要性，也深知我们研究的深度和广度都有待于大大地提高。不管我其他工作多么多，我的兴趣多么杂，我绝不会离开外国文学这一块阵地的，永远也不会离开。

1986 年 5 月 31 日

我和外国语言

我学外国语言是从英文开始的。当时只有十岁，是高小一年级的学生。现在回忆起来，英文大概还不是正式课程，是在夜校中学习的。时间好像并不长，只记得晚上下课后，走过一片芍药栏，当然是在春天里，其他情节都记不清楚了。

当时最使我苦恼的是所谓“动词”，to be 和 to have 一点也没有动的意思呀，为什么竟然叫作动词呢？我问过老师，老师说不清楚，问其他的人，当然更没有人说得清楚了。一直到很晚很晚，我才知道，把英文 verb（拉丁文 verbum）译为“动词”是不够确切的，容易给初学西方语言的小学生造成误会。

我万万没有想到，学了一点英语，小学毕业后报考中学时竟然派上了用场。考试的其他课程和情况，现在完全记不清楚了。英文出的是汉译英，只有三句话：“我新得到了一本书，已经读了几页，但是有几个字我不认识。”我大概是译出来了，只是“已经”这个字我还没有学过，当时颇伤脑筋，耿耿于怀若干时日。我报考小学时，曾经因为认识一个“骡”字，被破格编入高小一年级。比我年纪大的一个亲戚，因为不认识这个字，被编入初小三年级。一个字给我争取了一年。现在又因为译出了这几句话，被编入春季始业的一个班，占了半年的便宜。如果我也不认识那个“骡”字，或者我在小学没有学英文，则我从那以后的学历都将推迟一年半，不知道会产生什么样的后果。人生中偶然出现的小事往往起很大的作用，难道不是非常清楚吗？不相信这一点是不行的。

在中学时，英文列入正式课程。在我两年半的初中阶段，英文课是怎样进行的，我已经忘记了。我只记得课本是《泰西五十轶事》《天方夜谭》《莎氏乐府本事》（*Tales form Shakespeare*），Washington Irving 的《拊掌录》（*Sketch Book*），好像还念过 Macaulay 的文章。老师的姓名都记不清楚了。只记得，初中毕业后，因为是春季始业，又在原中学念了半年高中。在这半年中，英文教员是郑又桥先生。他给我留下了深刻难忘的印象。听口音，他是南方人。英文水平很高，发音很好，教学也很努力。只是他有吸鸦片的习惯，早晨起得很晚，往往上课铃声响了以后，还不见先生来临。班长不得不到他的住处去催请。他有一个很特别的习惯，学生的英文作文，他不按原文来修改，而是在开头处画一个前括弧，在结尾处画一个后括弧，说明整篇文章作废，他自己重新写一篇文章。这样，学生得不到多少东西，而他自己则非常辛苦，改一本卷子，恐怕要费很多时间。别人觉得很怪，他却乐此不疲。对这样一位老师是不大容易忘掉的。过了二十年以后，当我经过了高中、大学、教书、留学等等阶段，从欧洲回到济南时，我访问了我的母校，几乎所有以前的老师都已离开了人世，只有郑又桥先生一个人孤零零地住在临大明湖的高楼上。我见到他，我们俩都非常激动，这实在是我万万没有想到的事。他住的地方，南望千佛山影，北望大明湖十里碧波，风景绝佳。可是这一位孤独的老人似乎并不能欣赏这绝妙的景色。从那以后，我再没有见到他，想他早已经不在人世了。

我们那一些十几岁的中学生也并不老实。来一个新教员，我们往往要试他一试，看他的本领如何。这大概也算是一种少年心理吧。我们当然想不出什么高招来“测试”教员。有一年换了一位英文教员，我们都觉得他

1985年7月，季羡林先生出席中国语言学会第三届年会，与王力、朱德熙、侯宝林等人合影。

不怎么样。于是在字典里找了一个短语 by the by。其实这也不是多么稀见的短语，可我们当时从来没有读到过，觉得很深奥，就拿去问老师。老师没有回答出来，脸上颇有愧色。我们一走，他大概是查了字典，下一次见到我们，说："你们大概是从字典上查来的吧？"我们笑而不答。幸亏这一位老师颇为宽宏大量，以后他并没有对我们打击报复。

在这时候，我除了在学校里念英文外，还在每天晚上到尚实英文学社去学习。校长叫冯鹏展，是广东人，说一口带广东腔的蓝青官话。他住的房子非常大，前面一进院子是学社占用。后面的大院子是他全家所居。前院有四五间教室，按年级分班。教我的老师除了冯老师以外，还有钮威如老师、陈鹤巢老师。钮老师满脸胡须，身体肥胖，用英文教我们历史。陈老师则是翩翩佳公子，衣饰华美。看来这几个老师英文水平都不差，教学也都努力。每到秋天，我能听到从后院传来的蟋蟀的鸣声。原来冯老师最喜欢养蟋蟀，山东人名之曰蛐蛐儿，嗜之若命，每每不惜重金，购买佳种。我自己当时也养蛐蛐，常常随同院里的大孩子到荒山野外蔓草丛中去捉蛐蛐，捉到了一只好的，则大喜若狂。我当然没有钱来买好的，只不过随便玩玩而已。冯老师却肯花大钱，据说斗蛐蛐有时也下很大的赌注，不是随便玩玩的。

在这里用的英文教科书已经不能全部回忆出来。只有一本我忆念难忘，这就是 Nesfield 的文法，我们称之为《纳氏文法》，当时我觉得非常艰深，因而对它非常崇拜。到了后来，我才知道，这是英国人专门写了供殖民地人民学习英文之用的。不管怎样，这一本书给我提供了很多有用的资料。像这样内容丰富的语法，我以后还没有见过。

尚实英文学社，我上了多久，已经记不起来，大概总有几年之久。学习的成绩我也说不出来，大概还是非常有用的。到了我到北园白鹤庄去上山东大学附设高中的时候，我在班上英文程度已经名列榜首。当时教英文的教员共有三位，一位姓刘，名字忘了，只记得他的绰号，一个非常不雅的绰号。另一位姓尤名桐。第三位姓和名都忘了，这一位很不受学生欢迎。我们闹了一次小小的学潮：考试都交白卷，把他赶走了。我当时是班长，颇伤了一些脑筋。刘、尤两位老师却都受到了学生的尊敬，师生关系一直是非常好的。

在北园高中，开始学了点德文。老师姓孙，名字忘记了。他长得宽额方脸，嘴上留着两撇像德皇威廉第二世的胡须，除了鼻子不够高以外，简直像是一个德国人。我们用的课本是山东济宁天主教堂编的书，实在很不像样子，他就用这个本子教我们。他是胶东口音，估计他在德国占领青岛时在一个德国什么洋行里干过活，学会了德文。但是他的德文实在不高明，特别是发音更为蹩脚。他把 gut 这个词念成“古吃”。有一次上堂时他满面怒容，说有人笑话他的发音。我心里想，那个人并没有错，然而孙老师却愤愤然，意形于色。他德文虽不高明却颇为风雅，他自己出钱印过一册十七字诗，比如有一首是嘲笑一只眼的人：

发配到云阳，
见舅如见娘，
两人齐下泪，
三行！

诸如此类，是中国民间文学的一种形式，严格地说就是民间蹩脚文人的创作，足证我们孙老师的欣赏水平并不怎样高。总之，我们似乎只念了一学期德文，我的德文只学会了几个单词儿，并没有学好，也不可能学好。

到了 1928 年，日寇占领了济南，我失学一年。从 1929 年夏天起，我入了山东省立济南高中，据说是当时山东全省唯一的一所高中。此时名义上是国民党统治，但是实权却多次变换，有时候，仍然掌握在地方军阀手中。比起山东大学附设高中来，多少有了一些新气象。《书经》《诗经》不再念了，作文都用白话文，从前是写古文的。我在这里念了一年书，国文教员个个都给我的印象很深，因为都是当时文坛上的名人。但英文教员却都记不清楚了。高中最后一年用的什么教本我也记不起来了。可能是《格列佛游记》之类。我还能清晰地回忆起来的是几次英文作文。我记得有一次作文题目是讲我们学校。我在作文中描绘了学校的大门外斜坡，大门内向上走的通道，以及后面图书馆所在的楼房。自己颇为得意，也得到了老师的高度赞扬。我们的英文课一直用汉语进行，我们既不大能说，也不大能听。这是当时山东中学里一个普遍的缺点，同京、沪、津一些名牌中学比较起来，我们显然处于劣势。这大大地影响了考入名牌大学的命中率。

此时已经到了 1930 年的夏天，我从高中毕业了。我断断续续学习英语已经十年了，还学了一点德文。要问有什么经验没有呢？应该有一点，但并不多。曾有一度，我想把整部英文字典背过。以为这样一来，就再没有不认识的字了。我确实也下过功夫去背，但持续了一段时间之后，我就觉得有好多字实在太冷僻没有用处，于是采用另外一种办法：凡是在字典上查过的字都用红铅笔在字下画一横线，表示这个字查过了。但是过了不久，又查到这个字。说明自己忘记了。这个办法有一点用处，它可以给我敲一下警钟：查过的字怎么又查呢？可是有的字一连查过几遍还是记不住，说明警钟也不大理想。现在的中学生要比我们当时聪明得多，他们恐怕不会

1999年，季羡林先生在北京大学外国语学院成立大会上发言。

来背字典了。阿门！加上阿弥陀佛！

不管怎么样，高中毕业了。下一步是到北京投考大学。山东有一所山东大学，但是本省的学生都是这山望着那山高，不大愿意报考本省的大学，一定要“进京赶考”。我们这一届高中有八十多个毕业生，几乎都到了北京。当年报考名牌大学，其困难程度要远远超过今天。拿北大、清华来说，录取的学生恐怕不到报名的十分之一。据说有一个山东老乡报考北大、清华，考过四次，都名落孙山。我们考的那一年是第五次了，名次并不比孙山高。看榜后，神经顿时错乱，走到西山，昏迷漫游了四五天，才清醒过来，回到城里，从此回乡，再也不考大学了。

入学考试，英文是必须考的。以讲英语出名的清华，英文题出的并不难，只有一篇作文，题目忘记了。另外有一篇改错之类的东西。不以讲英语著名的北大出的题目却非常难，作文之外有一篇汉译英，题目是李后主的词：

别后春半，触目愁肠断，砌下落梅如雪乱，拂了一身还满。

有的同学连中文原文都不十分了解，更何况译成英文！顺便说一句，北大的国文作文题也非常古怪，那一年的题目是“何谓科学方法，试分析详论之”。这样一个题目也很够一个中学毕业生作的。但是北大古怪之处还不在这里。各门学科考完之后，忽然宣布要加试英文听写（dictation），这对我们实在是当头一棒。我们在中学没有听过英文。我大概由于单词记得多了一点，只要能听懂几个单词儿，就有办法了。记得老师念的是一段寓言。其中有狐狸，有鸡，只有一个词 suffer, 我临阵惊慌，听懂了，但没有写对。其余大概都对了。考完之后，山东同学面带惊慌之色，奔走相告，几乎完全是丈二和尚摸不着头脑。大家都知道，这一加试，录取的希望就十分渺茫了。

我很侥幸，北大、清华都录取了。当时处心积虑是想出国留洋。在这方面，清华比北大条件要好。我决定入清华西洋文学系。这一个系有一套详细的教学计划，课程有古希腊拉丁文学、中世纪文学、文艺复兴文学、英国浪漫诗人、近代长篇小说、文艺评论、莎士比亚、欧洲文学史等。教授有中国人、英国人、美国人、德国人、波兰人、法国人、俄国人，但统统用英文讲授。我在前面已经谈到，我们中学没有听英文的练习。教大一英文的是美国小姐毕莲（Miss Bille）。头几堂课，我只听到她咽喉里咕噜咕噜地发出声音，“剪不断”，理还乱，却一点也听不清单词。我在中学曾以英文自负，到了此时却落到这般地步，不啻当头一棒，悲观失望了好多天，幸而逐渐听出了个别的单词，仿佛能“剪断”了，大概不过用了几个礼拜，终于大体听懂了，算是渡过了学英文的生平第一难关。

清华有一个古怪的规定：学英、德、法三种语言之一，从第一年 X 语，学到第四年 X 语者，谓之 X 语专门化（Specialized in X）。实际上法语、德语完全不能同英语等量齐观。法语、德语都是从字母学起，教授都用英语讲授，而所谓第一年英语一开始就念 Jane Austin 的 *Pride and Prejudice*。其余所有的课也都用英语讲授。所以这三个专门化是十分不平等的。

我选的是德语专门化，就是说，学了四年德语。从表面上来看，四年得了八个 E（Excellent, 最高分，清华分数是五级制），但实际上水平并不高。教第一年和第二年德语的是当时北京大学德文系主任杨丙辰（震文）教授。他在德国学习多年，德文大概是好的，曾翻译了一些德国古典名著，比如席勒的《强盗》等等。他对学生也从来不摆教授架子，平易近人，常请学生吃饭。但是作为一个教员，他却是极端不负责任的。他教课从字母教起，教第一个字母 a 时，说：a 是丹田里的一口气。初听之下，也还新鲜。但 b、c、d 等等，都是丹田里的一口气，学生就窃窃私议了：“我们不管它是否是丹田里的几口气。我们只想把音发得准确。”从此，“丹田里的一口气”就传为笑谈。

杨老师家庭生活也非常有趣。他是北京大学的系主任，工资相当高，推算起来，可能有现在教授的十几倍。不过在北洋军阀时期，常常拖欠工资，国民党统治前期，稍微好一点，到了后期，什么法币、什么银圆券、什么金圆券一来，钞票几乎等于手纸，教授们的生活就够呛了。杨老师据说兼五个大学的教授，每月收入可达上千元银圆。我在大学念书时，每月饭费只需六元，就可以吃得很好了。可见他的生活是相当优裕的。他在北大沙滩附近有一处大房子，服务人员有一群，太太年轻貌美，天天晚上看戏捧戏子，一看就知道，他们是一个非常离奇的结合。杨老师的人生观也很离奇，他信一些奇怪的东西，更推崇佛家的“四大皆空”。把他的人生哲学应用到教学上就是极端不负责任，游戏人间、逢场作戏而已。他打分数，也是极端不负责任。我们一交卷，他连看都不看，立刻把分数写在卷子上。有一次，一个姓陈的同学，因为脾气黏黏糊糊，交了卷，站着不走。杨老师说：“你嫌少吗？”立即把 S（Superior, 第二级）改为 E。

我就是在这样的情况下学习德语的。高中时期孙老师教的那一点德语早已交还了老师，杨老师又是这样来教，可见我的德语基础是很脆弱的。第二年仍然由他来教，前两年可以说是轻松愉快，但不踏实。

第三年是石坦安先生（Von den Steinen, 德国人）教，他比较认真，要求

1996 年 5 月，北京大学东语系建系五十周年暨季羡林先生执教五十周年庆祝大会上，季老发言。

比较严格，因此这年学了不少的东西。第四年换了艾克（G. Ecke, 号锷风，德国人）。他又是一个马马虎虎的先生。他工资很高，又独身一人，在城里租了一座王府居住。他自己住在银安殿上，仆从则住在前面一个大院子里。他搜集了不少的中国古代名画。他在德国学的是艺术史，因此对艺术很有兴趣，也懂行。他曾在厦门大学教过书，鲁迅的著作中曾提到过他。他用德文写过一部《中国的宝塔》，在国外学术界颇得好评。但是作为一个德语教员，则只能算是一个蹩脚的教员。他对教书心不在焉。他平常用英文讲授，有一次我们曾请求他用德语讲，他立刻哇啦哇啦讲一通德语，其快如悬河泻水，最后用德语问我们，“Veretehen Sie etwas davon?”我们摇摇头，想说：“Wir verstehen nichts davon.”但说不出来，只好还说英语。他说道：“既然你们听不懂，我还是用英语讲吧！”我们虽不同意，然而如哑巴吃黄连，有苦说不出。课程就照旧进行下去了。

但是他对我却产生了极大的影响。他喜欢德国古典诗歌，最喜欢 Hölderlin 和 Plateno。我受了他的影响，也喜欢起 Hölderlin 来。我的学士论文“The Early Poems of Hölderlin”，就是在他的影响下写的，他是指导教授。当时我大概对 Hölderlin 不会了解得太多、太深。论文的内容我记不清楚了，恐怕是非常肤浅的。我当时的经济情况很困难，有一次写了几篇文章，拿了点稿费，特别向德国订购了 Hölderlin 的豪华本的全集，此书我珍藏至今，念了一些，但不甚了了。

除了英文和德文外，我还选了法文。教员是德国小姐 Holland, 中文名叫华兰德。当时她已发白如雪，大概很有一把子年纪了。因为是独身，性情有些反常，有点乖戾，要用医学术语来说，她恐怕患了迫害狂。在课堂上专以骂人为乐。如果学生的答卷非常完美，她挑不出毛病来借端骂人，她的火气就更大，简直要勃然大怒。最初选课的人很多，过了没有多久，就被她骂走了一多半。只剩下我们几个不怕骂的仍然留下，其中有华罗庚同志。有一次把我们骂得实在火了，我们商量了一下，对她予以反击，结果大出意料，她屈服了，从此天下太平。她还特意邀请我们到她的住处（现在北大南门外的军机处）去吃了一顿饭。可见师徒间已经化干戈为玉帛，揖让进退，海宇澄清了。

我还旁听过俄文课。教员是一个白俄，名字好像是陈作福，个子极高，一个中国人站在他身后，从前面看什么都看不见。他既不会英文，也不会汉文，只好被迫用现在很时髦的“直接教学法”，然而结果并不理想，我只听到讲 Cka. NTEHO. алуŇCTa（请您说！），其余则不甚了了。我旁听的兴趣越来越低，终于不再听了。大概只学了一些生词和若干句话，我第一次学习俄语的过程就此结束了。

我上面谈到，我虽然号称德文专门化，然而学习并不好。可是我偏偏得了四年高分。当我 1934 年毕业后，不得已而回到母校济南高中当了一年国文教员。之后，清华与德国学术交流处订立了交换研究生的合同，我报名应考，结果被录取了。我当年舍北大而趋清华的如意算盘终于真正实现了，我能到德国去留学了。对我来说，这真是天大的喜事。

可是我的德文水平不高，我看书大概是没有问题的，听、说则全无训练。到了德国，吃了德国面包，也无法立刻改变。我到德国学术交流处去报到的时候，一个女秘书含笑对我说：“Lange Reise!”（长途旅行呀！）我愣里愣怔，竟没有听懂。我留在柏林，天天到柏林大学外国语学院专为外国人开的德文班去学习了六周，到了深秋时分，我被分配到哥廷根大学去学习。我对于这个在世界上颇为著名的大学什么都不清楚。第一学期，我还没有能决定究竟学习哪一个学科。我随便选了一些课，因为交换研究生选课不用付钱，所以我尽量多选，我每天要听课六七小时。选的课我不一定都有兴趣，我也不能全部听懂。我的目的其实是通过选课听课提高自己的听的能力。我当时听德语的水平非常低，以前从来没有听过，这情况我在上面已经谈过。解放后，我们的外语教育，不管还有多少不能令人满意的地方，其水平和认真的态度是解放前无论如何也比不上的，这一点现在的青年不一定都清楚。因此我在这里说上几句。

我还利用另一种方式来提高自己的听说能力，这就是同我的女房东谈话。德国大学没有学生宿舍，学生住宿的问题学校根本不管，学生都住民房。我的女房东有一些文化水平，但不高。她喜欢说话，唠唠叨叨，每天晚上到我屋里来收拾床铺，她都要说上一大套，把一天的经过都说一遍。别人大概都不爱听，我却是求之不得，正好利用这个机会来练习听力。我的女房东可以说是一位很好的德文教员，可惜我既不付报酬，她自己也不知道讨报酬，她成了我的义务教员。

到了第二学期，我偶然看到 Prof. Waldschmidt 开梵文课的告示。我大喜过望，立刻选了这一门课。我在清华大学时，曾经想学梵文，但没有老师教，只好作罢。现在有了这样一个机会，我怎能放过呢？学生只有三个：一个乡村里的牧师，一个历史系的学生，加上我。Waldschmidt 的教学方法是德国通常使用的。德国 19 世纪一位语言学家主张，教学生外语，比如教学生游泳，把学生带到游泳池旁，一下子把他推下去，如果淹不死，他就学会游泳了。具体的办法是：尽快让学生自己阅读原文，语法由学生自己去钻，不在课堂上讲解。这种办法对学生要求很高。短短的两节课往往要准备上一天，其效果我认为是好的：学生的积极性完全调动起来了。他要同原文硬碰硬，不能依赖老师，他要自己解决语法问题。只有实在解不通时，教授才加以辅导。这个问题我在别的地方讲过，这里不再详细叙述了。

德国大学有一个奇特的规定：要想考哲学博士学位，必须选三个系，一个主系，两个副系。对我来说，主系是梵文，这是已经定了的。副系一个是英文，这可以减轻我的负担。至于第三个系，则费了一番周折。有一个时期，我曾经想把阿拉伯语作为我的副系。我学习了大约三个学期的阿拉伯语。从第二学期开始就念《古兰经》。我很喜欢这一部经典，语言简练典雅，不像佛经那样累赘重复，语法也并不难。但是在念过两个学期以后，我忽然又改变了想法，我想拿斯拉夫语言作为我的第二副系。按照德国大学的规定，拿斯拉夫语作副系，必须学习两种斯拉夫语言，只有一种不行。于是我在俄文之外，又选了南斯拉夫语。

教俄文的老师是一个曾在俄国居住过的德国人，俄文等于是他的母语。他的教法同其他德国教员一样，是采用把学生推入游泳池的办法。俄文每周两次，每次两小时，德国的学期短，然而我们却在第一学期内，读完了一册俄文教科书，其中有单词、语法和简单的会话，又念完果戈理的小说《鼻子》。我最初念《鼻子》的时候，俄文语法还没有学多少，只好硬着头皮翻字典。往往是一个字的前一半字典上能查到，后一半则不知所云，因为后一半是表变位或变格变化的。而这些东西，我完全不清楚，往往一个上午只能查上两行，其痛苦可知。但是不知怎么一来，好像做梦一般，在一个学期内，我毕竟把《鼻子》全念完了。下学期念契诃夫的剧本《万尼亚舅舅》的时候，我觉得轻松多了。

南斯拉夫语由主任教授 Prof. Braun 亲自讲授。他只让我看了一本简单的语法，立即进入阅读原文的阶段。有了学习俄文的经验，我拼命翻字典。南斯拉夫语同俄文很相近，只在发音方面有自己的特点，有升调和降调之别。在欧洲语言中，这是很特殊的。我之所以学南斯拉夫语，完全是为了应付考试。我的兴趣并不大，可以说也没有学好。大概念了两个学期，就算结束了。

谈到梵文，这是我的主系，必须全力以赴。我上面已经说过，Waldschmidt 教授的教学方法也同样是德国式的。我们选用了 Stenzler 的教科书。我个人认为，这是一本非常优秀的教科书。篇幅并不多，但是应有尽有。梵文语法以艰深复杂著称，有一些语法规则简直烦琐古怪到令人吃惊的地步。这些东西当然不是哪一个人硬制定出来的，而是历史发展自然形成的，利用比较语言学的方法都能解释得通。Stenzler 在薄薄的一本语法书中竟能把这些古怪的语法规则的主要组成部分收容进来，是一件十分不容易做好的工作。这一本书前一部分是语法，后一部分是练习。练习上面都注明了相应的语法章节。做练习时，先要自己读那些语法，教授并不讲解，一上课就翻译那些练习。第二学期开始念《摩诃婆罗多》中的《那罗传》。听说，欧美许多大学都是用这种方式。到了高年级，梵文课就改称 Seminar，由教授选一部原著，学生课下准备，上堂就翻译。新疆出土的古代佛典残卷，也是在 Seminar 中读的。这种 Seminar 制看似平淡无奇，实际上是训练学生做研究工作的一个最好的方式。比如，读古代佛典残卷时就学习了怎样来处理那些断简残篇，怎样整理，怎样阐释，连使用的符号都能学到。

至于巴利文，虽然是一门独立的课程，但教授根本不讲，连最基本的语法也不讲。他只选一部巴利文的佛经，比如《法句经》之类，一上堂就念原书，其余的语法问题，梵巴音变规律，词汇问题，都由学生自己去解决。

念到第三年上，我已经拿到了博士论文的题目，此时第二次世界大战已经正式爆发。我的教授被征从军。他的前任 Prof. E. Sieg 老教授又出来承担授课的任务。当时他已经有七八十岁了，但身体还很硬朗，人也非常和蔼可亲，简直像一个老祖父。他对上课似乎非常感兴趣。一上堂，他就告诉我，他平生研究三种东西：《梨俱吠陀》、古代梵文语法和吐火罗文，他都要教给我。他似乎认为我一定同意，连征求意见的口气都没有，就这样定下来了。

我想在这里顺便谈一点感想。在那极“左”思潮横行的年代里，把世间极其复杂的事物都简单化为一个公式：在资产阶级国家里学习过的人或者没有学习过的人，都成了资产阶级。至于那些国家的教授更不用说了。他们教什么东西，宣传什么东西，必定有政治目的，具体地讲，就是侵略和扩张。他们绝不会怀有什么好意的。Sieg 教我这些东西也必然是为他们的政治服务的，为侵略和扩张服务的。帝国主义的侵略扩张政策，谁也否认不掉。但是不是他们的学者在任何时间、任何地方都为这个政策服务呢？我以为不是这样。像 Sieg 这样的老人，不顾自己年老体衰，一定要把他的“绝招”教给一个异域的青年，究竟为了什么？我当时学习任务已经够重，我只想消化已学过的东西，并不想再学习多少新东西。然而，看了老人那样诚恳的态度，我屈服了。他教我什么，我就学什么。而且是全心全意地学。他是吐火罗文世界权威，经常接到外国学者求教的信。比如美国的 Lane 等等。我发现，他总是热诚地倾其所知去回答，没有想保留什么。和我同时学吐火罗文的就有一个比利时教授 W. Couvreur。根据我的观察，Sieg 先生认为学术是人类的公器，多撒一颗种子，这一门学科就多得一点好处。侵略扩张同他是不沾边的。他对我这个异邦的青年奖掖扶植不遗余力。我的博士论文和口试的分数比较高，他就到处为我张扬，有时甚至说一些夸大的话。在这一方面，他给了我极大的影响。今天我也成了老人，我总是想方设法，为年轻的学者鸣锣开道。我觉得，只要我能做到这一点，我就算是对得起 Sieg 先生了。

我跟 Sieg 先生学习的那几年，是我一生挨饿最厉害，躲避空袭最多，生活最艰苦的几年。但是现在回忆起来却是最甜蜜的几年。甜蜜在何处呢？就是能跟 Sieg 先生在一起。到了冬天，大雪载途，黄昏早至。下课以后，我每每扶 Sieg 先生踏雪长街，送他回家。此时山林皆白，雪光微明，十里长街，寂寞无人。心中又凄清，又温暖。此情此景，终生难忘。

1946 年我回国以后，当了外语教员。从表面上来看，我自己的外语学习任务已经完成了。但是实际上，并不是这个样子。对于语言，包括外国语言和自己的母语在内，学习任务是永远也完成不了的。真正有识之士都会知道，对于一种语言的掌握，从来也不会达到绝对好的程度，水平都是相对的。据说莎士比亚作品里就有不少的语法错误，我们中国过去的文学家、哲学家、史学家、诗人、词客等等，又有哪一个没有病句呢？现代当代的著名文人又有哪一个写的文章能经得起语法词汇方面的过细的推敲呢？因此，谁要是自吹自擂，说对语言文字的掌握已达到炉火纯青的程度，这个人不是一个疯子，就是一个骗子。我讲的全是实话，并不是危言耸听。从这个意义上来讲，我学习外语的任务并没有完成。在教学之余，我仍然阅读一些外文的书籍，翻译一些外国的文学作品，还经常碰到一些不懂的或者似懂而实不懂的地方，需要翻阅字典或向别人请教。今天还有一些人，自视甚高，毫无自知之明，强不知以为知，什么东西都敢翻译，什么问题都不在话下，结果胡译乱写，贻害无穷，而自己则沾沾自喜，真不知天下还有羞耻事！

“你学了一辈子外语，有什么经验和教训呢？”我仿佛听到有人这样问。经验和教训，都是有的，而且还不少。

我自己常常想到，学习外语，在漫长的学习过程中，到了一定的时期、一定的程度，眼前就有一条界线，一个关口，一条鸿沟，一个龙门。至于是哪一个时期，这就因语言而异、因人而异。语言的难易不同，而且差别很大；个人的勤惰不同，差别也很大。这两个条件决定了这一个龙门的远近，有的三四年，有的五六年，一般人学习外语，走到这个龙门前面，并不难，只要泡上几年，总能走到。可是要跳过这龙门，就绝非易事。跳不跳过有什么差别呢？差别有如天渊。跳不过，你对这种语言就算是没有登堂入室。只要你稍一放松，就会前功尽弃，把以前学的全忘掉。你勉强使用这种语言，这个工具你也掌握不了，必然会出许多笑话，贻笑大方。总之你这一条鲤鱼终归还是一条鲤鱼，说不定还会退化，你绝变不成龙。跳过了龙门呢？则你已经不再是一条鲤鱼，而是一条龙。可是要跳过这个龙门又非常

2001 年，季羡林先生与在北京大学学习的泰国诗琳通公主合影留念。

难，并不比鲤鱼跳龙门容易，必须付出极大的劳动，表现出极大的毅力，坚忍不拔，锲而不舍，才有跳过的希望。做任何事情都有类似的情况。书法、绘画、篆刻、围棋、象棋、打排球、踢足球、体操、跳水等等，无不如此。这一点必须认清。跳过了龙门，你对你的这一行就有了把握，有了根底。专就外语来说，到了此时，就不大容易忘记，这一门外语会成为你得心应手的工具。当然，即使达到这个程度，仍然要继续努力，绝不能掉以轻心。

学习外语，同学习一切东西一样，必须注重方法。我们过去尝试过许多教学外语的方法，都取得过一定的成绩。这一点必须承认。但是我们绝不能迷信方法，认为方法万能。我认为，最可靠的不是方法，而是个人的勤学苦练，发挥主观能动性。这个道理异常清楚。各行各业，莫不如此。过去有人讲笑话，说除臭虫最好的办法不是这药那药，而是“勤捉”。其中有朴素的真理。

我学习外国语言，已经有六十多年的历史了。如今我已经到了垂暮之年。回顾这六十多年的历史，心里真是感慨万端。我学了不少的外国语言，但是现在应用起来自己比较有把握的却不太多。我上面讲到跳龙门的问题。好多语言，我大概都没有跳过龙门。连那几种比较有把握的，跳到什么程度，自己心中也没有底。想要对今天学外语的年轻人讲几句经验之谈，想来想去，也只有勤学苦练一句，这真是未免太寒碜了。然而事实就是这个样子，这真叫作没有办法。学什么东西都要勤学苦练。这个真理平凡到同说每个人只要活着就必须吃饭一样。你不说，人家也会知道。然而它毕竟还是真理。你能说每个人必须吃饭不是真理吗？问题是如何贯彻这个真理。我只希望有志于掌握外语的年轻人说到做到。每个人到了一定的阶段，都能跳过龙门去。我们祖国今天的建设事业要求尽量多的外语人才，而且要求水平尽量高的。希望我们大家共同努力，达到这个神圣的目的。

1986 年 9 月 12 日写完

我的学术总结

我本来还想继续写下去的，一直把《自述》写到今天。但是，事与愿违，近半年来，屡次闹病，先是耳朵，后是眼睛，最后是牙，至今未息。耄耋之人，闹点不致命的小病，本来是人生常事，我向不惊慌。但却不能不影响我的写作，进度被拖了下来，不能如期完成。“期”者，指敏泽先生给我定下的期限：今年（1997 年）底。其他诸位写同样题目的老先生，据说都有成稿，至少都有“成竹”，只有我另起炉灶。我不愿拖大家的后腿，偏又运交华盖，考虑再三，只好先写到 1993 年了。

另外还有一个原因，我性与人殊，越是年纪大，脑筋好像越好用，于是笔耕也就越勤。有一位著名作家写文章说，季羡林写文章比他读得还快。这当然有点溢美地夸大。实际上，他读到的所谓“文章”都是我的余兴，真正用力最勤的这部回忆学术研究历程的《自述》，除了我自己以外，世界上还没有第二人读到。我不是在这里“老王卖瓜”，我只想说明，从 1993 年到今年（1997 年）这四年中我用中外文写成的专著、论文、杂文、序、抒情散文等等，其量颇为可观，至少超过过去的十年或更长的时间。

总之，我不过想说明，无论从身体状况上来看，还是从写作难度上来看，甚至从时间限制上来看，我只能暂时写到眼前的程度，暂时写到 1993 年，剩下的几年，只有俟诸异日了。

季羡林先生在书房里。

说句老实话，我从来压根儿没有想到写什么“自述”。但是，敏泽先生一提出他的建议，我立即一惊，惊他的卓见，继则一喜，喜他垂青于我。我不敢用“实获我心”一类的说法，因为我心里原本是茫然、懵然，没有想到这一点。最后是“一拍即合”，没有费吹灰之力，立即答应下来。

我一生都在教育界和学术界里“混”。这是通俗的说法。用文雅而又不免过于现实的说法，则是“谋生”。这也并不是一条平坦的阳关大道，有“山重水复疑无路”，也有“柳暗花明又一村”。回忆过去六十年的学术生涯，不能说没有一点经验和教训。迷惑与信心并举，勤奋与机遇同存。把这些东西写了出来，对有志于学的青年们，估计不会没有用处的。这就是“一拍即合”的根本原因。

紧跟着来的就是“怎样写”的问题。对过去六十年学术生涯的回忆，像一团纠缠在一起的蜘蛛网，把我的脑袋塞得满满的，一时间很难清理出一个头绪来。最简单易行的办法就是，根据自己现在回忆所及，把过去走过的学术道路粗线条地回顾一下，整理出几条纲来，略加申述，即可交卷。这样做并不难，我虽已至望九之年，但脑筋还是“难得糊涂”的。回忆时绝不会阴差阳错，张冠李戴。但是，我又感到，这样潦草从事，对不起过去六十年的酸甜苦辣，于是决意放弃这个想法。

经过了反复思考，我终于想出了现在这个办法。这样做，确实很费精力。自己写过的许多文章，有的忘得一干二净，视若路人。我在这里不能不由衷地感谢李铮、令恪、钱文忠等先生细致详尽地编纂了我的著译目录。特别是李铮先生，他几十年如一日，细心整理我的译著。没有这几位朋友的帮助，我这一部《自述》是无论如何也写不出来的。

我现在就根据他们提供的目录，联系我自己的回忆，把我过去六十年所走过的道路描画出几条轨迹来，也把本书之所以这样写的理由写了出来。下面分项加以解释。

一、本书的写法

关于本书的写法，经过考虑，我采用了以著作为纲的写法。因为，不管在不同时期自己想法怎样，自己的研究重点怎样，重点是怎样转移的，以及其他许许多多的问题，最终必然都表现在自己写的文章上。只要抓住文章这一条纲，则提纲而挈领，纲举而目张，其他问题皆可迎刃而解了。

二、我的学术研究的特点

特点只有一个字，这就是：杂。我认为，对于“杂”或者“杂家”应该有一个细致的分析，不能笼统一概而论。从宏观上来看，有两种“杂”：一种是杂中有重点；一种是没有重点，一路杂下去，最终杂不出任何成果来。

先谈第一种。纵观中外几千年的学术史，在学问家中，真正杂而精的人极少。这种人往往出在学艺昌明繁荣的时期，比如古希腊的亚里士多德，文艺复兴时期的达·芬奇，以及后来德国古典哲学家中的几个大哲学家。他们是门门通、门门精。藐予小子，焉敢同这些巨人相比，除非是我发了疯，神经不正常。我自己是杂而不精，门门通，门门松。所可以聊以自慰者只是，我在杂中还有几点重点。所谓重点，就是我毕生倾全力以赴、锲而不舍地研究的课题。我在研究这些课题之余，为了换一换脑筋，涉猎一些重点课题以外的领域。间有所获，也写成了文章。

中国学术传统有所谓“由博返约”的说法。我觉得，这一个“博”与“约”是只限制在同一研究范围以内的。“博”指的是在同一研究领域内把基础打得宽广一点，而且是越宽广越好。然后再在这个宽广的基础上集中精力，专门研究一个或几个课题。由于眼界开阔，研究的深度就能随之而来。我个人的研究同这个有点类似之处；但是我并不限制在同一领域内。所以我不能属于由博返约派。有人用金字塔来表示博与约的关系。笼统地说，我没有这样的金字塔，只在我研究的重点领域中略有相似之处而已。

三、我的研究范围

既然讲到杂，就必须指出究竟杂到什么程度，否则头绪纷繁，怎一个“杂”字了得！根据我自己还有一些朋友的归纳统计，我的学术研究涉及的范围约有以下几项：

1. 印度古代语言，特别是佛教梵文
2. 吐火罗文
3. 印度古代文学
4. 印度佛教史
5. 中国佛教史
6. 中亚佛教史
7. 糖史
8. 中印文化交流史
9. 中外文化交流史

10. 中西文化之差异和共性

11. 美学和中国古代文艺理论

12. 德国及西方文学

13. 比较文学及民间文学

14. 散文及杂文创作

这个分类只是一个大概的情况。

四、学术研究发展的轨迹——由考证到兼顾义理

清儒分学问为三门：义理、辞章、考据。最理想的是三者集于一人之身，但这很难。桐城派虽然如此主张，但是，他们真正的成就多半在辞章一门，其他两门是谈不上的。就我个人而言，也许是由于天性的缘故，我最不喜欢义理，用现在的说法或者可以称为哲学。哲学家讲的道理恍兮惚兮，以我愚钝，看不出其中有什么象。哲学家公说公有理，婆说婆有理，天底下没有哪两个哲学家的学说是完全一样的。我喜欢实打实，摸得着、看得见的东西。这是我的禀赋所决定的，难以改变。所以，我在三门学问中最喜爱考证，亦称考据。考据，严格说来，只能算是一个研究方法，其精髓就是：无证不信，"拿证据来"，不容你胡思乱想、毫无根据。在中国学术史上，考据大盛于清朝乾嘉时代，当时大师辈出，使我们读懂了以前无法读的古书，这是它最大的贡献。

在德国，实证主义的研究方法，其精神与中国考据并无二致，其目的在拿出证据、追求真实——我故意不用"真理"二字——然后在确凿可靠的证据的基础上，抽绎出实事求是的结论。德国学术以其"彻底性"（Griindlichkeit）蜚声世界，这与他们的民族性不无联系。

至于我自己，由于我所走过的学术道路和师承关系，又由于我在上面讲到的个人禀性的缘故，我在学术探讨中、在潜移默化中，受到了中德

1987年6月，季羡林先生参加香港国际敦煌学术讨论会，与台湾学者林聪明教授等合影。

两方面的影响。在中国，我的老师陈寅恪先生和汤用彤先生都是考据名手。在德国，我的老师 Prof. Sieg 和 Prof. Waldschmidt 和后者的老师 Prof. H. Lüders，也都是考证巨匠。因此，如果把话说得夸大一点的话，我承受了中、德两方面的衣钵。即使我再狂妄，我也不敢说，这衣钵我承受得很好。在我眼中，以上这几位大师依然是高山仰止、景行行止。我一生小心翼翼地跟在他们后面行走。

可是，也真出乎我自己的意料，到了晚年，"老年忽发少年狂"，我竟对义理产生了兴趣，发表了许多有关义理的怪论。个中因由，我自己也尚不能解释清楚。

五、我的义理

我在上面提到的我一生所写的许多文章中都讲到我不喜欢义理，不擅长义理。但是，我喜欢胡思乱想，而且我还有一些怪想法。我觉得，一个真正的某一门学问的专家，对他这一门学问钻得太深、钻得太透，或者也可以说，钻得过深、钻得过透，想问题反而缩手缩脚，临深履薄，战战兢兢，有如一个细菌学家，在他眼中，到处是细菌，反而这也不敢吃，那也不敢喝，窘态可掬。一个外行人，或者半外行人，宛如初生的犊子不怕虎，他往往能看到真正专家、真正内行所看不到或者说不敢看到的东西。我对于义理之学就是一个初生的犊子。我绝不敢说，我看到的、想到的东西都是正确的。但是，我却相信，我的意思是一些专家绝对不敢想更不敢说的。从人类文化发展史来看，如果没有绝少数不肯受钳制、不肯走老路、不肯故步自封的初生犊子敢于发石破天惊的议论的话，则人类进步必将缓慢得多。当然，我们也必须注意常人所说的“真理与谬误之间只差毫厘”“真理过一分就是谬误”。一个敢思考、敢说话的人，说对了了不得，说错了不得了。因此，我们绝不能任意胡说八道。如果心怀哗众取宠之意、故作新奇可怪之论，连自己都不信，怎么能让别人相信呢？我幸而还没有染上这种恶习。

总之，我近几年来发了不少“怪论”，我自己是深信不疑的，别人信不信由他，我不企图强加于人。我的怪论中最重要的是谈中、西文化同异问题的。经过多年的观察与思考，我处处发现中西文化是不同的。我的基本论点是东西方思维模式不同：东综合而西分析。这种不同的思维模式表现在许多方面。举其荦荦大者，比如在处理人与大自然的关系问题上，西方对自然分析再分析，征服再征服。东方则主张“天人合一”，用张载的话来说就是：“民，吾同胞；物，吾与也。”结果是由西方文化产生出来的科学技术，在辉煌了二三百年，主宰了世界，为人类谋了很大的福利之后，到了今天，其弊端日益暴露；比如大气污染，臭氧层出洞，环境污染，淡水资源匮乏，生态平衡破坏，新疾病层出不穷，如此等等，哪一个问题不解决都能影响人类生存的前途。这些弊端将近两百年前英国浪漫诗人雪莱就曾预言过，如今不幸而言中。这些东西难道能同西方科技的发展分得开吗？

令人吃惊的是，到了今天，竟还有少数学者，怀抱“科学”的尚方宝剑，时不时祭起了“科学”的法宝，说我的说法不“科学”，没有经过“科学”的分析。另外还有个别学者，张口“这是科学”，闭口“这是科学”，来反对中国的医学，如针灸、拔罐子等等传统医疗方法。把中国传统的东西说得太神，我也无法接受；但是实践是检验真理的唯一标准，经过国内外多年的临床应用，证明有些方法确实有效，竟还有人视而不见、听而不闻，死抱住他所谓的“科学”不放，岂不令人骇异吗？

其实，这些人的“科学”，不过是西方的主要在近代发展起来的科学。五四运动时，中国所要求的“赛先生”者就是。现在事实已经证明了，这位“赛先生”确实获得了一部分成功，获得了一些真理，这是不能否认的。但是，通向真理的道路，并不限于这一条。东方的道路也同样能通向真理。这一个事实，才刚露出了端倪，还没有被广大群众所接受，至于后事如何，21世纪便可见分晓。

六、一些具体的想法

同我在上一节谈到的“我的义理”有一些联系的是我的一些具体的想法，我希望这些想法能变为事实。

我在下面把我目前所想到的一些具体的问题和做法加以简略的介绍：

1. 关于汉语语法的研究

世界语言种类繁多，至今好像还没有一个为大家所公认的“科学”的分类法。不过，无论如何，汉语同西方印欧语系的语言是截然不同的两类语言，这是无论谁也无法否认的事实。然而，在我们国内，甚至在国外，对汉语的研究，在好多方面，则与对印欧语系的研究无大差异。始作俑者恐怕是马建忠的《马氏文通》。这一部书开创之功不可没，但没能分清汉语和西方语言的根本不同，这也是无法否认的。汉语只有单字，没有字母，没有任何形态变化，词性也难以确定，有时难免显得有点模糊。在五四运动期间和以后一段时期内，有人就想进行改革，不是文字改革，而是语言改革，鲁迅就是其中之一，胡适也可以算一个。到了现在，“语言改革”的口号没有人再提了。但是研究汉语的专家们的那一套分析汉语语法的方式，我总认为是受了研究西方有形态变化的语言的方法的影响。我个人认为，这一条路最终是会走不通的。

汉语有时显得有点模糊，但是，妙就妙在模糊上。试问，世界上万事万物百分之百地彻底地绝对地清楚的有没有？自从西方新兴科学“模糊学”出现以后，给世界学人，不管是人文社会科学家，还是自然科学和技术科学家，一个观察世间错综复杂的现象的新的视角。这对世界文化的进步与发展是大有裨益的。

因此，我建议，汉语语法的研究必须另起炉灶、改弦更张。

2. 中国通史必须重写

从历史上一直到现在，在世界民族之林中，最重视历史的民族是中华民族。从三皇五帝一直到今天的中华人民共和国，在长达几千年的时期内，我们都有连续不断的历史的文字记录，而且还不止一种，最著名的是《二十四史》，这是举世闻名的。我们每一个朝代都有断代史。正史之外，还有杂史。至于通史这种体裁，古代我们也有，司马迁的《史记》、司马光的《资治通鉴》都有通史的性质。我们绝不敢说，这些史籍中所记录的全是事实，那是根本不可能的。但是，中华民族是一个颇为实事求是的、没有多少想入非非的、不着边际的幻想的民族，却也是大家所公认的。

近代以来，一些学者颇写了一些《中国通史》之类的著作。根据丰富的历史资料，而观点则见仁见智，各不相同。这是很自然的事。这些书不同程度地受到了读者的欢迎。新中国成立后，大力提倡学习马克思主义。这事情本身应该说是一件好事。可惜的是，五六十年代我们所学的相当一些内容是“苏联版”的、带有“斯大林的印记”。在这种情况下，我们的人文社会科学的研究，其中当然包括历史研究，都受到了感染。专以中国通史而论，历史分期问题议论蜂起，异说纷纭，仅“封建社会起源于何时”这一个问题，就争论不休，意见差距超过千年，至今也没有大家比较公认的意见，只好不了了之。我真怀疑，这样的争论究竟有什么意义。再如一些书对佛教的谩骂，语无伦次，连起码的常识和逻辑都不讲。鲁迅说，谩骂不是战斗。它绝不能打倒佛教，更谈不到消灭。这样的例子，我还可以举出一些来，现在先到此为止吧。

在当时极“左”思想的指导下，颇写出了几本当时极为流行的《中国通史》，大中小学生学习的就是这样的历史。不管作者学问多么大，名气多么高，在教条主义流行的年代，写出来的书绝对不可能不受其影响，有时是违反作者本意的产品。有人称之为“以论代史”，而不是“以论带史”。关键在于一个“论”字，这是什么样的“论”呢？我在上面已经指出来过，这是带有苏联印记的“论”,而不一定是真正马克思主义的“论”。历史研究，贵在求真，绝不容许歪曲历史事实，削足适履，以求得适合某种教条主义的“论”。

因此，我主张，中国通史必须重写。

另外还有一些情况，我们必须注意，一个是中国历史长短的问题，一个是中国文化发源地广袤的问题。关于第一个问题，我们过去写通史，觉得最有把握的是，最早只写到商代，约公元前 17 世纪至前 11 世纪，在“古史辨派”眼中，夏禹还只是一条虫，遑论唐虞，更谈不到三皇五帝。这样我们的历史只有三千多年，较之埃及、巴比伦，甚至印度，瞠乎后矣。硬说是五千年文明古国，不是硬吹牛吗？然而，近年来，由于考古工作的飞速进步，夏代的存在已经完全可以肯定，也给禹平了反，还他以人形。即以文字发展而论，被称为最古的文字的甲骨文已经相当成熟，其背后还必有一段相当长的发展的历史。我们相信，随着考古发掘工作进一步的发展，中国的历史必将更会向前推进，换句话说，必将会更长。

至于中国文化发源地的广袤问题，过去一般的意见是在黄河流域。现在考古发掘工作告诉我们，长江流域的文化发展绝不可轻视。有的人甚至主张，长江早于黄河。不管怎样，长江流域也是中国文化发源地之一。这只要看一看《楚辞》便可明白。没有一个比较长期的文化积淀，《楚辞》这样高水平的文章是产生不出来的。长江流域以外，考古工作者还在南方许多地区发现了一些文化遗址。这一切都说明，过去只看到黄河流域一个地方，是不够的。今天我们再写历史，绝不能再走这一条老路。

因此，我主张，中国通史必须重写。

3. 中国文学史必须重写

在 20 世纪以前，尽管我们的正史和杂史上关于中国文学的记载连篇累牍，可是专门的中国文学史却是没有的。有之，是自 20 世纪初期始，可能受了点外来的影响。在新中国成立前的几十年中，颇出了一些《中国文学史》，书名可能有一些不同，但内容却是基本上一样的，水平当然也参差不齐。连《中国文学批评史》也出了几种。

新中国成立以后，四五十年来，更出了不少的文学史，直到今日，此风未息。应该说，对学术界来说，这都是极好的事情，它说明了我国学术界的繁荣昌盛。

但是，正如可以预料的那样，同上面讲到的《中国通史》一样，《中国文学史》的撰写也受到了极“左”思潮的影响。中国的极“左”思潮一向是同教条主义、僵化、简单化分不开的。在这种思想左右下，我们中国的文学史和文艺理论研究，无疑也受到苏联很大影响。50 年代，我们聘请了一些苏联文艺理论专家来华讲学。他们带来的当然带有苏联当时的那一套教条，我们不少人却奉为金科玉律，连腹诽都不敢。苏联一个权威把极端复杂的、花样繁多，然而却又是生动活泼的哲学史上哲学家的学说，一下子化为僵死、呆板、极端简单化了的教条。可在一段相当长的时期内，这就是我们研究中国文学史以及中国历史上文艺理论的一个指针。在这样的

1994年，季羡林先生与范曾在一起。

情况下，文学史和文艺理论的研究焉能生动活泼、繁荣昌盛呢？

在外来的影响之外，还有我们自己土产的同样贴上了马克思主义标签的教条主义的东西。不错，文学作品有两个标准，政治标准和艺术标准。但却不能只一味强调政治标准，忽视艺术标准。在其时，一般的中国文学史家，为了趋吉避凶，息事宁人，就拼命在第一条标准上做文章，而忽视了这个第二条艺术性标准。翻看近四五十年来所出版的几部部头比较大、影响比较大的《中国文学史》或者有类似名称的书，我们不难发现，论述一个作家作品的政治性或思想性时，往往不惜工本，连篇累牍地侃侃而谈，主要是根据政治教条，包括从苏联来的洋教条在内，论述这位作家的思想性，有时候难免牵强附会，削足适履。而一旦谈到艺术性，则缩手缩脚，甚至潦潦草草、敷敷衍衍，写上几句倒三不着两的话，好像是在应付差事，不得不尔。

根据我个人的浅见，衡量一部文学作品的标准，艺术性绝对不应忽视，甚至无视，因为艺术性是文学作品的灵魂。如果缺乏艺术性，思想性即使再高，也毫无用处，这样的作品绝不会为读者所接受。有一些文学作品，思想性十分模糊，但艺术性极高，照样会成为名作而流传千古，李义山的许多无题诗就属于这一类。可惜的是，正如我在上面说过的那样，近几十年来几乎所有的文学史，都忽视了作品艺术性的分析。连李白和杜甫这样伟大的诗人，文学史的作者对他们的艺术风格的差异也只能潦草地说上几句话，很少有言之有物、切中肯綮的分析，遑论其他诗人。

这样的文学史是不行的。因此，我主张，中国文学史必须改写。

4. 美学研究的根本转型

在中国古代，美学思想是丰富多彩的，但比较分散，没有形成体系。“美学”这一门学问，在某种意义上来看，可以说是一个“舶来品”，是受到了西方影响之后才成立的。这一个事实恐怕是大家所公认的。新中国成立以后，有一段时期，美学浸浸乎成了显学，出了不少人才，出了不少的书，还形成了一些学派，互相争辩，有时候还相当激烈。争论的问题当然很多，但是主要集中在美的性质这个问题上：美是主观的呢？还是客观的？抑或是主客观相结合的？跟在西方学者后面走，拾人牙慧，不敢越雷池一步，结果走进了死胡同，走进了误区。

何以言之？按西方语言，“美学”这个词儿的词源与人的感官（sense organ）有关。人的感官一般说有五个，即眼、耳、鼻、舌、身。中国和印度等国都是这样说。可是西方美学家却只讲两官，即眼与耳。美术、绘画、雕塑、建筑等属于前者，音乐属于后者。这种说法实际上也可归入常识。

可是，中国美学家忘记了，中国的“美”同西方不一样。从词源学上来讲，《说文》：“美，羊大也。”羊大了肉好吃，就称之为“美”。这既不属于眼，也不属于耳，而是属于舌头，加上一点鼻子，鼻子能嗅到香味。我们现在口头上时时都在讲“美酒”“美味佳肴”等等，还有“美食城”这样的饭店，这些在西方都不能用“美”字来表述。西方的“美”不包括舌头和鼻子。只要稍稍想一想，就能够明白。中国学者讲美学，而不讲中国的“美”，岂非咄咄怪事！我说，这是让西方学者带进了误区。

现在，中国已经有了一些美学家谈论美学转型的问题。我认为，这谈得好，谈得及时。可惜这些学者只想小小地转一下型，并没有想到彻底走出误区，没有想到我在上面提到的那一些带根本性的问题。

我从20世纪30年代起就陆续读过一些美学的书，对美学我不能说是一个完全的外行。但是浅尝辄止，也说不上是一个真正的内行，只能说是一个半瓶醋。常识告诉我们，只有半瓶醋才能晃荡出声。我就是以这样的身份提出了一个主张：美学必须彻底转型，绝不能小打小闹，修修补补，而必须大破大立，另起炉灶。

5. 文艺理论在国际上“失语”问题

近七八十年以来，在世界范围内，文艺理论时有变化，新学说不时兴起。有的延续时间长一点，有的简直是“蟪蛄不知春秋”，就为更新的理论所取代。我常套用赵瓯北的诗句，改为“江山年有才人出，各领风骚数十天”。可是，令人奇怪的是，在国际文艺论坛上喧嚣闹嚷声中，独独缺少中国的声音，有人就形象地说，中国患了“失语症”。

难道我们中国真正没有话可说吗？难道国际文艺理论的讲坛上这些时生时灭的“理论”就真正高不可攀吗？难道我们中国的研究文艺理论的学者就真正蠢到鸦雀无声吗？非也，非也。我个人认为，其中原因很多；但是最主要的原因之一是，我们有一些学者过多地屈服于“贾桂思想”，总觉得自己不行；同时又没有勇气，或者毋宁说是没有识见，去回顾我们自己有悠久历史传统的、水平极高的旧的文艺理论宝库。我们传统的文艺理论，特别是所使用的“话语”，其基础是我在上面提到的综合的思维模式，与植根于分析的思维模式的西方文艺理论不同。我们面对艺术作品，包括绘画、书法、诗文等等，不像西方文艺理论家那样，把作品拿过来肌掰理分，割成小块块，然后用分析的“话语”把自己的意见表述出来。有的竟形成极端复杂的理论体系，看上去令人目眩神摇。

我们中国则截然不同。我们面对一件艺术品，或耳听一段音乐，并不

1994 年 10 月，季羡林先生与诗人臧克家先生。

像西方学者那样，手执解剖刀，把艺术品或音乐分析解剖得支离破碎；然后写成连篇累牍的文章，使用了不知多少抽象的名词，令读者如坠入云里雾中，最终也得不到要领。我们中国的文艺批评家或一般读者，读一部文学作品或一篇诗文，先反复玩味，含英咀华，把作品的真精神灿然烂然映照于我们心中，最后用鲜明、生动而又凝练的语言表达出来。读者读了以后得到的也不是干瘪枯燥的义理，而是生动活泼的综合的印象。比方说，庾信的诗被综合评论为“清新”二字，鲍照的诗则是“俊逸”二字。杜甫的诗是“沉郁顿挫”，李白的诗是“飘逸豪放”，其余的诗人以此类推。对于书法的评论，我们使用的也是同一个办法，比如对书圣王羲之的书法，论之者评为“龙跳天门，虎卧凤阙”，多么具体凝练，又是多么鲜明生动！在古代，月旦人物，用的也是同样的方式，不赘述。

我闲常考虑一个问题：为什么在中国文学批评史上，除了《文心雕龙》《诗品》等少数专门著作之外，竟没有像西方那样有成套成套的专门谈文艺理论的著作？中国的文艺理论实际上是历史悠久、内容丰富，而又派别繁多，议论蜂起的。许多专家的理论往往见之于诗话（词话）中，不管什么“神韵说”“性灵说”“肌理说”“境界说”等等，都见之于诗话中，往往是简简单单的几句话，而内容却包罗无穷。试拿中国——中国以外，只有韩国有诗话——诗话同西方文艺理论的皇皇巨著一比，其间的差别立即可见，我在这里不做价值评判，不说哪高哪低，让读者自己去评论吧。

这话说远了，赶快收回，还是谈我们的“失语”。我们中国文艺理论并不是没有“语”，我们之所以在国际上失语，一部分原因是欧洲中心主义还在作祟，一部分是我们自己的腰板挺不直，被外国那一些五花八门的“理论”弄昏了头脑。我个人觉得，我们有悠久雄厚的基础，只要我们多一点自信、少一点自卑，我们是大有可为的，我们绝不会再“失语”下去的。但是兹事体大，绝不会是一蹴而就的事，我们必须付出艰苦的劳动，多思考，勤试验，在不薄西方爱东方的思想指导下，才能为世界文艺理论开辟一个新天地。任何掉以轻心的做法都是绝对有害的。

七、重视文化交流

对于文化产生的问题，我是一个文化产生多元论者。换句话说就是，文化不是世界上哪一个民族单独创造出来的。世界上民族众多，人口有多有少，历史有长有短；但是基本上都对人类文化有所贡献，虽然贡献大小不同，水平也参差不齐。而且，我认为，文化有一个特点：它一旦被创造出来，自然而然地就会通过人类的活动进行交流。因此，文化交流，无时不在，无地不在，它是推动人类社会前进的主要动力之一。

我对文化交流重要性的议论，在我的很多文章中和发言里都可以找到。我对中外交流的研究，其范围是相当广的，其时间是相当长的。我的重点当然是中印文化交流史，这与我的主要研究课题——印度古代的佛教梵语——有关。我的研究还旁及中国与波斯和其他一些国家的文化交流。就连我多年来兀兀穷年搞的貌似科技史之类的课题，其重点或者中心依然是文化交流史。

八、佛教梵语研究

我在德国十年学习期间，主要精力就用在学习梵文和巴利文上。Prof. Waldschmidt 给我的博士论文题目是研究佛教梵语的，有人也称之为“混合梵文”或“揭陀语言”。这是一种基本上是梵文但又掺杂了不少古代方言的文字。在小乘向大乘过渡的期间，或者在我称之为“原始大乘佛教”的期间，许多佛典都是用这种文字写成的。有的佛典原来是用纯粹方言写成的，随着“梵文的复兴”以及一些别的原因，佛典文字方言成分逐渐减少，而梵文成分则逐渐增多，于是就形成了所谓“佛教梵语”。在这些方言中，东部方言摩揭陀语占有很大的比重。于是，有的学者就推测，最初可能有用古代东部半摩揭陀方言纂成了“原始佛典”。有人激烈反对这种说法；但是，依我之见，这种假设是合情合理的，反对者的花言巧语是一点也没有用处的，是徒劳的。

我研究这种语言有我独特的特点，我不仅仅是为了分析语法现象而分析，我有我的目的，我是尝试着通过语言现象来探寻一部经典的产生的时代和地区。根据我个人的经验，这是行之有效的办法，而且是证据确凿的，别人想否定也是不可能的。印度古代有众多方言，既云方言，必然具有地域性，而且这地域性表现得十分明显，阿育王在印度许多地方树立的石碑和石柱，上面的铭文明确无误地指明了方言的地域性，是最有价值的参照资料。

先师陈寅恪先生以国学大师，特别是考证大师，蜚声国内外士林。但是，明眼人都能在陈师著作的字里行间窥探出其中蕴含的义理。考证的目的在于求真求实，而真实又是历史研究的精髓。对史料不做考证求实的工作而妄加引用，或歪曲原意，或削足适履，不管有意还是无意，都是不道德的行为，为真正有良心的学者所深恶痛绝。寅恪先生的义理，内容极为丰富，笼统言之，不外中国文化的本质、中国文化的衍变、中国文化的传承、文

1999 年，印度国家研究院授予季羡林先生名誉院士。

化与民族的关系等等，总之是离不开中国文化的。以我愚钝，窃不自量力，也想在自己的语言形态变化的踏踏实实的考证中寓一点义理，义理就是我在上面讲的佛教历史的演变，以及部派的形成与传承等等。

我在 1940 年和 1941 年在德国哥廷根大学获得哲学博士学位。为什么我写成了两年呢？因为当时第二次世界大战正在激烈进行，我的导师 Prof. Waldschmidt 被征从军。因此，我的博士答辩共举行了两次：一在 1940 年，一在 1941 年，这是极为少见的现象。这一点我从来没有讲过，我现在在这里补充说明一下。获得学位后，由于战事关系，我被迫留在哥廷根大学教书，同时仍然集中全力，在极端艰苦的条件下，从事佛教梵语的研究，发表过几篇我自认颇有分量的论文，我今天未必再能写得出来。第二次世界大战结束后，如果我继续留在哥廷根大学教书，或者赴英国剑桥大学去教书，那么，我的佛经梵语研究一定还会继续下去的，我自信在这方面还能有所发现、有所创造。但是，人是无法真正掌握自己的命运的，我回到了祖国，来到了北京大学，一转眼就过了半个世纪。由于受到资料和信息的限制，我的佛经梵语研究无法继续下去，只好顺应时势改了行。我在科学研究方面是一个闲不住的人，我尝试了很多研究领域，成了一名“杂家”。现在追忆起来，有一个问题我自己也无法回答：是我留在欧洲在学术上发挥作用大呢？还是回到国内来发挥作用更大呢？一般的看法是后者发挥作用更大。我虽然还没有对自己的生命画句号的计划；但自己毕竟已经到望九之年，这个问题留待后人去回答吧。

关于佛教梵语的研究，我在前面“负笈德意志”部分的“梵文和巴利文学习”中已经有所涉及，请参考。

九、吐火罗文

关于我学习吐火罗文的过程，我在前面“负笈德意志”部分的“吐火罗文的学习”中已经做了相当详细的叙述，请读者参考。我在前面“负笈德意志”部分对 *Parallelversionen zur tocharischen Rezension des Runyavanta-Jataka* 这篇论文的叙述中也涉及这个问题，也请读者参考。

我在这里做一些必要的补充。

统观我在将近六十年中学习和研究吐火罗文的历史过程，大约可以分为三个阶段：

（一）在德国哥廷根的学习阶段

这一阶段在上面已经叙述过，这里不再重复。

（二）回国后长达三十多年的藕断丝连的阶段

1946 年回国以后，在吐火罗文研究方面，我手头只有从德国带回来的那一点点资料，根本谈不到什么研究。五六十年代，在极“左”思想肆虐的时期，有“海外关系”，人人色变。我基本上断绝了同德国以及其他国家的联系，偶尔有海外同行寄来吐火罗文研究的专著或者论文，我连回信都不敢写。我已下定了决心，同吐火罗文研究断绝关系。但是，在思想中，有时对吐火罗文还有点恋旧之感，形成“藕断丝连”的尴尬局面。

（三）80 年代初接受委托从事在新疆焉耆新发现的《弥勒会见记剧本》（缩写为 MSN）的解读和翻译工作的阶段

80 年代初，新疆博物馆李遇春馆长亲自携带着 1975 年在新疆焉耆新出土的吐火罗文残卷，共44张，两面书写，合88页，请我解读。我既喜且忧。喜的是同吐火罗文这一位久违的老朋友又见面了；忧的是，自己多少年来已同老友分手，它对我已十分陌生，我害怕自己完成不了这一个任务。这个情况，我在前面已经比较详细地讲过了。总之，我一半靠努力，一半靠运气，完成了委托给我的任务。从那以后，我对吐火罗文的热情又点燃了起来，在众多的其他写作和研究任务中，吐火罗文的研究始终占有一席之地。从1983年开始，我就断断续续地用汉文或英文发表我的吐火罗文A《弥勒会见记剧本》的转写、翻译和注释。我使用的方法、利用的资料和帮助我的朋友们，我都在1983年的第一篇这一类的文章中一一说明了。请参阅，这里不再重复。到了现在，也就是我写这一篇“总结”的时候，1997年12月，我对吐火罗文A《弥勒会见记剧本》所应做的工作，已经全部结束。一部完整的英译本，明年（1998年）上半年即可在德国出版，协助我工作的是德国学者Prof. Werner Winter和法国学者Georges Pinault。这一部书将是世界上第一部规模这样大的吐火罗文作品的英译本，其他语言也没有过，这在吐火罗文研究方面有重大的意义。我六十年来的吐火罗文的学习和研究工作，也就可以说是画上了一个完美的句号了。

十、《糖史》

我对科技史懂得不多，我之所以走上研究糖史的道路，可以说大部分是出于偶然性。与其说我对糖史有兴趣，毋宁说我对文化交流更有兴趣。

糖是一种微末的日用食品，平常谁也不会重视它。可是“糖”这个字在西欧各国的语言中都是外来语，来自同一个梵文字sarkara，这充分说明了，欧美原来无糖，糖的原产地是印度。这样一来，糖一下子就同我的研究工作挂上了钩。于是我就开始注意这个问题，并搜集这方面的资料。后来，又由于一个偶然的机会，一张伯希和从敦煌藏经洞拿走的，正面写着一段

季羡林先生工作中。

季羡林先生在书房伏案工作。

佛经，背面写着关于印度造糖法的残卷，几经辗转，传到了我的手里。大家都知道，敦煌残卷多为佛经，像这样有关科技的残卷，真可谓是凤毛麟角，绝无仅有。从伯希和起，不知道有多少中外学人想啃这个硬核桃，但都没有能啃开，最后终于落到我手中。我也惊喜欲狂，终于啃开了这个硬核桃。详情我在前面已经写过，这里不再重复。

时隔不久，我又写了一篇《蔗糖的制造在中国始于何时》的论文。这篇文章的意义，不在于它确定了中国制造蔗糖的时间，而在于它指出中国在唐代以前已经能够自制蔗糖了。唐太宗派人到印度去学习制糖法，不过表示当时印度在制糖技术的某一方面有高于中国之处。中国学习的结果是，自己制造出来的糖"色味逾西域远甚"。文化交流的历史往往如此。在以后的长时间内，中印在制糖方面还是互相学习的。下面还要谈到这个问题。

到了 1982 年，我又写了一篇《对〈一张有关印度制糖法传入中国的敦煌残卷〉的一点补充》。补充不牵涉重大问题。到了 1983 年，我写了一篇《古代印度砂糖的制造和使用》。促成我写这篇文章的原因是德国学者 Von Hinuber 的一篇关于古代印度制糖术的文章。Von Hinuber 的文章引用了一些佛典中的资料，但显得十分不够。我于是也主要使用汉译佛典中的资料，写成此文，资料比德国学者的文章丰富得多了，我们对于古代印度制糖术的了解也充实得多了。到了 1987 年，我又写了一篇文章《cīnī 问题——中印文化交流的一个例证》，讲的是中国白砂糖传入印度的问题。糖本是一件小东西，然而在它身上却驮着长达一千多年的中印两国文化交流的历史。同年，我还有一篇文章《唐太宗与摩揭陀——唐代印度制糖术传入中国的问题》。文章的内容上面已经屡次提到，这里不再重复。我在这篇文章里只是更有系统地、更深入地、更详尽地叙述传入的过程而已。

上面提到的这一些文章，加上以后所写的一些文章，我都搜集了起来，准备结集成一部《糖史》。据我所知，迄今世界上只有两部完整的《糖史》，一本是 von Lippmann 的，一本是 Deerr 的，一德一英，我在上面都已经提到过。二书的写法不尽相同，德文的谨严可靠，材料也丰富。英文的则差一点。二书都引用过中国资料，英文的引用时错误多而可笑，可见作者对中国以及中国材料是颇为陌生的。我的《糖史》既然后出，应当做到“后来居上”。至于我做到了没有，则不敢说。反正我除了参考以上两书外，有些东西我不再重复，我的重点是放在中国蔗糖史上，在我的《糖史》成书时，编为上编，国内编。我不讲饴糖，因为在饴糖制造方面，不存在国际交流的问题。我的第二个重点是文化交流，在蔗糖制造方面的国际交流。这方面的文章在成集时，我编为下编，国际编。上编已收入我主编的《东方文化集成》中，改名为《文化交流的轨迹——中华蔗糖史》，已于 1997 年由经济日报出版社出版，将来出《季羡林文集》时，仍恢复原名：《糖史上编国内编》。

我现在想讲一讲我写《糖史》搜集资料的情况。写文章引用别人的著作甚至观点，是绝不可避免的，但必须注明出处，这是起码的学术道德，我绝不敢有违。如果想开辟一个新领域，创造一个新天地，那就必须自找新材料，偷懒是万万不容许的。我自知不是大鹏，而只是一只鷦鷯，不敢做非分想，只能低低地飞。即使是大鹏，要想开辟新天地，也必付出巨大的劳动，想凭空“抟扶摇而上者九万里”，其结果必然是一个跟头栽下来，丢人现眼，而且还是飞得越高，跌得越重。搜集资料，捷径是没有的，现有的“引得”之类，作用有限。将来有朝一日，把所有的古书都输入电脑，当然会方便得多。可是目前还做不到。我只有采用一个最原始、最笨、可又绝不可避免的办法，这就是找出原书，一行行、一句句地读下去，像沙里淘金一样，搜寻有用的材料。我曾经从1993年至1994年用了差不多两年的时间，除了礼拜天休息外，每天来回跋涉五六里路跑一趟北大图书馆，风雨无阻，寒暑不辍。我面对汪洋浩瀚的《四库全书》和插架盈楼的书山书海，枯坐在那里，夏天要忍受书库三十五六摄氏度的酷暑，挥汗如雨，耐心地看下去。有时候偶尔碰到一条有用的资料，便欣喜如获至宝。但有时候也枯坐半个上午，把白内障尚不严重的双眼累得个“一佛出世，二佛升天”，却找不到一条有用的材料，嗒然拖着疲惫的双腿，走回家来。经过了两年的苦练，我练就一双火眼金睛，能目下不是十行，二十行，而是目下一页，而遗漏率却小到几乎没有的程度。

我的《糖史》就是在这样的情况下写成的。

十一、抓住一个问题终生不放

根据我个人的观察，一个学人往往集中一段时间，钻研一个问题，搜集极勤，写作极苦。但是，文章一旦写成，就把注意力转向另外一个题目，已经写成和发表的文章就不再注意，甚至逐渐遗忘了。我自己这个毛病比较少。我往往抓住一个题目，得出了结论，写成了文章；但我并不把它置诸脑后，而是念念不忘。我举几个例子。

我于1947年写过一篇论文《浮屠与佛》，用汉文和英文发表。但是限于当时的条件，其中包括外国研究水平和资料，文中有几个问题勉强得到解决，自己并不满意，耿耿于怀垂四十余年，一直到1989年，我得到了新材料，又写了一篇《再谈“浮屠”与“佛”》，解决了那一个悬而未决的问题，心中极喜。最令我欣慰的是，原来看似极大胆的假设竟然得到了证实，心中颇沾沾自喜，对自己的研究更增强了信心。觉得自己的“假设”确够“大胆”，而“求证”则极为“小心”。

第二个例子是关于佛典梵语中 -aiṃ>o 和 u 的几篇文章。1944 年，我在德国哥廷根写过一篇论文，谈这个问题，引起了国际上一些学者的注意。有人，比如美国的 F. Edgerton，在他的巨著《混合梵文文法》中多次提到这个音变现象。最初坚决反对，提出了许多假说，但又前后矛盾，不能自圆其说，最后，半推半就，被迫承认，却又不干净利落，窘态可掬，因此引起了我对此人的鄙视。回国以后，我连续写了几篇文章，对 Edgerton 加以反驳，但在我这方面，我始终没有忘记进一步寻找证据，进一步探索。这些情况我在上面的叙述中都已经谈到过。由于资料缺乏，一直到了 1990 年，上距 1944 年已经过了四十六年，我才又写了一篇比较重要的论文《新疆古代民族语言中语尾 -am>u 的现象》。在这里，我用了大量的新资料，证明了我第一篇论文的结论完全正确，无懈可击。

例子还能举出一些来。但是，我觉得，这两个也就够了。我之所以不厌其烦地谈论这个问题，是因为我看到有一些学者，在某一个时期集中精力研究一个问题，成果一出，立即罢手。我不认为这是正确的做法。学术问题，有时候一时难以下结论，必须锲而不舍，终生以之，才可能得到越来越精确可靠的结论。有时候，甚至全世界都承认其为真理的学说，时过境迁，还有人提出异议。听说，国外已有学者对达尔文的“进化论”提出了不同的看法。我认为，这不是坏事，而是好事，真理的长河是永远流逝不停的。

十二、搜集资料必须有竭泽而渔的气魄

对研究人文社会科学的人来说，资料是最重要的。在旧时代，虽有一些类书之类的书籍，可供搜集资料之用，但作用毕竟有限。一些饱学之士主要靠背诵和记忆。后来有了索引（亦称引得），范围也颇小。到了今天，可以把古书输入电脑，这当然方便多了，但是已经输入电脑的书，为数还不太多，以后会逐渐增加的。到了大批的古书都能输入电脑的时候，搜集

资料，竭泽而渔，便易如反掌了。那时候的工作重点便由搜集转为解释，工作也不能说是很轻松的。

我这一生，始终从事人文社会科学的研究工作。我搜集资料始终还是靠老办法、笨办法、死办法。只有一次尝试利用电脑，但可以说是毫无所得，大概是那架电脑出了毛病。因此我只能用老办法，一直到我前几年集中精力写《糖史》时，还是靠自己一页一页地搜寻的办法。关于这一点，我在上面已经谈到过，这里不再重复了。

不管用什么办法，搜集资料绝不能偷懒，绝不能偷工减料，形象的说法就是要有竭泽而渔的魄力。在电脑普遍使用之前，真正做到百分之百的竭泽而渔，是根本不可能的。但是，我们至少也必须做到广征博引，巨细不遗，尽可能地把能搜集到的资料都搜集在一起。科学研究工作没有什么捷径，一靠勤奋，二靠个人的天赋，而前者尤为重要。我个人认为，学者的大忌是仅靠手边一点搜集到的资料，就茫然作出重大的结论。我生平有多次经验，或者毋宁说是教训，我对一个问题作出了结论，甚至颇沾沾自喜，认为是不刊之论。然而，多半是出于偶然的机会，又发现了新资料，证明我原来的结论是不全面的，或者甚至是错误的。因此，我时时提醒自己，千万不要重蹈覆辙。

总之，一句话：搜集资料越多越好。

十三、我的考证

我在上面叙述中，甚至在“总结”的“学术研究发展的轨迹——由考证到兼顾义理”中，都谈到了考证，但仍然觉得意犹未尽，现在再补充谈一谈“我的考证”。

考证并不是什么神秘的东西，把它捧到天上去，无此必要；把它贬得一文不值，也并非实事求是的态度。清代的那一些考据大师，穷毕生之力，从事考据，给我们带来了极大的好处，好多古书，原来我们读不懂，或者自认为读懂而实未懂，通过他们对音训词句的考据，我们能读懂了。这难道说不是极大的贡献吗？即使不是考据专家，凡是从事人文社会科学研究工作的学者，有时候会引征一些资料，对这些资料的真伪迟早都要进行一些必要的考证工作。这些几乎近于常识的事情，不言而喻。因此，我才说，考证不是什么神秘的东西，而且考证之学不但中国有，外国也是有的。科学研究工作贵在求真，而考据正是达到这个目的的手段，焉能分什么国内国外？

至于考证的工拙精粗，完全决定于你的学术修养和思想方法。少学欠术的人，属于马大哈一类的人，是搞不好考证工作的。死板僵硬，墨守成规，不敢越前人雷池一步的人，也是搞不好考证的。在这里，我又要引用胡适先生的两句话："大胆的假设，小心的求证。"假设，胆越大越好。哥白尼敢于假设地球能转动，胆可谓大矣。然而只凭大胆是不行的，必须还有小心的求证。求证，越小心越好。这里需要的是极广泛搜集资料的能力，穷极毫末分析资料的能力，坚韧不拔、锲而不舍的精神，然后得出的结论才能比较可靠。这里面还有一个学术道德或学术良心的问题，下一节再谈。

在考证方面，在现代中外学人中，我最佩服的有两位：一位是我在德国的太老师 Heinrich Lüders, 一位是我在中国的老师陈寅恪先生。他们两位确有共同的特点。他们能在一般人都能读到的普通的书中，发现别人看不到的问题，从极平常的一点切入，逐步深入，分析细致入微，如剥春笋，层层剥落，越剥越接近问题的核心，最后画龙点睛，一笔点出关键，也就是结论；简直如"石破天惊逗秋雨"，匪夷所思，然而又铁证如山。此时我简直如沙漠得水，酷暑饮冰，凉沁心肺，毛发直竖，不由得你不五体投地。

上述两位先生都不是为考证而考证，他们的考证中都含有"义理"。我在这里使用"义理"二字，不是清人的所谓"义理"，而是通过考证得出规律性的东西，得出在考证之外的某一种结论。比如 Heinrich Lüders 通过考证得出了，古代印度佛教初起时，印度方言林立，其中东部有一种古代半摩揭陀语，有一部用这种方言纂成的所谓“原始佛典”（Urkarnon），当然不可能是一部完整的大藏经，颇有点类似中国的《论语》。这本来是常识一类的事实。然而当今反对这个假说的人，一定把 Urkanon 理解为“完整的大藏经”，真正是不可思议。陈寅恪先生的考证文章，除了准确地考证史实之外，都有近似“义理”的内涵。他特别重视民族与文化的问题，这也是大家所熟悉的。我要郑重声明，我绝不是抹杀为考证而考证的功绩。钱大昕考出中国古无轻唇音，并没有什么“义理”在内，但却是不刊之论，这是没有人不承认的。类似的例子还可以举出不少来，足证为考证而考证也是有其用处的、不可轻视的。

但是，就我个人而言，我的许多考证的文章，却只是手段，而不是目的。比如，我考证出汉文的“佛”字是 pat,but 的音译，根据这一个貌似微末的事实，我就提出了佛教如何传入中国的问题。我自认是平生得意之作。

十四、学术良心或学术道德

“学术良心”，好像以前还没有人用过这样一个词，我就算是“始作俑者”吧。但是，如果“良心”就是儒家孟子一派所讲的“人之初，性本善”中的“性”的话，我是不信这样的“良心”的。人和其他生物一样，其“性”就是“食、色，性也”的“性”，其本质是一要生存，二要温饱，三要发展。人的一生就是同这种本能作斗争的一生。有的人胜利了，也就是说，既要自己活，也要让别人活，他就是一个合格的人。让别人活的程度越高，也就是为别人着想的程度越高，他的“好”，或“善”，也就越高。“宁教我负天下人，休教天下人负我”，是地道的坏人，可惜的是，这样的人在古今中外并不少见。有人要问：既然你不承认人性本善，你这种想法是从哪里来的呢？对于这个问题，我还没有十分满意的解释。《三字经》上的两句话“性相近，习相远”中的“习”字似乎能回答这个问题。

一个人过了幼稚阶段，有意识地或无意识地会感到，人类必须互相依存，才都能活下去。如果一个人只想到自己，或都是绝对地想到自己，那么，社会就难以存在，结果谁也活不下去。

这话说得太远了，还是回头来谈“学术良心”或者学术道德。学术涵盖面极大，文、理、工、农、医，都是学术。人类社会不能无学术，无学术，则人类社会就不能前进，人类福利就不能提高，每个人都是想日子越过越好的，学术的作用就在于能帮助人达到这个目的。大家常说，学术是老老实实的东西，不能掺半点假。通过个人努力或者集体努力，老老实实地做学问，得出的结果必须是实事求是的。这样做，就算是有学术良心。剽窃别人的成果，或者为了沽名钓誉创造新学说或新学派而篡改研究真相，伪造研究数据，这是地地道道的学术骗子。在国际上和我们国内，这样的骗子亦非少见。这样的骗局绝不会隐瞒很久的，总有一天真相会大白于天下的。许多国家都有这样的先例。真相一旦暴露，不齿于士林，因而自杀者也是有过的。这种学术骗子，自古已有，可怕的是于今为烈。我们学坛和文坛上的剽窃大案，时有所闻，我们千万要引为鉴戒。

这样明目张胆的大骗当然是绝不允许的。还有些偷偷摸摸的小骗，也不能不引起我们的戒心。小骗局花样颇为繁多，举其荦荦大者，有以下诸种：在课堂上听老师讲课，在公开学术报告中听报告人讲演，平常阅读书刊杂志时读到别人的见解，认为有用或有趣，于是就自己写成文章，不提老师的或者讲演者的以及作者的名字，仿佛他自己就是首创者，用以欺世盗名，这种例子也不是稀见的。还有人在谈话中告诉了他一个观点，他也据为己有，这都是没有学术良心或者学术道德的行为。

我可以无愧于心地说，上面这些大骗或者小骗，我都从来没有干过，以后也永远不会干。

我在这里补充几点梁启超在他所著的《清代学术概论》中谈到的清代正统派的学风的几个特色：“隐匿证据或曲解证据，皆认为不德。”“凡采用旧说，必明引之，剿说认为大不德。”这同我在上面谈的学术道德（梁启超的“德”）完全一致。可见清代学者对学术道德之重视程度。

此外，梁启超上书中还举了一点特色：“孤证不为定说。其无反证者姑存之。得有续证，则渐信之。遇有力之反证则弃之。”可以补充在这里，也可以补充在上一节中。

十五、勤奋、天才（才能）与机遇

人类的才能，每个人都有所不同，这是大家都看到的事实，不能不承认的。但是有一种特殊的才能一般人称之为“天才”。有没有“天才”呢？似乎还有点争论，有点看法的不同。“文化大革命”期间，有一度曾有大批“天才”，但其时所批“天才”，似乎与我现在讨论的“天才”不是一回事。根据我六七十年来的观察和思考，有“天才”是否定不了的，特别在音乐和绘画方面。你能说贝多芬、莫扎特不是音乐天才吗？即使不谈“天才”，只谈才能，人与人之间也是相差十分悬殊的。就拿教梵文来说，在同一个班上，一年教下来，学习好的学生能够教学习差的而有余。有的学生就是一辈子也跳不过梵文这个龙门。这情形我在国内外都见到过。

拿做学问来说，天才与勤奋的关系究竟如何呢？有人说：“九十九分勤奋，一分神来（属于天才的范畴）。”我认为，这个百分比应该纠正一下。七八十分的勤奋，二三十分的天才（才能），我觉得更符合实际一点。我丝毫也没有贬低勤奋的意思。无论干哪一行的，没有勤奋，一事无成。我只是感到，如果没有才能而只靠勤奋，一个人发展的极限是有限度的。

现在，我来谈一谈天才、勤奋与机遇的关系问题。我记得六十多年前在清华大学读西洋文学时，读过一首英国诗人 Thomas Gray 的诗，

1989 年，季羡林先生与他的关门弟子刘波博士。

题目大概是叫《墓畔哀歌》，诗的内容，时隔半个多世纪，全都忘了，只有一句还记得：“在墓地埋着可能有莎士比亚。”意思是指，有莎士比亚天才的人，老死穷乡僻壤间。换句话说，他没有得到“机遇”，天才白白浪费了。上面讲的可能有张冠李戴的可能；如果有的话，请大家原谅。

总之，我认为，“机遇”（在一般人嘴里可能叫作“命运”）是无法否认的。一个人一辈子做事，读书，不管是干什么，其中都有“机遇”的成分。我自己就是一个活生生的例子。如果“机遇”不垂青，我至今还恐怕是一个识字不多的贫农，也许早已离开了世界。我不是“王半仙”或“张铁嘴”，我不会算卦、相面，我不想来解释这一个“机遇”问题，那是超出我的能力的事。

十六、满招损，谦受益

这本来是中国一句老话，来源极古，《尚书·大禹谟》中已经有了，以后历代引用不辍，一直到今天，还经常挂在人民嘴上。可见此话道出了一个真理，经过将近三千年的检验，益见其真实可靠。

这话适用于干一切工作的人，做学问何独不然？可是，怎样来解释呢？

根据我自己的思考与分析，满（自满）只有一种：真。假自满者，未之有也。吹牛皮，说大话，那不是自满，而是骗人。谦（谦虚）却有两种，一真一假。假谦虚的例子，真可以说是俯拾即是。故作谦虚状者，比比皆是。中国人的“菲酌”“拙作”之类的词，张嘴即出。什么“指正”“斧正”“哂正”之类的送人自己著作的谦词，谁都知道是假的；然而谁也必须这样写。这种谦词已经深入骨髓，不给任何人留下任何印象。日本人赠人礼品，自称“粗品”者，也属于这一类。这种虚伪的谦虚不会使任何人受益。西方人无论如何也是不能理解的。为什么拿“菲酌”而不拿盛宴来宴请客人？为什么拿“粗品”而不拿精品送给别人？对西方人简直是一个谜。

我们要的是真正的谦虚，做学问更是如此。如果一个学者，不管是年轻的，还是中年的、老年的，觉得自己的学问已经够大了，没有必要再进行学习了，他就不会再有进步。事实上，不管你搞哪一门学问，绝不会有搞得完全彻底一点问题也不留的。人即使能活上一千年，也是办不到的。因此，在做学问上谦虚，不但表示这个人有道德，也表示这个人是实事求是的。听说康有为说过，他年届三十，天下学问即已学光。仅此一端，就可以证明，康有为不懂什么叫学问，现在有人尊他为“国学大师”，我认为是可笑的。他至多只能算是一个革新家。

在当今中国的学坛上，自视甚高者，所在皆是；而真正虚怀若谷者，则绝无仅有。我不认为这是一个好现象。有不少年轻的学者，写过几篇论文，出过几册专著，就傲气凌人。这不利于他们的进步，也不利于中国学术前途的发展。

我自己怎样呢？我总觉得自己不行。我常常讲，我是样样通，样样松。我一生勤奋不辍，天天都在读书写文章，但一遇到一个必须深入或更深入钻研的问题，就觉得自己知识不够，有时候不得不临时抱佛脚。人们都承认，自知之明极难；有时候，我却觉得，自己的“自知之明”过了头，不是虚心，而是心虚了。因此，我从来没有觉得自满过。这当然可以说是一个好现象。但是，我又遇到了极大的矛盾：我觉得真正行的人也如凤毛麟角。我总觉得，好多学人不够勤奋，天天虚度光阴。我经常处在这种心理矛盾中。别人对我的赞誉，我非常感激；但是，我并没有被这些赞誉冲昏了头脑，我头脑是清楚的。我只劝大家，不要全信那一些对我赞誉的话，特别是那些顶高得惊人的帽子，我更是受之有愧。

十七、没有新意，不要写文章

在芸芸众生中，有一种人，就是像我这样的教书匠，或者美其名，称之为“学者”。我们这种人难免不时要舞笔弄墨，写点文章的。根据我的分析，文章约而言之可以分为两大类：一是被动写的文章，一是主动写的文章。

所谓“被动写的文章”，在中国历史上流行了一千多年的应试的“八股文”和“试帖诗”，就是最典型的例子。这种文章多半是“代圣人立言”的，或者是“颂圣”的，不许说自己真正想说的话。换句话说，就是必须会说废话。记得鲁迅在什么文章中举了一个废话的例子：“夫天地者乃宇宙之乾坤，吾心者实中怀之在抱。久矣夫，千百年来已非一日矣。”（后面好像还有，我记不清楚了。）这是典型的废话，念起来却声调铿锵。“试帖诗”中也不乏好作品，唐代钱起咏湘灵鼓瑟的诗，就曾被朱光潜先生赞美过，而朱先生的赞美又被鲁迅先生讽刺过。到了今天，我们被动写文章的例子并不少见。我们写的废话，说的谎话，吹的大话，这是到处可见的。我觉得，有好多文章是大可以不必写的，有好些书是大可以不必印的。如果少印刷这样的文章，少出版这样的书，则必然能够少砍伐些森林，少制造一些纸张；对保护环境、保持生态平衡，会有很大的好处的；对人类生存的前途也会减少危害的。

至于主动写的文章，也不能一概而论，仔细分析起来，也是五花八门的。有的人为了提职，需要提交“著作”，于是就赶紧炮制；有的人为了成名成家，也必须有文章，也努力炮制。对于这样的人，无需深责，这是人之常情。炮制的著作不一定都是“次品”，其中也不乏优秀的东西。像吾辈“爬格子族”的人们，非主动写文章以赚点稿费不行，只靠我们的工资，必将断炊。我辈被“尊”为教授的人，也不例外。

在中国学术界里，主动写文章的学者中，有不少的人学术道德是高尚的。他们专心一致，唯学是务，勤奋思考，多方探求。写出来的文章尽管有点参差不齐，但是他们都是值得钦佩、值得赞美的，他们是我们中国学术界的脊梁。

真正的学术著作，约略言之，可以分为两大类：单篇的论文与成本的专著。后者的重要性不言自明。古今中外的许多大部头的专著，像中国汉代司马迁的《史记》、宋代司马光的《资治通鉴》等等，都是名垂千古、辉煌璀燦的巨著，是我们国家的瑰宝。这里不再详论。我要比较详细地谈一谈单篇论文的问题。单篇论文的核心是讲自己的看法、自己异于前人的新意，要发前人未发之覆。有这样的文章，学术才能一步步、一代代向前发展。如果写一部专著，其中可能有自己的新意，也可能没有。因为大多数的专著是综合的、全面的叙述，即使不是自己的新意，也必须写进去，否则就不算全面。论文则没有这种负担，它的目的不是全面，而是深入，而是有新意，它与专著的关系可以说是相辅相成的。

我在上面几次讲到“新意”，“新意”是从哪里来的呢？有的可能是从天上掉下来的，是出于“灵感”，比如传说中牛顿因见苹果落地而悟出地心吸力。但我们必须注意，这种灵感不是任何人都能有的。牛顿一定是很早就考虑这类的问题，昼思夜想，一旦遇到相应的时机，便豁然顿悟。吾辈平凡的人，天天吃苹果，只觉得它香脆甜美，管它什么劳什子“地心吸力”干吗！在科学技术史上，类似的例子还可以举出不少来，现在先不去谈它了。

在以前极“左”思想肆虐的时候，学术界曾有大批“从杂志缝里找文章”的做法，因为这样就不能“代圣人立言”，必须心中先有一件先入为主的教条的东西要宣传，这样的文章才合乎程式。有“学术新意”是触犯“天条”的。这样的文章一时间滔滔者天下皆是也。但是，这样的文章印了出来，再当作垃圾卖给收破烂的（我觉得这也是一种“白色垃圾”），除了浪费纸张以外，丝毫无补于学术的进步。我现在立一新义：在大多数情况下，只有到杂志缝里才能找到新意。在大部头的专著中，在字里行间，也能找到新意，旧日所谓“读书得间”，指的就是这种情况。因为，一般说来，杂志上发表的文章往往只谈一个问题、一个新问题，里面是有新意的。你读过以后，受到启发，举一反三，自己也产生了新意，然后写成文章，让别的学人也受到启发，再举一反三。如此往复循环，学术的进步就寓于其中了。

可惜——我觉得可惜——眼前在国内学术界中，读杂志的风气，颇为不振。不但外国的杂志不读，连中国的杂志也不看。闭门造车，焉得出而合辙？别人的文章不读，别人的观点不知，别人已经发表过的意见不闻不问，只是一味地写去。这样怎么能推动学术前进呢？更可怕的是，这个问题几乎没有人提出。有人空喊“同国际学术接轨”。不读外国同行的新杂志和新著作，你能知道“轨”究竟在哪里吗？连“轨”在哪里都不知道，空喊“接轨”，不是天大的笑话吗？

十八、对待不同意见的态度

端正对待不同意见（我在这里指的只是学术上不同的意见）的态度，

是非常不容易办到的一件事。中国古话说："良药苦口利于病，忠言逆耳利于行"，可见此事自古已然。

我对于学术上不同的观点，最初也不够冷静。仔细检查自己内心的活动，不冷静的原因绝不是什么面子问题，而是觉得别人的思想方法有问题，或者认为别人并不真正全面地实事求是地了解自己的观点，自己心里十分别扭，简直是堵得难受，所以才不能冷静。

最近若干年来，自己在这方面有了进步。首先，我认为，普天之下的芸芸众生，思想方法就是不一样，五花八门，无奇不有。这是正常的现象，正如人与人的面孔也不能完完全全一模一样相同。要求别人的思想方法同自己一样，是一厢情愿，完全不可能的，也是完全不必要的。其次，不管多么离奇的想法，其中也可能有合理之处。采取其合理之处，扬弃其不合理之处，是唯一正确的办法。至于有人无理攻击，也用不着真正的生气。我有一个怪论：一个人一生不可能没有朋友，也不可能没有非朋友。我在这里不用"敌人"这个词，而用"非朋友"，是因为非朋友不一定就是敌人。最后，我还认为，个人的意见不管一时觉得多么正确，其实这还是一个未知数。时过境迁，也许会发现它并不正确，或者不完全正确。到了此时，必须有勇气公开改正自己的错误意见。梁任公说："不惜以今日之我，攻昨日之我。"这是光明磊落的真正学者的态度。最近我编《东西文化议论集》时，首先自己亮相，把我对"天人合一"思想的"新解"（请注意"新解"中的"新"字）和盘托出，然后再把反对我的意见的文章，只要能搜集到的，都编入书中，让读者自己去鉴别分析。我对广大的读者是充分相信的，他们能够明辨是非。如果我采用与此相反的方式：打笔墨官司，则对方也必起而应战。最初，双方或者还能克制自己，说话讲礼貌，有分寸。但是笔战越久，理性越少，最后甚至互相谩骂，人身攻击。到了这个地步，谁还能不强词夺理、歪曲事实呢？这样就离开真理越来越远了。中国学术史上这样的例子颇为不少。我前些时候在上海《新民晚报》"夜光杯"副

1991 年，季羡林先生与赵朴初先生。

刊上写过一篇短文：《真理越辨越明吗？》。我的结论是：在有些时候，真理越辨（辩）越糊涂。是否真理，要靠实践，兼历史和时间的检验。可能有人认为我是在发怪论，我其实是有感而发的。

十九、必须中西兼通、中西结合，地上文献与地下考古资料相结合

这一节其实都是“多余的话”，可以不必写的。可我为什么又写了呢？因为，经过多年的观察，我发现，在中国学者群中，文献与考古相结合多数学者是做到了。但是，中外结合这一点则做得很不够。我在这里不用“中西”，而用“中外”，是包括日本在内的，并非笔误。

我个人认为，居今之世而言治学问，绝不能坐井观天。今天已经不是乾嘉时代了。许多学术发达的外国，科学、技术，灿然烂然；人文社会科学方面，也已达到了相当高的水平。我们中国学者，包括专治中国国学的在内，对外国的研究动向和研究成果，绝不能视若无睹。那样不利于我们自己学问的进步，也不利于国与国之间的学术文化交流。可是，令人十分遗憾的是，国内学术界确有昧于国外学术界情况的现象。年老的不必说，甚至连一些中年或青年学者，也有这种现象。我觉得，这种情况必须尽快

改变。否则，有人慨叹中国一些学科在国际上没有声音，这不能怪别人，只能怪自己。说汉语的人虽然数目极大，可惜外国人不懂。我们的汉语还没有达到今天英语的水平。你无论怎样“振大汉之天声”，人家只是瞠目摇头。在许多国际学术的讨论会上，出席的一些中国学者，往往由于不通外语，首先在大会上不能自己用外语宣读论文，其次在会议间歇时或联欢会上，孑然孤立，窘态可掬。因此，我希望我们年轻的学者，不管你是哪一门、哪一科，尽快掌握外语。只有这样，中国的声音才能传向全球。

二十、研究、创作与翻译并举

这完全是对我自己的总结，因为这样干的人极少。

我这样做，完全是环境造成的。研究学问是我毕生兴趣之所在，我几乎全部的精力也都用在了这上面。但是，在济南高中读书时期，我受到了胡也频先生和董秋芳（冬芬）先生的影响和鼓励，到了清华大学以后，又受到了叶公超先生、沈从文先生和郑振铎先生的奖励，就写起文章来。我写过一两首诗，现在全已逸失。我不愿意写小说，因为我厌恶虚构的东西。因此，我只写散文，六十多年来没有断过。人都是爱虚荣的，我更不能例外。我写的散文从一开始就受到了上述诸先生的垂青，后来又逐渐得到了广大读者的鼓励。我写散文不间断的原因，说穿了，就在这里。有时候，搞那些枯燥死板的学术研究疲倦了，换一张桌子，写点散文，换一换脑筋。就像是磨刀一样，刀磨过之后，重又锋利起来，回头再搞学术研究，重新抖擞，如虎添翼，奇思妙想，纷至沓来，亦人生一乐也。我自知欠一把火，虽然先后成为中国作家协会的会员、理事、顾问，我从来不敢以作家自居。在我眼中，作家是“神圣”的名称，是我崇拜的对象，我哪里敢鱼目混珠呢？

至于搞翻译工作，那完全是出于无奈。我于1946年从德国回国以后，我在德国已经开了一个好头的研究工作，由于国内资料完全缺乏，被迫改

季羡林先生。

弦更张。当时内心极度痛苦。除了搞行政工作外，我是一个闲不住的人，我必须找点工作干，我指的是写作工作。写散文，我没有那么多真情实感要抒发。我主张散文是不能虚构的，不能讲假话的；硬往外挤，卖弄一些花里胡哨的辞藻，我自谓不是办不到，而是耻于那样做。想来想去，眼前只有一条出路，就是搞翻译。我从德国的安娜·西格斯的短篇小说译起，一直扩大到梵文和巴利文文学作品。最长、最重要的一部翻译是印度两大史诗之一的《罗摩衍那》。这一部翻译的产生是在我一生最倒霉、精神最痛苦的时候。当时“文化大革命”还没有结束，我虽然已经被放回家中；北大的“黑帮大院”已经解散，每一个“罪犯”都回到自己的单位，群众专政，监督劳改；但是我头上那一摞莫须有的帽子，似有似无，似真似假，还沉甸甸地压在那里。我被命令掏大粪，浇菜园，看楼门，守电话，过着一个“不可接触者”的日子。我枯坐门房中，除了传电话，分发报纸信件以外，实在闲得无聊。心里琢磨着找一件会拖得很长，但又绝对没有什么结果的工作，以消磨时光，于是就想到了长达两万颂的《罗摩衍那》。从文体上来看，这部大史诗不算太难，但是个别地方还是有问题、有困难的。在当时，这部书在印度有不同语言的译本，印度以外还没有听到有全译本，连英文也只有一个编译本。我碰到困难，无法解决，只有参考也并不太认真的印地文译本。当时极“左”之风尚未全息，读书重视业务，被认为是“修正主义”。何况我这样一个半犯人的人，焉敢公然在门房中摊开梵文原本翻译起来，旁若无人。这简直是在太岁头上动土，至少也得挨批斗五次。我哪里有这个勇气！我于是晚上回家，把梵文译为汉文散文，写成小纸条，装在口袋里。白天枯坐门房中，脑袋里不停地思考，把散文改为有韵的诗。我被进一步解放后，又费了一两年的时间，终于把全书的译文整理完。后来时来运转，受到了改革开放之惠，人民文学出版社全文出版，这是我事前绝对没有妄想过的。

我常常想，如果没有“文化大革命”，如果我没有成为“不可接触者”，则必终日送往迎来，忙于行政工作，《罗摩衍那》是绝对翻译不出来的。有人说：坏事能变成好事，信然矣。人事纷纭，因果错综，我真不禁感慨系之了。

“总结”暂时写到这里。有几点需要说明一下：

第一，这本书是以回忆我这一生六七十年来的学术研究的内容为主轴线来写作的，它不是一般的“自述”，连不属于狭义的学术研究范围的文学创作和文学翻译，都不包括在里面。目的无它，不过求其重点突出、线索分明而已。但是，考虑到文学创作与文学翻译与学术研究工作毕竟是紧密相联的，所以在“总结”的最后又加上了一节。

第二，“自述”本来打算而且也应该写到1997年的。但是，正如我在上面说到过的那样，我是越老工作干得越多，文章写得也多，头绪纷繁，一时难以搜集齐全，“自述”写起来也难，而且交稿有期，完成无日。考虑了好久，终于下定决心，1994年以后的“学术回忆录”以后再写，现在暂时告一段落。

第三，但是，我在这里却遇到了矛盾。按理说，“自述”写到哪一年，“总结”也应该做到哪一年。可是，事实上，却难以做到，“自述”可以戛然而止，而“总结”则难以办到。许多工作是有连续性的。“总结”必须总结一个全过程，不能说停就停。因此，同这部《自述》不能同步进行，“总结”一直写到眼前。将来“自述”写到1997年时，“总结”不必改动，还会是适合的、有用的。

第四，“总结”的目的是总结经验和教训的。我这一生活得太长，活干得太多，于是经验和教训就内容复杂，头绪纷纭。我虽然绞尽了脑汁，方方面面，都努力去想。但是，我却一点把握也没有，漏掉的东西肯定还会有的。在今后继续写“学术自述”的过程中，只要我想到还有什么遗漏，我在“自述”暂告——只能暂告，我什么时候给生命画句号，只有天知道——结束时，我还会补上的。

柒

我的人生感悟

1998 年，季羡林先生。

人生的意义与价值

当我还是一个青年大学生的时候，报刊上曾刮起一阵讨论人生的意义与价值的微风，文章写了一些，议论也发表了一通。我看过一些文章，但自己并没有参加进去。原因是，有的文章不知所云，我看不懂。更重要的是，我认为这种讨论本身就无意义、无价值，不如实实在在地干几件事好。

时光流逝，一转眼，自己已经到了望九之年，活得远远超过了我的预算。有人认为长寿是福，我看也不尽然。人活得太久了，对人生的种种相、众生的种种相，看得透透彻彻，反而鼓舞时少、叹息时多。远不如早一点离开人世这个是非之地，落一个耳根清净。

那么，长寿就一点好处都没有吗？也不是的。这对了解人生的意义与价值，会有一些好处的。

根据我个人的观察，对世界上绝大多数人来说，人生一无意义，二无价值。他们也从来不考虑这样的哲学问题。走运时，手里攥满了钞票，白天两顿美食城，晚上一趟卡拉 OK，玩一点小权术，耍一点小聪明，甚至恣睢骄横，飞扬跋扈，昏昏沉沉，浑浑噩噩，等到钻入了骨灰盒，也不明白自己为什么活过一生。

其中不走运的则穷困潦倒，终日为衣食奔波，愁眉苦脸，长吁短叹。即使日子还能过得去的，不愁衣食，能够温饱，然而也终日忙忙碌碌，被

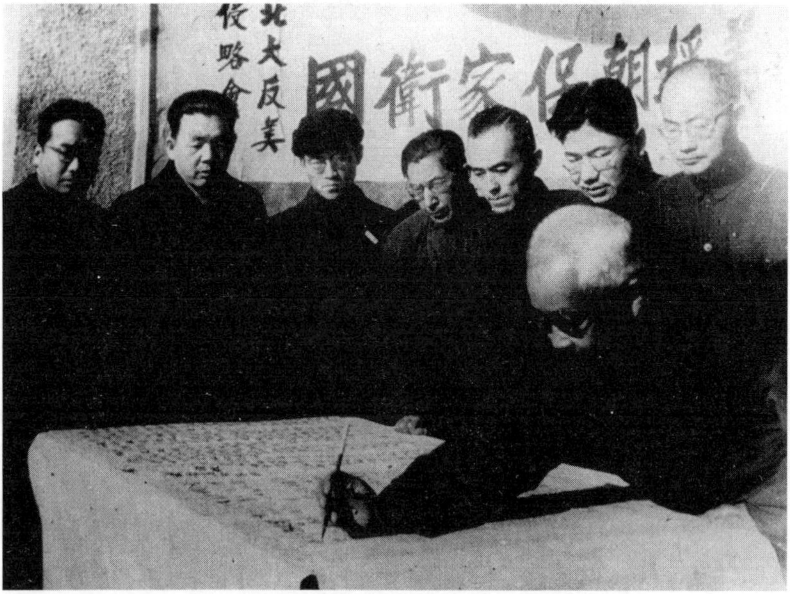

20 世纪 50 年代初，汤用彤教授（右一）、邓广铭教授（左二）、季羡林教授（左五）等签名反对美国侵略朝鲜，支持我国抗美援朝，保家卫国。

困于名缰，被缚于利锁。同样是昏昏沉沉、浑浑噩噩，不知道为什么活过一生。

对这样的芸芸众生，人生的意义与价值从何处谈起呢？

我自己也属于芸芸众生之列，也难免浑浑噩噩，并不比任何人高一丝一毫。如果想勉强找一点区别的话，那也是有的：我，当然还有一些别的人，对人生有一些想法，动过一点脑筋，而且自认这些想法是有点道理的。

我有些什么想法呢？话要说得远一点。当今世界上战火纷飞，人欲横流，“黄钟毁弃，瓦釜雷鸣”，是一个十分不安定的时代。但是，对于人类的前途，我是一个乐观主义者。我相信，不管还要经过多少艰难曲折，不管还要经历多少时间，人类总会越变越好的，人类大同之域绝不会仅仅是一个空洞的理想。但是，想要达到这个目的，必须经过无数代人的共同努力。

有如接力赛，每一代人都有自己的一段路程要跑。又如一条链子，是由许多环组成的，每一环从本身来看，只不过是微末不足道的一点东西；但是没有这一点东西，链子就组不成。在人类社会发展的长河中，我们每一代人都有自己的任务，而且是绝非可有可无的。如果说人生有意义与价值的话，其意义与价值就在这里。

但是，这个道理在人类社会中只有少数有识之士才能理解。鲁迅先生所称之“中国的脊梁”，指的就是这种人。对于那些肚子里吃满了肯德基、麦当劳、比萨饼，到头来终不过是浑浑噩噩的人来说，有如夏虫不足以与语冰，这些道理是没法谈的。他们无法理解自己对人类发展所应当承担的责任。

话说到这里，我想把上面说的意思简短扼要地归纳一下：如果人生真有意义与价值的话，其意义与价值就在于对人类发展的承上启下、承前启后的责任感。

1995 年

做人与处世

一个人活在世界上，必须处理好三个关系：第一，人与大自然的关系；第二，人与人的关系，包括家庭关系在内；第三，个人心中思想与感情矛盾与平衡的关系。这三个关系，如果能处理得好，生活就能愉快；否则，生活就有苦恼。

人本来也是属于大自然范畴的。但是，人自从变成了“万物之灵”以后，就同大自然闹起独立来，有时竟成了大自然的对立面。人类的衣食住行所有的资料都取自大自然，我们向大自然索取是不可避免的。关键是，怎样去索取？索取手段不出两途：一用和平手段，一用强制手段。我个人认为，东西文化之分野，就在这里。西方对待大自然的基本态度或指导思想是“征服自然”，用一句现成的套话来说，就是用处理敌我矛盾的方法来处理人与大自然的关系。结果呢，从表面上看上去，西方人是胜利了，大自然真的被他们征服了。自从西方产业革命以后，西方人屡创奇迹。楼上楼下，电灯电话。大至宇宙飞船，小至原子，无一不出自西方“征服者”之手。

然而，大自然的容忍是有限度的，它是能报复的，它是能惩罚的。报复或惩罚的结果，人皆见之，比如环境污染，生态失衡，臭氧层出洞，物种灭绝，人口爆炸，淡水资源匮乏，新疾病产生，如此等等，不一而足。这些弊端中哪一项不解决都能影响人类生存的前途。我并非危言耸听，现

1994年春，季羡林先生在北京西山大觉寺。

在全世界人民和政府都高呼环保，并采取措施。古人说："失之东隅，收之桑榆。"犹未为晚。

中国或者东方对待大自然的态度或哲学基础是"天人合一"。宋人张载说得最简明扼要："民，吾同胞；物，吾与也。""与"的意思是伙伴。我们把大自然看作伙伴，可惜我们的行为没能跟上。在某种程度上，也采取了"征服自然"的办法，结果也受到了大自然的报复。前不久南北的大洪水不是很能发人深省吗？

至于人与人的关系，我的想法是：对待一切善良的人，不管是家属，还是朋友，都应该有一个两字箴言：一曰真，二曰忍。真者，以真情实意相待，不允许弄虚作假。对待坏人，则另当别论。忍者，相互容忍也。日子久了，难免有点磕磕碰碰。在这时候，头脑清醒的一方应该能够容忍。如果双方都不冷静，必致因小失大，后果不堪设想。唐朝张公艺的"百忍"是历史上有名的例子。

至于个人心中思想感情的矛盾，则多半起于私心杂念。解之之方，唯有消灭私心，学习诸葛亮的"淡泊以明志，宁静以致远"，庶几近之。

1998年11月17日

我们面对的现实

我们面对的现实，多种多样，很难一一列举。现在我只谈两个：第一，生活的现实；第二，学术研究的现实。

一、生活的现实

生活，人人都有生活，它几乎是一个广阔无垠的概念。在家中，天天开门七件事：柴、米、油、盐、酱、醋、茶，人人都必须有的。这且不表。要处理好家庭成员的关系，不在话下。在社会上，就有了很大的区别。当官的，要为人民服务，当然也盼指日高升。大款们另有一番风光，炒股票、玩期货，一夜之间成了暴发户，腰缠十万贯，“春风得意马蹄疾，一日看遍长安花”。当然，一旦破了产，跳楼自杀，有时也在所难免。我辈书生，青灯黄卷，兀兀穷年，有时还得爬点格子，以济工资之穷。至于引车卖浆者流，只有拼命干活，才得糊口。

这都是我们必须面对的生活。我们必须黾勉从事，过好这个日子（生活），自不待言。

但是，如果我们把眼光放远一点，把思虑再深化一点，想一想全人类的生活，你感觉到危险性了没有？也许有人感到，我们这个小小寰球并不

季羡林先生与北大学子们在一起。

安全。有时会有地震，有时会有天灾，刀兵水火，疾病灾殃，说不定什么时候就会驾临你的头上，躲不胜躲，防不胜防。对策只有一个：顺其自然，尽上人事。

如果再把眼光放得更远，让思虑钻得更深，则眼前到处是看不见的陷阱。我自己也曾幼稚过一阵。我读东坡《(前)赤壁赋》:“唯江上之清风，与山间之明月，耳得之而为声，目遇之而成色。取之不尽，用之不竭。是造物者之无尽藏也,而我与子之所共适。”我深信苏子讲的句句是真理。然而，到了今天,江上之风还清吗？山间之月还明吗？谁都知道，由于大气的污染，风早已不清，月早已不明了。与此有联系的还有生态平衡的破坏，动植物品种的灭绝,新疾病的不断出现,人口的爆炸,臭氧层出了洞,自然资源——其中包括水——的枯竭，如此等等，不一而足。我们人类实际上已经到了“盲人骑瞎马，夜半临深池”的地步。令人吃惊的是，虽然有人已经注意到了这个现象，但并没有提高到与人类生存前途挂钩的水平，仍然只是头痛治头,脚痛治脚。还有人幻想用西方的“科学”来解救这一场危机。我认为，这是不太可能的,这一场灾难主要就是西方“征服自然”的“科学”造成的。西方科学优秀之处，必须继承，但是必须从根本上、从思想上，解决问题，以东方的“民胞物与”的“天人合一”的思想济西方“科学”之穷。人类前途，庶几有望。

二、学术研究的现实

对我辈知识分子来说，除了生活的现实之外，还有一个学术研究的现实。我在这里重点讲人文社会科学，因为我自己是搞这一行的。

文史之学，中国和欧洲都已有很长的历史。因两处具体历史情况不同，所以发展过程不尽相同。但是总的研究对象和研究方法多有相通之处，对象大都是古典文献。就中国而论，由于字体屡变，先秦典籍的传抄工作不能不受到影响。但是，读书必先识字，此《说文解字》之所以必做也。新材料的出现，多属偶然。地下材料，最初是“地不爱宝”，它自己把材料贡献出来的，有目的有意识的发掘工作是后来兴起的。盗墓者当然是例外。至于社会调查，古代不能说没有，采风就是调查形式之一。有计划、有组织、有目的的社会调查工作，也是晚起的，恐怕还是多少受了点西方的影响。

古代文史工作者用力最勤的是记诵之学。在科举时代，一个举子必须能背四书、五经，这是起码的条件。否则连秀才也当不上，遑论进士！扩而大之，要背诵十三经，有时还要连上注疏。至于传说有人能倒背十三经，对于我至今还是个谜，一本书能倒背吗？背了有什么用处呢？

社会不断前进，先出了一些类似后来索引的东西，系统的、科学的索引，出现最晚，恐怕也是受西方的影响，有人称之为“引得”（index），显然是舶来品。

但是，不管有没有索引，索引详细不详细，我们研究一个题目，总要先积累资料，而积累资料，靠记诵也好，靠索引也好，都是十分麻烦、十分困难的。有时候穷年累月，滴水穿石，才能勉强凑足够写一篇论文的资料，有一些资料可能还是可遇而不可求的。写文章之难真是难于上青天。

然而，石破天惊，电脑出现了，许多古代典籍逐渐被输入电脑了，不用一举手一投足之劳，只需发一命令，则所需的资料立即呈现在你的眼前，一无遗漏。岂不痛快也哉！

这就是眼前我们面对的学术现实。最重要、最困难的搜集资料工作解决了，岂不是人人皆可以为大学者了吗？难道我们还不能把枕头垫得高高地“高枕无忧”了吗？

我说：“且慢！且慢！我们的任务还并不轻松！”我们面临这一场大的转折，先要调整心态。对电脑赐给我们的资料，要加倍细致地予以分析使用。还有没有输入电脑的书，仍然需要我们去翻检。

1997年4月13日

关于人的素质的几点思考

一、我们当前所面临的形势

谈问题必须从实际出发，这几乎成了一个常识。谈人的素质又何能例外？

在这方面，我们，包括大陆和台湾，甚至全世界，我们所面临的形势怎样呢？我觉得，法鼓人文社会学院的“通告”中说得简洁而又中肯：

> 识者每以今日的社会潜伏下列诸问题为忧：即功利气息弥漫，只知夺取而缺乏奉献和服务的精神；大家对社会关怀不够，环境日益恶化；一般人虽受相当教育，但缺乏判断是非善恶的能力；科技教育与人文教育未能整合，阻碍教育整体发展，亦且影响学生健全人格的养成。

这些话都切中时弊。

在这里，我想补充上几句。

我们眼前正处在20世纪的世纪末和千纪末中。“世纪”和“千纪”都是人为地创造出来的，但是，一旦创造出来，它似乎就对人类活动产生了影响。19世纪的世纪末可以为鉴，当前的这一个世纪末，也不例外。在政治、经济等方面所发生的巨大变化，有目共睹。我特别想指出环境保护等方面的令人触目惊心的情况。这些都与西方科学技术的发展密切相联。

西方自产业革命以后，科技飞速发展。生产力解放之后，远迈前古。结果给全体人类带来了极大的意想不到的福利。这一点是无论如何也否认不掉的。但是同时也带来了同样是想不到的弊端或者危害，比如空气污染、海河污染、生态平衡破坏、一些动植物灭种、环境污染、臭氧层出洞、人口爆炸、淡水资源匮乏、新疾病产生，如此等等，不一而足。这些灾害中任何一项如果避免不了，祛除不掉，则人类生存前途就会受到威胁。所以，现在全世界有识之士以及一些政府，都大声疾呼，注意环保工作。这实在值得我们钦佩。

英国浪漫主义诗人雪莱以诗人的惊人的敏感，在19世纪初叶，正当西方工业发展如火如荼地上升的时候，在他所著的于1821年出版的《诗辨》中，就预见到它能产生的恶果，他不幸而言中，他还为这种恶果开出了解救的药方：诗与想象力，再加上一个爱。这也实在值得我们佩服。

眼前的这一个世纪末，实在是人类历史上一个空前的大动荡、大转轨的时代。在这样的时机中，我们平常所说的“代沟”空前地既深且广。老少两代人之间的隔阂十分严峻。有人把现在年轻的一代人称为“新人类”，据说日本也有这个词儿，这个词儿意味深长。

二、人的天性或本能

我们就处在这样的环境条件下来探讨人的天性的一些想法。

两千多年以来，中国哲学史上始终有一个争论不休的问题：性善与性恶。孟子主性善，荀子主性恶，这是众所周知的事实。两说各有拥护者和反对者，中立派就主张性无善无恶说。我个人的看法接近此说，但又不完全相同。

如果让我摆脱骑墙派的立场，说出真心话的话，我赞成性恶说，然则根据何在呢？

由于行当不对头——我重点搞的是古代佛教历史、中亚古代语文、佛教史、中印和中外文化交流史等，我对生理学和心理学所知甚微。根据我多年的观察与思考，我觉得，造物主或天或大自然，一方面赋予人和一切生物（动植物都在内）以极强烈的生存欲，另一方面又赋予它们极强烈的发展扩张欲。一棵小草能在砖石重压之下，以惊人的毅力，钻出头来，真令我惊叹不置。一尾鱼能产上百上千的卵，如果每一个卵都能长成鱼，则湖海有朝一日会被鱼填满。植物无灵，但有能，它想尽办法，让自己的种子传播出去。类似的例子，举不胜举。但是，与此同时，造物主又制造某些动植物的天敌，大鱼吃小鱼，小鱼吃虾米，猫吃老鼠，等等。总之是，一方面让你生存发展，一方面又遏止你生存发展，以此来保持物种平衡、人和动植物的平衡。这是造物主给生物开玩笑。老子说："天地不仁，以万物为刍狗。"意思与此差为相近。如此说来，荀子的性恶说能说没有根据吗？荀子说："人之性恶，其善者伪也。""伪"字在这里有"人为"的意思，不全是"假"。总之，这说法比孟子性善说更能说得过去。

三、道德问题

写到这里，我认为可以谈道德问题了。道德讲善恶，讲好坏，讲是非，等等。那么，什么是善，是好，是是呢？根据我上面的说法，我们可以说：自己生存，也让别的人或动植物生存，这就是善。只考虑自己生存不考虑别人生存，这就是恶。《三国演义》中说曹操有言："宁教我负天下人，休教天下人负我。"这是典型的恶。要一个人不为自己的生存考虑，是不可能的，是违反人性的。只要能做到既考虑自己也考虑别人，这一个人就算及格了，考虑别人的百分比愈高，则这个人的道德水平也就愈高。百分之百考虑别人，所谓“毫不利己，专门利人”，是做不到的。那极少数为国家、为别人牺牲自己性命的，用一个哲学家的现成的话来说是出于“正义行动”。

只有人类这个“万物之灵”才能做到既为自己考虑，也能考虑到别人的利益。一切动植物是绝对做不到的，它们根本没有思维能力。它们没有自律，只有他律，而这他律就来自大自然或者造物主。人类能够自律，但也必须辅之以他律。康德所谓“消极义务”，多来自他律。他讲的“积极义务”，则多来自自律。他律的内容很多，比如社会舆论、道德教条等等都是。而最明显的则是公安局、检察机构、法院。

写到这里，我想把话题扯远一点，才能把我想说的问题说明白。

人生于世，必须处理好三个关系：（一）人与大自然的关系，那也称之为“天人关系”；（二）人与人的关系，也就是社会关系；（三）人与自己的关系，也就是个人思想感情矛盾与平衡的问题。这三个关系处理好，人就幸福愉快，否则就痛苦。

在处理第一个关系时，也就是天人关系时，东西方，至少在指导思想方向上截然不同。西方主“征服自然”（to conquer the nature），《天演论》的“物竞天择，适者生存”，即由此而出。但是天或大自然是能够报复的，能够惩罚的。你“征服”得过了头，它就报复。比如砍伐森林，砍光了森林，气候就受影响，洪水就泛滥。世界各地都有例可证。今年大陆的水灾，根本原因也在这里。这只是一个小例子，其余可依此类推。学术大师钱穆先生一生最后一篇文章《中国文化对人类未来可有的贡献》，讲的就是“天人合一”的问题，我冒昧地在钱老文章的基础上写了两篇补充的文章，我复印了几份，呈献给大家，以求得教正。

“天人合一”是中国哲学史上一个重要命题，解释纷纭，莫衷一是。钱老说：“我曾说‘天人合一’论，是中国文化对人类最大的贡献。”我的补充明确地说，“天人合一”就是人与大自然要合一，要和平共处，不要讲征服与被征服。西方近二百年以来，对大自然征服不已，西方人以“天之骄子”

自居，骄横不可一世，结果就产生了我在上文第一章里补充的那一些弊端或灾害。钱宾四先生文章中讲的“天”似乎重点是“天命”，我的“新解”，“天”是指的大自然。这种人与大自然要和谐相处的思想，不仅仅是中国思想的特征，也是东方各国思想的特征。这是东西文化思想分道扬镳的地方。在中国，表现这种思想最明确的无过于宋代大儒张载，他在《西铭》中说：“民，吾同胞；物，吾与也。”“物”指的是天地万物。佛教思想中也有“天人合一”的因素，韩国吴亨根教授曾明确地指出这一点来。佛教基本教规之一的“五戒”中就有戒杀生一条，同中国“物与”思想一脉相通。

四、修养与实践问题

我体会，圣严法师之所以不惜人力和物力召开这样一个规模宏大的会议，大陆暨香港地区以及台湾地区的许多著名的学者专家之所以不远千里来此集会，绝不会是让我们坐而论道的。道不能不论，不论则意见不一致，指导不明确，因此不论是不行的。但是，如果只限于论，则空谈无补于实际，没有多大意义。况且，圣严法师为法鼓人文社会学院明定宗旨是“提升人的品质，建设人间净土”。这次会议的宗旨恐怕也是如此。所以，我们在议论之际，也必须想出一些具体的办法。这样会议才能算是成功的。

我在本文第一章中已经讲到过，我们中国和全世界所面临的形势是十分严峻的。钱穆先生也说：“近百年来，世界人类文化所宗，可说全在欧洲。最近五十年，欧洲文化近于衰落，此下不能再为世界人类文化向往之宗主。所以可说，最近乃人类文化之衰落期。此下世界文化又将何所向往？这是今天我们人类最值得重视的现实问题。”可谓慨乎言之矣。

我就是在面临这样严峻的情况下提出了修养和实践问题的，也可以称之为思想与行动的关系，二者并不完全一样。

所谓修养，主要是指思想问题、认识问题、自律问题，他律有时候也是难以避免的。在大陆，帮助别人认识问题，叫作“做思想工作”。一个人遇到疑难，主要靠自己来解决，首先在思想上解决了，然后才能见诸行动，别人的点醒有时候也起作用。佛教禅宗主张“顿悟”。觉悟当然主要靠自己，但是别人的帮助有时也起作用。禅师的一声断喝，一记猛掌，一句狗屎橛，也能起振聋发聩的作用。宋代理学家有一个克制私欲的办法。清尹铭绶《学见举隅》中引朱子的话说：

> 前辈有俗澄治思虑者，于坐处置两器，每起一善念，则投白豆一粒于器中，每起一恶念，则投黑豆一粒于器中。初时黑豆多，白豆少，后来随不复有黑豆，最后则验白豆亦无之矣。然此只是个死法，若更加以读书穷理的工夫，那去那般不正作当底思虑，何难之有？

这个方法实际上是受了佛经的影响。《贤愚经》卷十三，（六七）优波提品第六十讲到一个“系念”的办法：

> 以白黑石子，用当筹于筹算。善念下白，恶念下黑。优波提奉受其教，善恶之念，辄投石子。初黑偶多，白者甚少。渐渐修习，白黑正等。系念不止。更无黑石，纯有白者。善念已盛，逮得初果。（《大正新修大藏经》，第四卷，页四四二下）

这与朱子说法几乎完全一样，区别只在豆与石耳。

这个做法究竟有多大用处？我们且不去谈。两个地方都讲善念、恶念。什么叫善？什么叫恶？中印两国的理解恐怕很不一样。中国的宋儒不外孔孟那些教导，印度则是佛教教义。我自己对善恶的看法，上面已经谈过。要系念，我认为，不外是放纵本性与遏制本性的斗争而已。为什么要遏制本性？目的是既让自己活，也让别人活。因为如果不这样做的话，则社会必然乱了套，就像现代大城市里必然有红绿灯一样，车来马往，必然要有法律和伦理教条。宇宙间，任何东西，包括人与动植物，都不允许有“绝对自由”。为了宇宙正常运转，为了人类社会正常活动，不得不尔也。对动植物来讲，它们不会思考，不能自律，只能他律。人为万物之灵，是能思考、能明辨是非的动物，能自律，但也必济之以他律。朱子说，这个系念的办法是个“死法”，光靠它是不行的，还必须读书穷理，才能去掉那些不正当的思虑。读书当然是有益的，但却不能只限于孔孟之书；穷理也是好的，但标准不能只限于孔孟之道。特别是在今天，在一个新世纪即将来临之际，眼光更要放远。

眼光怎样放远呢？首先要看到当前西方科技所造成的弊端，人类生存前途已处在危机中。世人昏昏，我必昭昭。我们必须力矫西方“征服自然”之弊，大力宣扬东方“天人合一”的思想，年轻人更应如此。

以上主要讲的是修养。光修养还是很不够的，还必须实践，也就是行动，最好能有一个信仰，宗教也好，什么主义也好；但必须虔诚、真挚。这里存不得半点虚假成分。我们不妨先从康德的“消极义务”做起：不污染环境、不污染空气、不污染河湖、不胡乱杀生、不破坏生态平衡、不砍伐森林，还有很多“不”。这些“消极义务”能产生积极影响。这样一来，个人的修养与实践、他人的教导与劝说，再加上公、检、法的制约，本文第一章所讲的那一些弊害庶几可以避免或减少，圣严法师所提出的希望庶几能够实现，我们同处于“人间净土”中。“挽狂澜于既倒”，事在人为。

1999 年 3 月 29 日

我的座右铭

多少年以来，我的座右铭一直是：

纵浪大化中，不喜亦不惧。

应尽便须尽，无复独多虑。

老老实实的、朴朴素素的四句陶诗，几乎用不着任何解释。

我是怎样实行这个座右铭的呢？无非是顺其自然，随遇而安而已，没有什么奇招。

“应尽便须尽，无复独多虑。”（到了应该死的时候，你就去死，用不着左思右想），这句话应该是关键性的。但是在我几十年的风华正茂的期间内，“尽”什么的是很难想到的。在这期间，我当然既走过阳关大道，也走过独木小桥。即使在走独木桥时，好像路上铺的全是玫瑰花，没有荆棘。这与“尽”的距离太远太远了。

到了现在，自己已经九十多岁了。离人生的尽头，不会太远了。我在这时候，根据座右铭的精神，处之泰然，随遇而安。我认为，这是唯一正确的态度。

我不是医生，我想贸然提出一个想法。所谓老年忧郁症恐怕十有八九同我上面提出的看法有关，怎样治疗这种病症呢？我本来想用“无可奉告”来答复。但是，这未免太简慢，于是改写一首打油诗，题曰“无题”：

人生在世一百年，
天天有些小麻烦。
最好办法是不理，
只等秋风过耳边。

老年谈老

老年谈老，就在眼前；然而谈何容易！

原因何在呢？原因就在，自己有时候承认老，有时候又不承认，真不知道从何处谈起。

记得很多年以前，自己还不到六十岁的时候，有人称我为“季老”，心中颇有反感，应之逆耳，不应又不礼貌，左右两难，极为尴尬。然而曾几何时，在不知不觉中，渐渐地听得入耳了，有时甚至还有点甜蜜感。自己吃了一惊：原来自己真是老了，而且也承认老了。至于这个大转变是从什么时候开始的，自己有点茫然懵然，我正在推敲而且研究。

不管怎样，一个人承认老是并不容易的。我的一位九十岁出头的老师有一天对我说，他还不觉得老，其他可知了。我认为，在这里关键是一个“渐”字。若干年前，我读过丰子恺先生一篇含有浓厚哲理的散文，讲的就是这个“渐”字。这个字有大神通力，它在人生中的作用绝不能低估。人们有了忧愁痛苦，如果不渐渐地淡化，则一定会活不下去的。人们逢到极大的喜事，如果不渐渐地恢复平静，则必然会忘乎所以，高兴得发狂。人们进入老境，也是逐渐感觉到的。能够感觉到老，其妙无穷。人们渐渐地觉得老了，从积极方面来讲，它能够提醒你：一个人的岁月绝不是取之不尽、用之不竭的，应该抓紧时间，把想做的事情做完、做好，免得无常一到，后悔无及。从消极方面来讲，一想到自己的年龄，那些血气方刚时干的勾当就不应该再去硬干。个别喜欢争名于朝、争利于市的人，或许也能收敛一点。老之为用大矣哉！

我自己是怎样对待老年呢？说来也颇为简单。我虽年届耄耋，内部零件也并不都非常健全；但是我处之泰然，我认为，人上了年纪，有点这样那样的病，是合乎自然规律的，用不着大惊小怪。如果年老了，硬是一点病都没有，人人活上二三百岁甚至更长的时间，那么今天狂呼“老龄社会”者，恐怕连嗓子也会喊哑，而且吓得浑身发抖，连地球也会被压塌的。我不想做长生的梦。我对老年，甚至对人生的态度是道家的。我信奉陶渊明的两句诗：

纵浪大化中，
不喜亦不惧。

这就是我对待老年的态度。

看到我已经有了一把子年纪，好多人都问我：有没有什么长寿秘诀。我的答复是：我的秘诀就是没有秘诀，或者不要秘诀。我常常看到有一些相信秘诀的人，禁忌多如牛毛。这也不敢吃，那也不敢尝，比如，吃鸡蛋只吃蛋清，不吃蛋黄，因为据说蛋黄胆固醇高，动物内脏绝不入口，同样因为胆固醇高。有的人吃一个苹果要消三次毒，然后削皮，削皮用的刀子还要消毒，不在话下，削了皮以后，还要消一次毒，此时苹果已经毫无苹果味道，只剩下消毒药水味了。从前有一位化学系的教授，吃饭要仔细计算卡路里的数量，再计算维生素的数量，吃一顿饭用的数学公式之多等于一次实验。结果怎样呢？结果每月饭费超过别人十倍，而人却瘦成一只干巴鸡。一个人到了这个地步，还有什么人生之乐呢？如果再戴上放大百倍的显微镜眼镜，则所见者无非细菌，试问他还能活下去吗？

季羡林先生与全国政协副主席刘延东交谈。

至于我自己呢，我绝不这样做，我一无时间，二无兴趣。凡是我觉得好吃的东西我就吃，不好吃的我就不吃，或者少吃，卡路里、维生素统统见鬼去吧。心里没有负担，胃口自然就好，吃进去的东西都能很好地消化。再辅之以腿勤、手勤、脑勤，自然百病不生了。脑勤我认为尤其重要。如果非要让我讲出一个秘诀不行的话，那么我的秘诀就是：千万不要让脑筋懒惰，脑筋要永远不停地思考问题。

我已年届耄耋，但是，专就北京大学而论，倚老卖老，我还没有资格。在教授中，按年龄排队，我恐怕还要排到二十多位以后。我幻想眼前有一个按年龄顺序排列的向八宝山进军的北大教授队伍。我后面的人当然很多。但是向前看，我还算不上排头，心里颇得安慰，并不着急。可是偏有一些排在我后面的比我年轻的人，风风火火，抢在我前面，越过排头，登上山去。我心里实在非常惋惜，又有点怪他们，今天我国的平均寿命已经超过七十岁，比解放前增加了一倍，你们正在精力旺盛时期，为国效力，正是好时机，为什么非要抢先登山不行呢？这我无法阻拦，恐怕也非本人所愿。不过我已下定决心，绝不抢先加塞。

不抢先加塞活下去目的何在呢？要干些什么事呢？我一向有一个自己认为是正确的看法：人吃饭是为了活着，但活着却不是为了吃饭。到了晚年，更是如此。我还有一些工作要做，这些工作对人民、对祖国都还是有利的，不管这个“利”是大是小。我要把这些工作做完，同时还要再给国家培养一些人才。我仍然要老老实实干活，清清白白做人，绝不干对不起祖国和人民的事；要尽量多为别人着想，少考虑自己的得失。人过了八十，金钱富贵等同浮云，要多为下一代操心，少考虑个人名利，写文章绝不剽窃抄袭，欺世盗名。等到非走不行的时候，就顺其自然，坦然离去，无愧于个人良心，则吾愿足矣。

要说的话已经说完，但是我还想借这个机会发点牢骚。我在上面提到“老龄社会”这个词儿。这个概念我是懂得的，有一些措施我也是赞成的。什么干部年轻化、教师年轻化，我都举双手赞成。但是我对报纸上天天大声叫嚷“老龄社会”，却有极大的反感。好像人一过六十就成了社会的包袱，成了阻碍社会进步的绊脚石，我看有点危言耸听，不知道用意何在。我自己已是老人，我也观察过许多别的老人。他们中游手好闲者有之，躺在医院里不能动的有之，天天提鸟笼持钓竿者有之，如此等等，不一而足。但这只是少数，并不是老人的全部。还有不少老人虽然已经寿登耄耋，年逾期颐，向着白寿甚至茶寿进军，但仍然勤勤恳恳，焚膏继晷，兀兀穷年，难道这样一些人也算是社会的包袱吗？我倒不一定赞成“姜是老的辣”这样一句话。年轻人朝气蓬勃，是我们未来希望之所在，让他们登上要路津，是完全必要的。但是对老年人也不必天天絮絮叨叨、耳提面命：“你们已经老了！你们已经不行了！对老龄社会的形成你们不能辞其咎呀！”这样做有什么用处呢？随着生活的日益改善，人们的平均寿命还要提高，将来老年人在社会中所占的比例还要提高。即使你认为这是一件坏事，你也没有法子改变。听说从前钱玄同先生主张，人过四十一律枪毙。这只是愤激之辞，有人作诗讽刺他自己也活过了四十而照样活下去。我们有人老是为社会老龄化担忧，难道能把六十岁以上的人统统赐自尽吗？老龄化同人口多不是一码事。担心人口爆炸，用计划生育的办法就能制止。老龄化是自然趋势，而且无法制止。既然无法制止，就不必瞎嚷，这是徒劳无益的。我总怀疑，“老龄化”这玩意儿也是从外国进口的舶来品。西方人有同我们不同的伦理概念。我们大可以不必东施效颦。质诸高明，以为如何？

牢骚发完，文章告终，过激之处，万望包容。

长寿之道

我已经到了望九之年，可谓长寿矣。因此经常有人向我询问长寿之道、养生之术。

我敬谨答曰："养生无术是有术。"

这话看似深奥，其实极为简单明了。我有两个朋友，十分重视养生之道。每天锻炼身体，至少要练上两个钟头。曹操诗曰："对酒当歌，人生几何？"人生不过百年，每天费上两个钟头，统计起来，要有多少钟头啊！利用这些钟头，能做多少事情呀！如果真有用，也还罢了。他们两人，一个先我而走，一个卧病在家，不能出门。

因此，我首创了三"不"主义：不锻炼，不挑食，不嘀咕。名闻全国。

我这个三"不"主义，容易招误会，我现在利用这个机会解释一下。我并不绝对反对适当的体育锻炼，但不要过头。一个人如果天天望长寿如大旱之望云霓，而又绝对相信体育锻炼，则此人心态恐怕有点失常，反不如顺其自然为佳。

至于不挑食，其心态与上面相似。常见有人才逾不惑，就开始挑食，蛋黄不吃，动物内脏不吃，每到吃饭，战战兢兢，如履薄冰，窘态可掬，看了令人失笑。以这种心态而欲求长寿，岂非南辕而北辙！

我个人认为，第三点最为重要。对什么事情都不嘀嘀咕咕，心胸开朗，

季羡林先生过生日。

乐观愉快，吃也吃得下，睡也睡得着，有问题则设法解决之，有困难则努力克服之，绝不视芝麻绿豆大的窘境如苏迷庐山般大，也绝不毫无原则随遇而安，绝不玩世不恭。“应尽便须尽，无复独多虑。”有这样的心境，焉能不健康长寿？

我现在还想补充一点，很重要的一点。根据我个人七八十年的经验，一个人绝不能让自己的脑筋投闲置散，要经常让脑筋活动着。根据外国一些科学家实验结果，“用脑伤神”的旧说法已经不能成立，应改为“用脑长寿”。人的衰老主要是脑细胞的死亡。中老年人的脑细胞虽然天天死亡；但人一生中所启用的脑细胞只占细胞总量的四分之一，而且在活动的情况下，每天还有新的脑细胞产生。只要脑筋的活动不停止，新生细胞比死亡细胞数目还要多。勤于动脑筋，则能经常保持脑中血液的流通状态，而且能通过脑筋协调控制全身的功能。

我过去经常说：“不要让脑筋闲着。”我就是这样做的。结果是有人说我“身轻如燕，健步如飞”。这话有点过了头，反正我比同年龄人要好些，这却是真的。原来我并没有什么科学根据，只能算是一种朴素的直觉。现在读报纸，得到了上面认识。在沾沾自喜之余，谨作补充如上。

这就是我的“长寿之道”。

1997 年 10 月 29 日

我的人生感悟

约莫在一年多以前，我给自己约法一章：今后不再出这里选几篇、那里选几篇拼凑而成的散文集。因为，你不管怎样选择，重复总会难免，这是对读者不负责任的表现，是我不应该做的。

决心下定以后不久，于青女士就找上门来，说是要给我出版一部散文选集。我立即把我的决定告诉了她。她以她那特有的豁达通脱、处变不惊的态度，从容答辩说，她选的文章会有特点，都是有关品味人生、感悟人生的，而且她还选了八个作家的文章，再来一个，而且我还是其中的排头兵。意思就是，如果我拒绝合作，我就有破坏大局、破坏团结的嫌疑。这样一来，我只有俯首听命了。

年轻时候，我几乎没有写过感悟人生的文章，因为根本没有感悟，只觉得大千世界十分美好，眼前遍地开着玫瑰花，即使稍有不顺心的时候，也只如秋风过耳，转瞬即逝。中年以后，躬逢盛世，今天一个运动，明天一场批判，天天在斗、斗、斗，虽然没有感到其乐无穷，却也并无反感。最后终于把自己斗到了牛棚里，几乎把一条小命断送。被“解放”以后，毫无改悔之意，依然是造神不止。等到我脑袋稍稍开了点窍，对人生稍稍有点感悟时，自己已经是垂垂老矣。

我是习惯于解剖自己的；但是，解剖的结果往往并不美妙。在学术上

季羡林先生。

我是什么知、什么觉，在这里姑且不论，但是，在政治上，我却是后知后觉，这是肯定无疑的。有时候连小孩子都不会相信的弥天大谎，我却深信不疑。如果一生全是这样的话，倒也罢了。然而造物主却偏给我安排了一条并不平坦的人生道路。我走过阳关大道，也走过独木小桥。我经历过车马盈门的快乐，成为一个颇可接触者。又经历过门可罗雀的冷落，成为一个不可接触者。如果永远不可接触下去，倒也罢了，我也是无怨无悔的。然而造物主又跟我开了一个玩笑，他（它？她？）又让我梅开二度，不但恢复了车马盈门的盛况，而且是“车如流水马如龙，花月正春风”，我成了一个极可接触者。

大家都能够知道，有过我这样经历的人，最容易感悟人生。我虽木讷，对人生也不能不有所感悟了。

正在这个时候，上海《新民晚报·夜光杯副刊》的编者贺小钢女士写信给我，要我开辟一个专栏，名之曰“人生漫谈”。这真叫“无巧不成书”，一拍即合，我立即答应下来，立即动笔，从1996年下半年开始，到现在已经写了90篇，有几篇还没有刊出。我原来信心十足，觉得自己已经活到了耄耋之年，吃的盐比年轻人吃的面还多，过的桥比年轻人走过的路还长，而且又多次翻过跟头，何为人生，我早已参得透透的了。一拿起笔来，必然是妙笔生花，灵感一定会像江上清风，山中明月，取之不尽，用之不竭。想到这里，我简直想手舞足蹈了。

然而我犯了一个大错误，我过高地估计了我对人生感悟的库藏。原来每月两篇千字文，写来得心应手，不费吹灰之力，只觉得人生像是一个万花筒，方面无限地多，随便从哪一个方面选取一点感悟，易如反掌，不愁文章没有题目。然而写到六七十篇以后，却出现了前所未遇的情况。有时候感悟的火花一闪耀，想出了一个新题目。为了慎重起见，连忙查一查旧账，这一查就让我傻了眼：原来已经写过了。第二次，第三次，又碰到同样的情况，使我不得不承认，人生的方面虽然很广，自己的经历毕竟有限。虽然活到了耄耋之年，对人生感悟的库藏并不十分丰富。

此外，我还发现了一个我自己本不愿承认但又非承认不行的事实，这就是，自己对人生感悟的分析能力不是太强。这是有原因的。我一生治学，主要精力是放在考证上的，义理非我所好，也非我所能。对哲学家，我一向是敬而远之的，他们搞的那一套分析，分析，再分析，分析得我头昏脑晕，无力追踪。现在轮到我来写人生小品，这玩意儿有时候还是非有点分析不行的，这就让我为了难。现在翻阅过去四年多中所写的八十来篇小品，自己真正满意的并不多。这颇使我尴尬。然而，为水平所限，奈之何哉！

但是，事情还有它的另一面。四五年来，我在上海《新民晚报·夜光杯》上，总共写了八十来篇千字文。从读者中反馈回来的信息还是令人满意的。有的读者直接写信给我，有的当面告诉我，他们是认可的。全国一些不同地区的报刊上也时有转载，也说明了那些千字文是起了作用的。那些千字文，看上去题目虽然五花八门，但是我的基本想法却是一致的。我想教给年轻人的无非是：热爱祖国、热爱人类、热爱生命、热爱自然。我认为，这四个“热爱”是众德之首。有了这四个“热爱”，国家必能富强，世界必能和睦，人类与大自然必能合一，人类前途必能辉煌。我虽然没有直接拿这四个“热爱”命题作文，但是我在行文时或明或暗，或直接或间接总离不开这个精神。

季羡林先生在八十八华诞上的合影。

这一点是可以告慰自己和读者的。

可是，我现在遇到了困难，我走到了十字路口上，我必须决定究竟要向哪个方向走，必须决定停步还是前进。要想前进，就是要想继续写下去，必须付出比以前大得多的劳动。我现在是年过高而力不强。虽然自觉离老年痴呆症还有极长的距离，自觉还是“难得糊涂”的，但是，在许多地方已有力不从心之感，不服老是不行了。为今之计，最好的、最聪明的办法是只享受人生，而不去品味人生和感悟人生，不再写什么劳什子文章。这样既可以颐养天年，从从容容地过了百寿再赶茶寿。在另一方面还能够避开那一小撮嗅觉有特异功能的专爱在鸡蛋里挑刺的人的伤害，何乐而不为呢？

然而，那不是我的为人之道。我不反对，文学家们、科学家们、教育家们、军事家们、政治家们在给人民做出了贡献之后，安静地颐养天年，那样做是应该的。我对自己的要求是："小车不倒尽管推。"过去九十年，我对人民做出的贡献微不足道。我没有任何理由白吃人民的小米。我现在在这里说这一番话的目的，就是要表示"人生漫谈"还是要写下去的，不管有多大的困难，还是要写下去的。最近小钢在《夜光杯》上发我写的《老人十忌》，速度显然超过了每月两篇。看来，她是想督促我快写。而于青编选《人生小品》，也表示了她对我工作的认可，我不能使她们失望。等到将来有一天，可能我写不下去了，那时我就会像变戏法的下跪一样，没辙了。

对读者，我也想啰唆几句。倘若你们发现本书中同其他的书重复过多，那么你们最好别买。我只想劝你们把我这一篇序读一下，因为其中道出了我写人生小品的甘苦，值得一读的。

2001年4月6日

九十述怀

杜甫诗："人生七十古来稀"，对旧社会来说，这是完全正确的，因为它符合实际情况。但是，到了今天，老百姓却创造了三句顺口溜："七十小弟弟，八十多来兮，九十不稀奇。"这也是完全正确的，因为它符合实际情况。

但是，对我来说，却另有一番纠葛。我行年九十矣，是不是感到不稀奇呢？答案是：不是，又是。不是者，我没有感到不稀奇，而是感到稀奇，非常的稀奇。我曾在很多地方都说过，我在任何方面都是一个没有雄心壮志的人，我不会说大话，不敢说大话，在年龄方面也一样。我的第一本账只计划活四十岁到五十岁。因为我的父母都只活了四十多岁，遵照遗传的规律，遵照传统伦理道德，我不能也不应活得超过了父母。我又哪里知道，仿佛一转瞬间，我竟活过了从心所欲不逾矩之年，又进入了耄耋的境界，要向期颐进军了。这样一来，我能不感到稀奇吗？

但是，为什么又感到不稀奇呢？从目前的身体情况来看，除了眼睛和耳朵有点不算太大的问题和腿脚不太灵便外，自我感觉还是良好的，写一篇一两千字的文章，倚椅可待。待人接物，应对进退，还是"难得糊涂"的。这一切都同十年前，或者更长的时间以前，没有什么两样。李太白诗："高堂明镜悲白发"，我不但发已全白（有人告诉我，又有黑发长出），而且秃了顶。这一切也都是事实，可惜我不是电影明星，一年照不了两次镜子，那一切我都不视不见。在潜意识中，自己还以为是“朝如青丝”哩。对我这样无知无识、麻木不仁的人，连上帝也没有办法。在这样的情况下，我怎么能会不感到不稀奇呢？

但是，我自己又觉得，我这种精神状态之所以能够产生，不是没有根据的。我国现行的退休制度，教授年龄是六十岁到七十岁。可是，就我个人而论，在学术研究上，我的冲刺起点是在八十岁以后。开了几十年的会，经过了不知道多少次政治运动，做过不知道多少次自我检查，也不知道多少次对别人进行批判，最后又经历了“十年浩劫”,“对酒当歌，人生几何？”我自己的一生就是这样白白地消磨过去了。如果不是造化小儿对我垂青，制止了我实行自己年龄计划的话,在我八十岁以前（这也算是高寿了）就“遽归道山”,我留给子孙后代的东西恐怕是不会多的。不多也不一定就是坏事。留下一些不痛不痒、灾祸梨枣的所谓著述，对任何人都没有好处。但是，对我自己来说，恐怕就要“另案处理”了。

在从八十岁到九十岁这个十年内，在我冲刺开始以后，颇有一些值得纪念的甜蜜的回忆。在撰写我一生最长的一部长达八十万字的著作《糖史》的过程中，颇有一些情节值得回忆，值得玩味。在长达两年的时间内，我每天跑一趟北大图书馆，风雨无阻，寒暑无碍。燕园风光旖旎，四时景物不同。春天姹紫嫣红，夏天荷香盈塘，秋天红染霜叶，冬天六出蔽空。称之为人间仙境，也不为过。然而，在这两年中，我几乎天天都在这样瑰丽的风光中行走。可是我都视而不见，甚至不视不见。未名湖的涟漪，博雅塔的倒影，被外人视为奇观的胜景，也未能逃过我的漠然，懵然，无动于衷。我心中想到的只是大图书馆中的盈室满架的图书，鼻子里闻到的只有那里的书香。

《糖史》的写作完成以后，我又把阵地从大图书馆移到家中来。运筹于斗室之中，决战于几张桌子之上。我研究的对象变成了吐火罗文A方言的《弥勒会见记剧本》。这也不是一颗容易咬的核桃，非用上全力不行。最大

季羡林先生。

季羡林先生九十华诞暨从事东方学研究六十周年庆祝大会盛况。

的困难在于缺乏资料，而且多是国外的资料。没有办法，只有时不时地向海外求援。现在虽然号称为信息时代，可是我要的消息多是刁钻古怪的东西，一时难以搜寻，我只有耐着性子恭候。舞笔弄墨的朋友，大概都能体会到，当一篇文章正在进行写作时，忽然断了电，你心中真如火烧油浇，然而却毫无办法，只盼喜从天降了，只能听天由命了。此时燕园旖旎的风光，对于我似有似无，心里想到的，切盼的只有海外的来信。如此又熬了一年多，《弥勒会见记剧本》英译本终于在德国出版了。

两部著作完了以后，我平生大愿算是告一段落。痛定思痛，蓦地想到了，自己已是望九之年了。这样的岁数，古今中外的读书人能达到的只有极少数。我自己竟能置身其中，岂不大可喜哉！

我想停下来休息片刻，以利再战。这时就想到，我还有一个家。在一般人心目中，家是停泊休息的最好的港湾。我的家怎样呢？直白地说，我的家就我一个孤家寡人，我就是家，我一个人吃饱了，全家不害饿。这样一来，我应该感觉很孤独了吧。然而并不。我的家庭“成员”实际上并不止我一个“人”。我还有四只极为活泼可爱的，一转眼就偷吃东西的，从我家乡山东临清带来的白色波斯猫，眼睛一黄一蓝。它们一点礼节都没有，一点规矩都不懂，时不时地爬上我的脖子，为所欲为，大胆放肆。有一只还专在我的裤腿上撒尿。这一切我不但不介意，而且顾而乐之，让猫们的自由主义恶性发展。

我的家庭“成员”还不止这样多，我还养了两只山大（山东大学）小校友张衡送给我的乌龟。乌龟这玩意儿，现在名声不算太好，但在古代却是长寿的象征。有些人的名字中也使用“龟”字，唐代就有李龟年、陆龟蒙等等。龟们的智商大概低于猫们，它们绝不会从水中爬出来爬上我的肩头。但是，龟们也自有龟之乐，当我向它们喂食时，它们伸出了脖子，一口吞下一粒，它们显然是愉快的。可惜我遇不到惠施，他绝不会同我争辩，我何以知道龟之乐。

我的家庭“成员”还没有到此为止，我还饲养了五只大甲鱼。甲鱼，在一般老百姓嘴里叫“王八”，是一个十分不光彩的名称，人们讳言之。然而我却堂而皇之地养在大瓷缸内，一视同仁，毫无歧视之心。是不是我神经出了毛病？用不着请医生去检查，我神经十分正常。我认为，甲鱼同其他动物一样有生存的权利。称之为王八，是人类对它的诬蔑，是向它头上泼脏水。可惜甲鱼无知，不会向世界最高法庭上去状告人类，还要求赔偿名誉费若干美元，而且要登报声明。我个人觉得，人类在新世纪、新千年中最重要的任务是处理好与大自然的关系。恩格斯已经警告过我们，不能过分陶醉于我们对自然界的胜利。对每一次这样的胜利，自然界都报复了我们。一百多年来的历史事实，日益证明了恩格斯警告之正确与准确。在新世纪中，人类首先必须改恶向善，改掉乱吃其他动物的恶习。人类必须遵守宋代大儒张载的话：“民，吾同胞；物，吾与也”，把甲鱼也看成是自己的伙伴，把大自然看成是自己的朋友，而不是征服的对象。这样一来，人类庶几能有美妙光辉的前途。至于对我自己，也许有人认为我是《世说新语》中的人物，放诞不经。如果真是的话，那就，那就——由它去吧。

再继续谈我的家和我自己。

我在“十年浩劫”中，自己跳出来反对那位倒行逆施的“老佛爷”，被打倒在地，被戴上了无数顶莫须有的帽子，天天被打、被骂。最初也只觉得滑稽可笑。但“谎言说上一千遍，就变成了真理”，最后连我自己都怀疑起来了："此身合是坏人未？泪眼迷离问苍天。"其实我并没有那么坏，但在许多人眼中，我已经成了一个"不可接触者"。

然而，世事多变，人间正道。不知道是怎么一来，我竟转身一变成了一个"极可接触者"。我常以知了自比。知了的幼虫最初藏在地下，黄昏时爬上树干，天一明就蜕掉了旧壳，长出了翅膀，长鸣高枝，成了极富诗意的虫类，引得诗人"倚杖柴门外，临风听暮蝉"了。我现在就是一只长鸣高枝的蝉，名声四被，头上的桂冠比"文化大革命"中头上戴的高帽子还要高出多多，有时候我自己都觉得脸红。其实我自己深知，我并没有那么好。然而，我这样发自肺腑的话，别人是不会相信的。这样一来，我虽孤家寡人，其实家里每天都是热闹非凡的。有一位多年的老同事，天天到我家里来"打工"，处理我的杂务，照顾我的生活，最重要的事情是给我读报、读信，因为我眼睛不好。还有就是同不断打电话来或者亲自登门来的自称是我的"崇拜者"的人们打交道。学校领导因为觉得我年纪已大，不能再招待那么多的来访者，在我门上贴出了通告，想制约一下来访者的袭来，但用处不大，许多客人都视而不见，照样敲门不误。有少数人竟在门外荷塘边上等上几个钟头。除了来访者、打电话者外，还有扛着沉重的录像机而来的电视台的导演和记者，以及每天都收到的数量颇大的信件和刊物。有一些年轻的大中学生，把我看成了有求必应的土地爷，或者能预言先知的季铁嘴，向我请求这请求那，向我倾诉对自己父母都不肯透露的心中的苦闷。这些都要我那位"打工"的老同事来处理，我那位打工者此时就成了拦驾大使。想尽花样，费尽唇舌，说服那些想来采访，想来拍电视的好心和热心又诚心的朋友们，请他们少安毋躁。这是极为繁重而困难的工作，我能深切体会。其忙碌困难的情况，我是能理解的。

最让我高兴的是，我结交了不少新朋友。他们都是著名的书法家、画家、诗人、作家、教授。我们彼此之间，除了真挚的感情和友谊之外，绝无所求于对方。我是相信缘分的，"有缘千里来相会，无缘对面不相识"，缘分是说不明道不白的东西，但又确实存在。我相信，我同朋友之间就是有缘分的。我们一见如故，无话不谈。没见面时，总惦记着见面的时间；既见面则如鱼得水，心旷神怡；分手后又是朝思暮想，忆念难忘。对我来说，他们不是亲属，胜似亲属。有人说："人生得一知己足矣。"我得到的却不只是一个知己，而是一群知己。有人说我活得非常滋润。此情此景，岂是"滋润"二字可以了得！

我是一个呆板保守的人，秉性固执。几十年养成的习惯，我绝不改变。一身卡其布的中山装，国内外不变，季节变化不变，别人认为是老顽固，我则自称是"博物馆的人物"，以示"抵抗"，后发制人。生活习惯也绝不改变。四五十年来养成了早起的习惯，每天早晨四点半起床，前后差不了五分钟。古人说"黎明即起"，对我来说，这话夏天是适合的；冬天则是在黎明之前几个小时，我就起来了。我五点吃早点，可以说是先天下之早点而早点。吃完立即工作。我的工作主要是爬格子。几十年来，我已经爬出了上千万的字。这些东西都值得爬吗？我认为是值得的。我爬出的东西不见得都是精金粹玉，都是甘露醍醐，吃了能让人升天成仙。但是其中绝没有毒药，绝没有假冒伪劣，读了以后至少能让人获得点享受，能让人爱国，爱乡、爱人类、爱自然、爱儿童，爱一切美好的东西。总之一句话，能让人在精神境界中有所收益。我常常自己警告说：人吃饭是为了活着，但活着绝不是为了吃饭。人的一生是短暂的，绝不能白白把生命浪费掉。如果我有一天工作没有什么收获，晚上躺在床上就愧疚难安，认为是慢性自杀。爬格子有没有名利思想呢？坦白地说，过去是有的。可是到了今天，名利对我都没有什么用处了，我之所以仍然爬，是出于惯性，其他冠冕堂皇的话，我说不出。"爬格不知老已至，名利于我如浮云"，或可能道出我现在的心情。

你想到过死没有呢？我仿佛听到有人在问。好，这话正问到节骨眼上。是的，我想到过死，过去也曾想到死，现在想得更多而已。在"十年浩劫"中，在1967年，一个千钧一发般的小插曲使我避免了走上"自绝于人民"的道路。从那以后，我认为，我已经死过一次，多活一天，都是赚的，到现在已经三十多年了，我真赚了个满堂满贯，真成为一个特殊的大富翁了。但人总是要死的，在这方面，谁也没有特权，没有豁免权。虽然常言道："黄泉路上无老少。"但是，老年人毕竟有优先权。燕园是一个出老寿星的宝地。我虽年届九旬，但按照年龄顺序排队，我仍落在十几名之后。我曾私自发下宏愿大誓：在向八宝山的攀登中，我一定按照年龄顺序鱼贯而登，绝不抢班夺权，硬去加塞。至于事实究竟如何，那就请听下回分解了。

既然已经死过一次，多少年来，我总以为自己已经参悟了人生。我常拿陶渊明的四句诗当作座右铭："纵浪大化中，不喜亦不惧。应尽便须尽，无复独多虑。"现在才逐渐发现，我自己并没能完全做到。常常想到死，就是一个证明，我有时幻想：自己为什么不能像朋友送给我摆在桌上的奇石那样，自己没有生命，但也绝不会有死呢？我有时候也幻想：能不能让造物主勒住时间前进的步伐，让太阳和月亮永远明亮，地球上一切生物都停住不动，不老呢？哪怕是停上十年八年呢？大家千万不要误会，认为我怕死怕得要命，绝不是那样。我早就认识到，永远变动，永不停息，是宇宙根本规律，要求不变是荒唐的。万物方生方死，是至理名言。江文通《恨赋》中说："自古皆有死，莫不饮恨而吞声。"那是没有见地的庸人之举，我虽庸陋，水平还不会那样低。即使我做不到热烈欢迎大限之来临，我也绝不会饮恨吞声。

但是，人类是心中充满了矛盾的动物，其他动物没有思想，也就不会有这样多的矛盾。我忝列人类的一分子，心里面的矛盾总是免不了的。我现在是一方面眷恋人生，一方面却又觉得，自己活得实在太辛苦了，我想休息一下了。我向往庄子的话："大块载我以形，劳我以生。"大家千万不要误会，以为我就要自杀。自杀那玩意儿我绝不会再干了。在别人眼中，我现在活得真是非常非常惬意了。不虞之誉，纷至沓来；求全之毁，几乎绝迹。我所到之处，见到的只有笑脸，感到的只有温暖。时时如坐春风，处处如沐春雨，人生至此，实在是真应该满足了。然而，实际情况却并不完全是这样惬意。古人说：“不如意事常八九。”这话对我现在来说也是适用的。我时不时地总会碰到一些令人不愉快的事情，让自己的心情半天难以平静。即使在春风得意中，我也有自己的苦恼。我明明是一头瘦骨嶙峋的老牛，却有时被认成是日产鲜奶千磅的硕大的肥牛。已经挤出了奶水五百磅，还求索不止，认为我打了埋伏。其中情味，实难以为外人道也。这逼得我不能不想到休息。

我现在不时想到，自己活得太长了，快到一个世纪了。九十年前，山东临清县一个既穷又小的官庄出生了一个野小子，竟走出了官庄，走出了临清，走到了济南，走到了北京，走到了德国；后来又走遍了几个大洲，几十个国家。如果把我的足迹画成一条长线的话，这条长线能绕地球几周。我看过埃及的金字塔，看过两河流域的古文化遗址，看过印度的泰姬陵，看过非洲的撒哈拉大沙漠，以及国内外的许多名山大川。我曾住过总统府之类的豪华宾馆，会见过许多总统、总理一级的人物，在流俗人的眼中，真可谓极风光之能事了。然而，我走过的漫长的道路并不总是铺着玫瑰花的，有时也荆棘丛生。我经过山重水复，也经过柳暗花明；走过阳关大道，也走过独木小桥。我曾到阎王爷那里去报到，没有被接纳。终于曲曲折折，颠颠簸簸，坎坎坷坷，磕磕碰碰，走到了今天。现在就坐在燕园朗润园中一个玻璃窗下，写着《九十述怀》。窗外已是寒冬。荷塘里在夏天接天映日的荷花，只剩下干枯的残叶在寒风中摇曳。玉兰花也只留下光秃秃的枝干在那里苦撑。但是，我知道，我仿佛看到荷花蜷曲在冰下淤泥里做着春天的梦；玉兰花则在枝头梦着“春意闹”。它们都在活着，只是暂时地休息。养精蓄锐，好在明年新世纪、新千年中开出更多、更艳丽的花朵。

我自己当然也在活着。可是我活得太久了，活得太累了。歌德暮年在一首著名的小诗中想到休息，我也真想休息一下了。但是，这是绝对不可能的。我就像鲁迅笔下的那一位“过客”那样，我的任务就是向前走，向前走。

前方是什么地方呢？老翁看到的是坟墓，小女孩看到的是野百合花。我写《八十述怀》时，看到的是野百合花多于坟墓，今天则倒了一个个儿，坟墓多而野百合花少了。不管怎样，反正我是非走上前去不行的，不管是坟墓，还是野百合花，都不能阻挡我的步伐。冯友兰先生的“何止于米”，我已经越过了米的阶段。下一步就是“相期以茶”了。我觉得，我目前的选择只有眼前这一条路，这一条路并不遥远。等到我十年后再写《百岁述怀》的时候，那就离茶不远了。

2000 年 12 月 20 日

九三述怀

前几天，在医院里过了一个生日，心里颇为高兴；但猛然一惊：自己已经又增加了一岁，现在是九十三岁了。

在五十多年前，当我处在四十岁阶段的时候，九十三这个数字好像是一个天文数字，可望而不可即。我当时的想法是：我大概只能活到四五十岁。因为我的父母都没有超过这个年龄，由于经X基因或Y基因的缘故，我绝不能超过这个界限的。

然而人生真如电光石火，一转瞬间已经到了九十三岁。只有在医院里输液的时候感到时间过得特别慢以外，其余的时间则让我感到快得无法追踪。

近两年来，运交华盖，疾病缠身，多半是住在医院中。医院里的生活，简单而又烦琐。我是因一种病到医院里来的。入院以后，又患上了其他的病。在我入院前后所患的几种病中最让人讨厌的是天疱疮。手上起泡出水，连指甲盖下面都充满了水，是一种颇为危险的病。从手上向臂上发展，发展到一定的程度，就有性命危险。来到301医院，经李恒进大夫诊治，药到病除，真正是妙手回春。后来又患上了几种别的病。有一种是前者的发展，改变了地方，改变了形式，长在了右脚上，黑黢黢、脏兮兮的一团，大概有一斤多重。我自己看了都恶心。有时候简直想把右脚砍掉，看你这些丑类到

季羡林先生在燕园。

2001 年九十华诞晚宴上的季羡林先生。

何处去藏身！幸亏老院长牟善初的秘书周大夫不知从哪里弄到了一种平常的药膏，抹上，立竿见影，脏东西除掉了。为了对付这一堆脏东西，301 医院曾组织过三次专家会诊，可见院领导对此事之重视。

你想到了死没有？想到过的，而且不止一次。不这样也是不可能的。人类是生物的一种。凡是生物，莫不好生而恶死，包括植物在内，一概如此。人们常说：好死不如赖活着。江淹《恨赋》中说："自古皆有死，莫不饮恨而吞声。"我基本上也不能脱这个俗。但是，我有我的特殊经历，因此，我有我的生死观。我在"十年浩劫"中，实际上已经死过一次。在《牛棚杂忆》中对此事有详细的叙述。我在这里不再重复。现在回忆起来，让我吃惊的是，临死前心情竟是那样平静、那样和谐。什么"饮恨"，什么"吞声"，根本不沾边儿。有了这样的独特的经历，即使再想到死，一点恐惧之感也没有了。

总起来说，我的人生观是顺其自然，有点接近道家。我生平信奉陶渊明的四句诗："纵浪大化中，不喜亦不惧。应尽便须尽，无复独多虑。"在这里一个关键的字是"应"。谁来决定"应""不应"呢？一个人自己，除了自杀以外，是无权决定的。因此，我觉得，对个人的生死大事不必过分考虑。

我最近又发明了一个公式：无论什么人，不管是男是女，不管是外国人还是中国人，也不管是处在什么年龄阶段，同阎王爷都是等距离的。中国有两句俗话："阎王叫你三更死，不能留人到五更。"这都说明，人们对自己的生死大事是没有多少主动权的。但是，只要活着，就要活得像个人样子。尽量多干一些好事，千万不要去干坏事。

人们对自己的生命也并不是一点主观能动性都没有的。人们不都在争取长寿吗？在林林总总的民族之林中，中国人是最注重长寿，甚至长生的。在过去几千年的历史上，我们创造了很多长寿甚至长生的故事。什么"王子去求仙，丹成入九天。山中方七日，世上几千年"。这实在没有什么意义。一些历史上的皇帝，甚至英明之主，为了争取长生，"为药所误"。唐太宗就是一个好例子。

中国古代文人对追求长生有自己的表达方式。苏东坡词："谁道人生无再少？门前流水尚能西。休将白发唱黄鸡。"在这里出现"再少"这个词儿。肉体上的再少，是不可能的。时间不能倒转的。我的理解是，如果老年人能做出像少年的工作，这就算是"再少"了。

我现在算不算是"再少"，我自己不敢说。反正我从来不敢懈怠，从来不倚老卖老。我现在既向后看，回忆过去的九十年；也向前看，看到的不是八宝山，而是活过一百岁。眼前就有我的好榜样。上海的巴金，长我七岁；北京的臧克家，长我六岁，都仍然健在。他们的健在给了我信心、给了我勇气，也给了我灵感。我想同他们竞赛，我们都会活到一百多岁的。

但是，我并不是为活着而活着。活着不是我的目的，而是我的手段。前辈学人陈翰笙先生，当他一百岁时人们为他在人民大会堂祝寿的时候，他眼睛已经失明多年，身体也不见得怎么好。可是，请他讲话的时候，他第一句话就是："我要工作。"全堂为之振奋不已。

季羡林先生。

我觉得，中国人民在过去几千年的历史上成就了许多美德，其中一条是“鞠躬尽瘁，死而后已”（出自《三国志·蜀志·诸葛亮传》）。这能代表我们中华民族伟大的一个方面。在几千年的历史上起着作用，至今不衰。

在历史上，我们的先人对人生还有一些细致入微而又切中要害的感悟。我举一个例子。多少年来，社会上流传着两句话：不如意事常八九，能与人言无二三。根据我们每一个人的亲身体会，这两句话是完全没有错的。在我们的生活中，在我们的社会交往中，尽管有不少令人愉快的如意的事情，但也不乏不愉快、不如意的事情。年年如此，月月如此，天天如此。这个平凡的真理也不是最近才发现的。宋代的伟大词人辛稼轩就曾写道：“肘后俄生柳，叹人生，不如意事，十常八九。”这颇能道出古今人人心中都会有的想法。我们老年人对此更应该加强警惕。因为不如意事有的是人招惹出来的。老年人，由于生理的制约，手和脑都会不太灵光，招惹不如意事的机会会更多一些。我原来的原则是随遇而安，近来我又提高了一步：知足常乐，能忍自安。境界显然提高了一步。

写到这里，我想写一个看来与我的主题无关而实极有关的问题——中西高级知识分子比较研究。所谓高级知识分子，无非是教授、研究员、著名的艺术家——画家、音乐家、歌唱家、演员等等。这个题目，在过去似乎还没有人研究过。我个人经过比较长期的思考，觉得其间当然有共性，都是知识分子嘛；但是区别也极大。简短地说，西方高级知识分子大多数是自了汉，就是只管自己那一亩三分地里的事情，有点像过去中国老农那一种“老婆、孩子、热炕头，外加二亩地、一头牛”的样子。只要不发生战争，他们的工资没有问题，可以安心治学，因此成果显著地比我们多。他们也不像我们几乎天天开会，天天在运动中。我们的高级知识分子继承了中国自古以来知识分子（士）的传统，家事、国事、天下事，事事关心。中国古代的皇帝们最恨知识分子这种毛病。他们希望士们都能夹起尾巴做人。知识分子偏不听话，于是在中国历史上，所谓“文字狱”这种玩意儿就特别多。很多皇帝都搞文字狱。到了清朝，又加上了个民族问题。于是文字狱更特别多。

最后，我还必须谈一谈服老与不服老的辩证关系。所谓服老，就是，一个老人必须承认客观现实。自己老了，就要老实承认。过去能做到的事情，现在做不到了，就不要勉强去做。但是，如果完完全全让老给吓住，什么事情都不做，这无异于坐而待毙，是极不可取的行为。人们的主观能动性的能量是颇为可观的。真正把主观能动性发挥出来，就能产生一种不服老的力量。正确处理服老与不服老的关系并不容易。二者之间的关系有点恍兮惚兮，其中有物。但是，这个物是什么，我却说不清楚。领悟之妙，在于一心。普天下善男信女们会想出办法的。

我已经写了不少。为什么写这样多呢？因为我感觉到，我们的生活环境和生活条件，日益改善，将来老年人会越来越多。我现在把自己的一点经历写了出来，供老人们参考。

千言万语，不过是一句话：我们老年人不要一下子躺在老字上，无所事事，我们的活动天地还是够大的。

有道是：

走过独木桥，
跳过火焰山。
豪情依然在，
含笑颂九三！

2003 年 8 月 18 日于 301 医院

九十五岁初度

又碰到了一个生日。一副常见的对联的上联是："天增岁月人增寿"。我又增了一年寿。庄子说：万物方生方死。从这个观点上来看，我又死了一年，向死亡接近了一年。

不管怎么说，从表面上来看，我反正是增长了一岁，今年算是九十五岁了。

在增寿的过程中，自己在领悟、理解等方面有没有进步呢？

仔细算，还是有的。去年还有一点叹时光之流逝的哀感，今年则完全没有了。这种哀感在人们中是最常见的。然而也是最愚蠢的。"人间正道是沧桑。"时光流逝，是万古不易之理。人类，以及一切生物，是毫无办法的。"夫天地者，万物之逆旅；光阴者，百代之过客。"对于这种现象，最好的办法是听之任之，用不着什么哀叹。

我现在集中精力考虑的一个问题是：如何避免"当时只道是寻常"的这种尴尬情况。"当时"是指过去的某一个时间。"现在"，过一些时候也会成为"当时"的。这样一来，我们就会永远有这样的哀叹。我认为，我们必须从事实上，也可以说是从理论上考察和理解这个问题。我想谈两个问题，第一个是如何生活，第二个是如何回忆生活。

先谈第一个问题。

一般人的生活，几乎普遍有一个现象，就是倥偬。用习惯的说法就是匆匆忙忙。“五四运动”以后，我在济南读到了俞平伯先生的一篇文章。文中引用了他夫人的话：“从今以后，我们要仔仔细细过日子了。”言外之意就是嫌眼前日子过得不够仔细，也许就是日子过得太匆匆的意思。怎样才叫仔仔细细呢？俞先生夫妇都没有解释，至今还是个谜。我现在不揣冒昧，加以解释。所谓仔仔细细就是：多一些典雅，少一些粗暴；多一些温柔，少一些莽撞。总之，多一些人性，少一些兽性，如此而已。

至于如何回忆生活，首先必须指出：这是古今中外一个常见的现象。一个人，不管活得多长多短，一生中总难免有什么难以忘怀的事情。这倒不一定都是喜庆的事情，比如洞房花烛夜、金榜题名时之类。这固然使人终身难忘。反过来，像夜走麦城这样的事，如果关羽能够活下来，他也不会忘记的。

总之，我认为，回想一些俱往矣类的事情，总会有点好处。回想喜庆的事情，能使人增加生活的情趣，提高向前进的勇气。回忆倒霉的事情，能使人引以为鉴，不致重蹈覆辙。

现在，我在这里，必须谈一个无论如何也绕不过去的问题：死亡问题。我已经活了九十五年。无论如何也必须承认这是高龄。但是，在另一方面，它离开死亡也不会太远了。

一谈到死亡，没有人不厌恶的。我虽然还不知道，死亡究竟是什么样子，我也并不喜欢它。

写到这里，我想加上一段非无意义的闲话。对于寿命的态度，东西方是颇不相同的。中国人重寿，自古已然。汉瓦当文延年益寿，可见汉代的情况。人名李龟年之类，也表示了长寿的愿望。从长寿再进一步，就是长生不老。李义山诗：“嫦娥应悔偷灵药，碧海青天夜夜心。”灵药当不死之药。这也是一些人，包括几个所谓英主在内，所追求的境界。汉武帝就是一个狂热的长生不老的追求者。精明如唐太宗者，竟也为了追求长生不老而服食玉

季羡林先生在庆祝其九十华诞暨从事东方学研究六十周年大会上发言。

石散之类的矿物，结果是中毒而死。

上述情况，在西方是找不到的。没有哪一个西方的皇帝或国王会追求长生不老。他们认为，这是无稽之谈，不屑一顾。我虽然是中国人，长期在中国传统文化熏陶下成长起来的；但是，在寿与长生不老的问题上，我却倾向西方的看法。中国民间传说中有不少长生不老的故事，这些东西侵入正规文学中，带来了不少的逸趣，但始终成不了正果。换句话说，就是，中国人并不看重这些东西。

中国人是讲求实际的民族。人一生中，实际的东西是不少的。其中最突出的一个东西就是死亡。人们都厌恶它，但是却无能为力。

上文中我已经涉及死亡问题，现在再谈一谈。一个九十五岁的老人，若不想到死亡，那才是天下之怪事。我认为，重要的事情，不是想到死亡，而是怎样理解死亡。世界上，包括人类在内，林林总总，生物无虑上千上万。生物的关键就在于生，死亡是生的对立面，是生的大敌。既然是大敌，为什么不铲除之而后快呢？铲除不了的。有生必有死，是人类进化的规律。

是一切生物的规律，是谁也违背不了的。

对像死亡这样的谁也违背不了的灾难，最有用的办法是先承认它，不去同它对着干，然后整理自己的思想感情。我多年以来就有一个座右铭："纵浪大化中，不喜亦不惧。应尽便须尽，无复独多虑。"是陶渊明的一首诗。"该死就去死，不必多嘀咕。"多么干脆利落！我目前的思想感情也还没有超过这个阶段。江文通《恨赋》最后一句话是："自古皆有死，莫不饮恨而吞声。"我相信，在我上面说的那些话的指引下，我一不饮恨，二不吞声。我只是顺其自然，随遇而安。

我也不信什么轮回转世。我不相信，人们肉体中还有一个灵魂。在人们的躯体还没有解体的时候灵魂起什么作用，自古以来，就没有人说得清楚。我想相信，也不可能。

对你目前的九十五岁高龄有什么想法？我既不高兴，也不厌恶。这本来是无意中得来的东西，应该让它发挥作用。比如说，我一辈子舞笔弄墨，现在为什么不能利用我这一支笔杆子来鼓吹升平、增强和谐呢？现在我们的国家是政通人和海晏河清。可以歌颂的东西真是太多太多了。歌颂这些美好的事物，九十五年是不够的。因此，我希望活下去。岂止于此，相期以茶。

2006 年 8 月 8 日

封笔问题

旧日的学者，活到了一定的年龄，觉得自己精力不济了，写作有困难了。于是就宣布封笔。封笔者，把笔封起来，不再写作之谓也。

到了什么年龄，封笔最恰当？各个人、各个时代都不同。大抵时代越近，封笔越晚。这与人们寿命的长短有关。唐代的韩愈到了五十岁，就哀叹而发苍苍，而视茫茫，而齿牙摇动。看样子已经到了该封笔的时候了。

我脑筋里还残留着许多旧东西，封笔就是其中之一。我现在虽然真正达到了耄耋之年，但是，我自己曾在脑袋中做过一次体检，结果是非常圆满。小毛病有点儿，大毛病没有。岂止于米，相期以茶，对我来说，绝不是一句空话。在这样的情况下，封笔的想法竟然还在脑筋里蠢蠢欲动，岂不是笑话！

我不能封笔。

再环顾一下我们的生活环境。从全世界来看，中国的崛起已成定局，谁也阻挡不住。十几年前，我就根据我了解的那一点地缘政治的知识，大胆地做了一个预言：21 世纪是中国的世纪。虽然遭到了不少人的反对，我却坚持如故，而且信心日增，而且证据日多。

总之，从全世界形势来看，对中国来说是一个伟大的时代。

我怎么能封笔！

再从我们身边的生活来看，也会看到空前未有的情况。我们的行政领导人是完全可以信赖的。我们真可以说是政通人和、海晏河清。

我不能封笔。

像我这样的老知识分子，差不多就是文不如司书生，武不如救火兵。手中可以耍的只有一支笔杆子。我舞笔弄墨已有七十来年的历史了，虽然不能说一点东西也没有舞弄出来，但毕竟不能算多。我现在自认还有力量舞弄下去。我怎能放弃这个机会呢？

我不能封笔。

这就是我的结论。

在“翻译文化终身成就奖”表彰大会上的书面发言

感谢中国翻译协会授予我“翻译文化终身成就奖”。得此殊荣我很荣幸，也很高兴。

我一生都在从事与促进中外文化交流相关的工作，我深刻体会到翻译在促进不同民族、语言和文化交流中的重要作用。自从人类有了语言，翻译便应运而生。在世界文明发展的历史长河中，在中华民族伟大复兴的进程中，翻译，始终都是不可或缺的先导力量。中华几千年的文化之所以能永盛不衰，就是因为，通过翻译外来典籍使原有文化中随时能注入新鲜血液。可以说，没有翻译，就没有社会的进步；没有翻译，世界一天也不能生存。

中国两千多年丰厚的翻译文化史无与伦比，中国今天翻译事业的进步有目共睹。2008年世界翻译大会将在中国召开，这是中国翻译界的光荣，我这样的老兵为你们感到鼓舞。我更希望年青一代能够后来居上，肩负起历史使命和社会责任。

我总认为，翻译比创作难。创作可以随心所欲，翻译却囿于对既成的不同语言文本和文化的转换。要想做好翻译，懂外语，会几个外语单词，拿本字典翻翻是不行的，必须下真功夫，下大功夫。

提高翻译质量，不能只停留在口头上，少讲大道理，多做实事，拿出真凭实据来，开展扎实的翻译批评和社会监督。

未来是你们的，希望看到翻译事业人才辈出，蒸蒸日上。

跋

季羡林先生是我尊敬的国学大师，但他的贡献和意义又远在其学问之上。我尝问先生："你所治之学，如吐火罗文，如大印度佛教，于今天何用？"他肃然答道："学问不问有用无用，只问精不精。"严谨的治学态度发人深省。此其一令人尊敬。先生学问虽专、虽深，然文风晓畅朴实，散文尤美。就是有关佛学、中外文化交流，甚至如《糖史》这些很专的学术论著也深入浅出，条分缕析。虽学富五车，却水深愈静，绝无一丝卖弄。此其二令人尊敬。先生以教授身份居校园凡六十年，然放眼天下，心忧国事。常忆季荷池畔红砖小楼，拜访时，品评人事，说到动人处，竟眼含热泪。我曾问之，最佩服者何人。答曰："梁漱溟。"又问再有何人。答曰："彭德怀。"问其因，只为他们有骨气。联系"文化大革命"中，先生身陷牛棚，宁折不屈，士身不可辱，公心忧天下。此其三令人尊敬。

先生学问之衣钵，自有专业人士接而传之。然治学之志、文章之风、人格之美则应为学术界、全社会，尤其是青少年所学、所重。而这一切又都体现在先生的文章著作中。于是遂建议于先生全部著作中，选易普及之篇，面对一般读者，编一普及读本。适有磨铁图书领导多方促成，于是有此选本问世，庶可体现初衷。

梁衡